古典ライブラリー■笠間書院

# 古代の読み方

## 神話と声／文字

西條　勉著

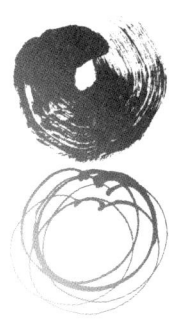

# 凡例

一　『古事記』の本文は日本古典文学大系『古事記　祝詞』(倉野憲司校注　岩波書店)および『古事記　新訂版』(西宮一民編　おうふう)を、『日本書紀』『風土記』の本文はいずれも日本古典文学大系の『日本書紀』(坂本太郎他校注)・『風土記』(秋元吉郎校注)を、『万葉集』の本文は『万葉集　本文篇』(佐竹昭広他著　塙書房)を用いた。

一　記紀・風土記・万葉集をはじめとして、本書に引用した国書・漢籍の本文はすべて書き下し文にした。そのさい書き下し文は依拠した文献を適宜改めたばあいがある。

一　万葉集の歌番号は旧『国家大観』の番号を用い、記紀歌謡の歌番号は日本古典文学大系『古代歌謡集』(土橋寛校注)を用いた。

一　各引用文とも字体はおおむね新字体を用いた。

一　注は一括して巻末に掲げた。

目次

## I　テクストを、どう読むか？

## II　声と文字を、どう考えるか？

# I

# テクストを、どう読むか?

# 隠されたもう一つの物語――古事記の正体を探る

## 1　はじめに

古事記の文章はかなり巧みに書かれている。一見、素朴な語り口のようにみえるが、それは、漢文の枠組みから逸脱して生み出される和語の表現が、書きことばとしてはまだ十分に成熟していないためであって、文体の朴訥さを表現の未熟さに見誤ってしまうと、テクストの意味を読み損なってしまう恐れがある。

すこし性急かもしれないが、古事記を読むことは書き手の意図を見抜くことである、といったくらいの心積もりは用意しておいた方がよいと思う。むろん、物語のスタイルをとるかぎり、書き手の意図はめったに文脈の表面（物語の内容）には現れない。書き手の意図は、いつもテクストの書かれ方に具現されているので、それを見抜くには読み手の恣意的な思い込みを介入させないよう、細心の注意が必要である。読みの根拠は読み手の側にあるわけではなく、やはりテクストの方に隠されている。どんな読み方も許容されるのだ、といった単純な読者中心主義は、テクストの所有権を「作者」の占有から奪い取る点では有効であったが、しかし、それが書き手の意図をどの程度あばきえているのかとなると、いささか覚束ないものがある。古事記のテクストには、どのようにでも読めるような仕掛けがいたるところに張り巡らされているからである。

わたしたちが、もし賢明で用心深い読者であろうとするなら、テクストを読み進める手前で、とりあえずその書かれ方（語り口）に疑いの眼差しを向けてみるべきであろう——いったい、どんな罠が仕掛けられているのか、と。

## 2　スクナヒコナの忘却

はじめに、ひとつ、ごく小さな例をあげてみよう。オホナムヂ（オホクニヌシ）が出雲の美穂崎にいると、蛾のぬいぐるみを着て、カガイモの殻に乗りながら波頭を伝ってやってくる神が登場する。名前を聞いても答えないので、付き従う神たちに尋ねたところ、誰も知らない、という。そこにヒキガエルが現れて案山子《かかし》なら知っているはずだというので、案山子に聞いたところ、ようやく、それがスクナヒコナであることが分かる——というくだりがある。

この場面はとてもユーモラスに語られている。読者は語り口の面白さに乗せられて、なるほど、そんな変てこな神なら誰だって知らないはずだ、とついつい納得させられてしまうところである。けれども、ちょっと考えてみてほしい——スクナヒコナは、それほど無名の神だったのだろうか。この神のことを、

「皆、知らず」というのは、いささか腑に落ちないところがあるのではないだろうか。というのも、この神は、古事記が作られた頃は、おそらくもっともポピュラーな神だったはずだからである。『播磨国風土記』や『出雲国風土記』、それに逸文の『伊予国風土記』などで、オホナムチ・スクナヒコナのコンビが活躍することはよく知られており、また、『万葉集』にもこの二柱の神を詠み込む歌が三首ある。

①大汝少彦名のいましけむ志都《しつ》の石室《いはや》は幾世経ぬらむ（3・三五五）

②大汝　少彦名の　神こそば　名付けそめけめ　名のみを　名児山《なごやま》と負《お》ひて……（6・九六三）

③大汝　少彦名の　神代より　言ひ継ぎけらく　父母を　見れば尊く……（18・四一〇六）

①の「志都の石室」は島根県大田市の海岸にあるとされ、②は題詞に、坂上郎女が「筑前国の宗像郡の名児山を越ゆる時に作る」とある。この二首は在地に伝わる民間神話を踏まえたものになっているので、風土記の伝承などを考え合わせると、オホナムチとスクナヒコナの神話は、民間ではかなり広範囲な規模で語り継がれていたことが分かるはずである。③は大伴家持の作だが、「大汝少彦名の神代より」と詠まれているのは、そうした奥行きのある伝承に基づいているとみなければならない。けっして家持の独創によるものではないのだ。オホナムチ・スクナヒコナを創成神とする神話は、当時の民衆にとってはかなり馴染み深いものであったはずなのである。ところが、古事記では誰も知らないまったく無名の神になっている。いったい、これはどういうことなのであろうか。

まず、よく言われることだが、古事記の神話が民間神話をそのまま書き取っているわけではない、という事実が確認できる。しかも、それはたまたま生じたズレといったものではないようだ。「皆、知らず」という言い方には、なにか民間神話を故意に無視したい底意が見え隠れする。そもそも、オホクニヌシがスクナヒコナのことを知らないというのが不審であろう。民間神話で、この二神はいつも行動を共にしていたのである。そこで、あらためて記紀の神話を鳥瞰してみると、そこでは〈オホナムチ・スクナヒコナの神代〉という観念そのものが否定されていることに気づく。記紀の神話でこれに相当するのは、いうまでもなく〈イザナキ・イザナミの神代〉である。ところが、この神話が広く民間のあいだに流布していたという証拠はどこにもないのだ。たぶん、そんな神話は存在しなかったであろう。〈イザナキ・イザナミの国土創成〉は記紀のなかではじめて作り出された神話で、伝承的な基盤などはまったくなかったとみて間違いない。

　そうすると、古事記にスクナヒコナを無名の神とするのは、イザナキ・イザナミを創成神に仕立て上げるために、どうしても必要な措置であったことが分かるのである[1]。つまり、「皆、知らず」という言い方の裏には、この著名な神を意図的に無視しようとする書き手の意図が隠されていたわけである。しかも、オホナムチさえも知らないとすることで二神のコンビを解消させ、民間の創成神話を巧みにバラしてしまったのだ。その結果、スクナヒコナは正真正銘、無名の神になりさがってしまった。かつてあれほど広く親しまれていたのに、今では、日本神話に関心を抱いて古事記を卒論に選択する学生ですら、スクナヒコナのことを知っているものはほとんどいない有り様である。幼児向けの絵本などでも、この神が取り上げられるのは皆無といってよい。そのかわり、イザナキ・イザナミの二神は、老若男女を問わず、圧倒的な知名度を誇る。書き手の意図はまんまと成功したわけである。

## 3　アメノワカヒコの処刑

　こんどはすこし大きな事例をあげてみよう。アメノワカヒコが死んで葬儀を行っている最中に、アヂスキタカヒコネが弔問に訪れるが、そのとき、親や妻が「我が子は死なずてありけり。我が君は死なずてましけり」（我子者不死有祁理、我君者不死坐祁理）と言う場面がある。親族はアヂスキタカヒコネをアメノワカヒコに見誤ったわけであるが、和文調に書かれたこの会話文が曲者なのだ。

　文脈では「その過《あやま》ちし所以《ゆゑ》は、この二柱の神の容姿《かたち》、甚《いと》よく相似たり。故、ここをもちて過ちき」と説明されている。滑らかな語り口であるが、しかし、これをまるまる鵜呑みにするのは考えものである。書き手のたくらみが潜んでいるかもしれない。いったい、なぜタイミングよくアヂスキタカヒコネが登場するのだろうか。アヂスキ自身は、「我《あ》は愛《うるは》しき友なれこそ弔ひ来つれ」と言うのだが、なぜ、二人は親友だったのだろうか。その理由はどこにも語られていない。読み手としては、ここはひとつ、〈アメノワカヒコとは何者なのか？〉という疑問にこだわってみたいところである。というのも、このアメノワカヒコという神は、大そうな役回りが割り当てられているにもかかわらず、その素性がよく分からないからだ。

　アメノワカヒコは、アマテラスからオホナムチの平定を命ぜられて葦原の中つ国に派遣された神であった。この神の前にもアメノホヒが、同じ命を受けて地上に降っている。二神の派遣はいずれも失敗に帰するが、むろん、同じことの繰り返しではない。アメノホヒのばあいは、「大国主の神に媚《こ》び附きて、三年《みとせ》に至るまで復《かへりごとまを》奏さざりき」とあるように、オホクニヌシを平伏させるべき役割のはずが、逆に平伏されてしまうということで、平定の失敗は、アメノホヒの力量不足によるものである。なぜ、そんなふうにやり込められるのかといえば、アメノホヒの素性はオホクニヌシを祭る出雲国造の祖神であって、もともと、オホクニヌシに媚び附くのが職務だったからである。とても、オホクニヌシを平伏させることなど出来るはずはない。いわばミスキャストなわけである。

そこで、つぎに抜擢されたのがアメノワカヒコである。この神については、「大国主の神の女《むすめ》、下照比売を娶《めと》し、またその国を獲《え》むと慮《はか》りて、八年《やとせ》に至るまで復奏さざりき」とある。音信不通の期間が、アメノホヒの三年に対して、八年になっていることから、この二回の派遣は、高天の原側の目論見を実現することの困難さを語ろうとしているのだ、といった上っ面な読みで済ますむきもないわけではない。じっさい、その通りなのであるが、二回目の失敗は一回目とはまったく性格が異なる。なぜなら、アメノホヒは単なる役不足であったが、アメノワカヒコのばあいは、自分が地上界の王になろうとしたのだから、これはもう裏切り行為であり、れっきとした反逆罪に該当するからである。アメノワカヒコは、その罰を受けて処刑されたわけである。

さて、このような重い役回りを与えられているアメノワカヒコとは、いったい何者なのであろうか。アメノホヒのばあい、大国主に媚びるのは、その素性に相応しい役どころであった。これに照らせば、アメノワカヒコの裏切りも、この神の素性に相応しい役回りと考えるのが順当であろう。ところが、アメノワカヒコの素性はよく分からないのである。王朝文学に顔を出す「天稚御子《あめわかみこ》」が、しばしば引き合いにだされるが、このキャラクターは音楽の才能が豊かな天上界の貴公子である。裏切り者のイメージにはほど遠く、名前の類似はたんなる偶然とみた方がよいと思う。それでは、アメノワカヒコは記紀の述作者がオリジナルに作り出した神なのであろうか。

もし、そうだとすれば書き手の手腕は相当なものだが、どうもそうではないらしい。結論から先に言ってしまえば、アメノワカヒコの正体は、アヂスキタカヒコネそのものだったのである。アマテラスを裏切り、高天の原に叛旗を翻すアメノワカヒコは、アヂスキタカヒコネをモデルにして作り出された神なのだ。親族がアヂスキタカヒコネをアメノワカヒコに見間違えたのを、「この二柱の神の容姿、甚よく相似たり」と述べるくだりはじつに巧みで、思わず舌を巻いてしまうほどである。書き手がそのように語ることができるのは、かれ自身がアヂスキをモデルにしてアメノワカヒコを作り出しているからにほかならない。自身が手の内に隠しているネタを逆手に使って物語を編み出しているわけだが、ここでは、いささか巧みさが昂じて馬脚に変じてしまったようだ。とはいえ、古事記の書き手が優れ者であることは間違いない。問題の場面はアメノワカヒコの葬儀と直結しているが、この、鳥たちの行う葬儀はタマフリの儀礼であって、いうまでもなく死者の魂を再生するための呪術である。そこにアヂスキが登場すれば、その姿がアメノワカヒコの甦りとされるのは当然であろう。ストーリーの展開はまったく無理のない流れになっているわけである。けれども見逃してならないのは、その裏側に隠されているもうひとつのストーリーである。

アメノワカヒコの正体がアヂスキタカヒコネであるということは、アマテラスを裏切った罪によって処刑されるという役回りもまた、当然、アヂスキタカヒコネに由来するものでなければならない。アヂスキには、そういった性格があったのであろうか。この神は高鴨神社の祭神であるが、高鴨神社は大和の葛城山麓ではコトシロヌシを祭る一言主神社と並んで屈指の古社に数えられている。アヂスキタカヒコネは大和の代表的な農耕神として、その名を知られていたのだ。古事記では大国主の子とされ、いうまでもなく国つ神である。このように、アヂスキタカヒコネは、高天の原の天つ神とは対立的な関係にある大国主の眷属であり、かつ、大和の有力な農耕神である。その点で、アマテラスを裏切る仇役のモデルになるには、ぴったりの条件を備えていることになる。アメノワカヒコは「天津国魂神」の子とされているが、よく考えてみると、この名称には少し腑に落ちないところがある。「国魂神」は国つ神のことであるが、それが「天津」という称辞を冠して、あたかも天つ神のように言われるのは辻褄が合わないからだ。これは、アメノワカヒコという神格が、天つ神を装っていても、もともとの素性は国つ神の出であったことの痕跡にほかならない。アヂスキタカヒコネの妹であるシタデルヒメを妻とするのも、アヂスキの分身として捏造された経緯から構想されたものであろう。

アメノワカヒコが死んでアヂスキに甦る話が、穀霊神の死と再生を意味することは、はやくから指摘されてきた(2)。それが〈天つ神への裏切りと、その罰による処刑〉というかたちで語られる裏には、大和盆地の有力な国つ神であったアヂスキタカヒコネが、新しく台頭してきた天つ神に敗北して滅びるという、もうひとつのモチーフが隠されているのだ。一連の物語は、アヂスキが「何とかも吾《あ》を穢《きたな》き死人に比《くら》ぶる」と怒りまくって、アメノワカヒコの喪屋を壊すシーンでおさめられている。書き手は、アヂスキにオレはアメノワカヒコではないのだ、といわせているわけであるが、この科白は、その裏側のモチーフを読者に気付かせないために設定されたもので、読み手を欺く罠であるとみてよい。

書き手が、反逆罪で刑死する役回りをアメノワカヒコに当てて、アヂスキタカヒコネの名を隠したのは、現実に信仰されているこの農耕神が、制度的には王権の統治機構においてすでに服属させられていたからであろう。それを説話化することで、謀反者は死の刑に処せられなければならないということを主張しているのである。

## 4　サホビメの悲劇

一般に、文脈の裏側にさまざまな意味を隠しもつのは、神話的な表現の特色であるとみなされている。神話を読むさいに、多義性という概念が有効なのはそのためで、右に取り上げたふたつの事例も、多義的な読み方のテストケースということになるのかもしれない。

けれども、神話的な多義性というのは話型なりモチーフの象徴性に基づくので、厳密に言えば、書き手の意図によって隠蔽される裏側の意味とは区別した方がよい。そもそも、古事記に語られる神話は口承伝承レヴェルの神話に比べると、とても、純粋な神話と呼べるものではない。せいぜい、口承伝承レヴェルの神話を材料にしていると見るのが関の山であろう。いたるところに書き手の意図が加えられているのだ。このことは、上巻の神話のみならず、中・下巻の説話についても同様であり、なんらかのかたちで隠されたモチーフを含む点では一貫したものが認められる。なかでも、サホビメの物語は、そういった書き手の技巧がとくに際立つ箇所である。この箇所は文芸性の高さでも定評があるが、あまり物語的な感動に浸ってばかりもいられない。

サホビメ物語を読み解く糸口は、〈ホムチワケの父はだれか?〉というところにある。婚姻系譜には垂仁とサハヂヒメ(亦名サホビメ)の子として品牟都和気命が記載されているが、これはまったくうわべのことで、物語の叙述はすこぶるあいまいである。話は、サホビコ・サホビメの兄妹が交わす次のような会話ではじまる。

兄「夫《を》と兄《いろせ》と孰《いづ》れか愛《は》しき」
妹「兄ぞ、愛しき」
兄「汝《いまし》、寔《まこと》に我を愛しと思はば、吾と汝で天の下治《しら》らさむ」

サホビコとサホビメは同母の兄妹であり、近親相姦は厳しく禁止されているが、右のやり取りはそのタブーを犯す雰囲気を色濃く匂わせている。意気投合を見届けた兄は、すかさず妹に短刀を授けてその夫、垂仁の殺害を命じる。サホビメは、夫が自分の膝枕で寝入ったすきにその首を刺そうとするが、愛おしさのあまり夫の頬に落涙し、あろうことか、目を覚ました天皇にすべてを告白してしまう。垂仁は激怒して、稲城に立て篭もったサホビコに攻撃をしかけるが、このとき、サホビメは兄のいる稲城に駆け込むという行動にでる。そこから話はサホビコの懐妊と出産、赤児の引渡し、命名、養育のことへと進んでいく。緊迫感に溢れた、まことに劇的な展開といってよい。

ところで、こうしたゴタゴタのさなかに生まれたホムチワケは、いったい誰の子なのであろうか。出だしのサホビコとサホビメのあいだで交わされた怪しくも睦まじい会話は、読者に、ホムチワケの本当の父は垂仁ではなく、兄のサホビコではないのか、という疑いを抱かせるに十分である。サホビメ懐妊のことが、兄のもとに駆け込んだ後に書かれているのも、それらしいところがあるし、また、それにつづく叙述も妙に思わせぶりである。ここは本文を引いておこう。

この時、沙本毘売命、その兄に得忍びずて、後《しり》つ門《と》より逃げ出でて、その稲城に納《い》りましき。この時、その后妊身《はら》ませり。ここに天皇、その后の懐妊《はら》ませること、また、愛《め》で重《おも》みしたまふこと三年《みとせ》に至りぬるに忍びたまはざりき。故、その軍《いくさ》を廻《もとほ》して、急《には》かに攻迫《せ》めたまはざりき。

垂仁はサホビメの懐妊を喜び、三年も愛し合い后として敬ってきたことを思って、稲城への攻撃にストップをかける。垂仁がどれほどサホビメを愛していたかが、痛ましいほどよく表現されているが、この文章には読者を惑わす巧みな罠が仕掛けられているようだ。サホビコとサホビメの近親相姦を嗅ぎ取った読者は、「愛で重みしたまふこと三年に至りぬるに」の一節から、ひとつの疑念を禁じえないであろう。読者は、そうか、この夫婦は三年のあいだ子宝に恵まれなかったのか、それなのに、今、懐妊するとは……ひょっとして?……と、ひそかな疑惑を押さえきれずに、サホビメが天皇に語りかける次のことば、すなわち「もし、この御子を、天皇の御子と思ほしめさば、治めたまふべし」を、読み進むことになる。

このサホビメのことばは、読み手に、〈この御子は天皇の御子ではない可能性もある〉という隠されたニュアンスを示唆するであろう。ことの真偽は読者の判断に委ねるといった筆法だが、それすらもどうやら見せかけのようで、垂仁は、「その兄を怨みつれども、なほその后を愛《うつく》しむに得忍びず」と言って、子供といっしょに妻も救い出す算段にとりかかる。かれ自身は、生まれた子供が自分の子であることに、なんの疑いも抱いていないように書かれているわけである。けれども、こうして誕生した御子は、大きくなってもものを言わない、唖の子供だった。このホムチワケの姿は、読者に強い疑念を呼び起こさせるであろう——ひょっとして、ホムチワケの不幸[3]は、近親相姦のタブーを犯した報いではないのか、と。

しかし、はっきりした根拠は何もない。すべては状況証拠にすぎないのだ。ホムチワケの父は垂仁であったかもしれないし、サホビコであったかもしれない。これまでの研究では、ホムチワケの父をめぐって、喧々囂々の議論が繰り広げられてきたが、おおかた天皇か兄かの二者択一的発想であった[4]。どちらともとれる、といった煮え切らない説が主張されたことは一度もない。けれども、文脈を細かく点検すればするほど、ホムチワケの父は、どちらとも決しかねるように思われる。ちなみに、講義中に、この点に関して学生に意見を求めたところ、回答はほとんど五分々々に拮抗した。これはけっして学生の読解能力不足によるものではなく、ようするに、文章そのものがどちらにもとれるように書かれているのだ。サホビメは愛し合う夫から子だねを授かったかもしれないし、あるいは、兄との肉体関係でホムチワケを孕んでしまったのかもしれない——これが、もっとも妥当な読み方であろう。語り口は微妙にあいまいであり、どうみても、どちらにでも読めるようになっている。

　ホムチワケの父があいまいなのは、書き手の表現技術が拙くてたまたまそうなってしまったといったものではない。おそらく意図してあいまいにされているのである。書き手は、そのような語り口をとることによって、裏で何かを言おうとしているのだ。その意図を見抜くには、もしかりに、ホムチワケの父が文脈上からはっきり読み取れるような書き方がされていたならどうなるかを考えてみればよい。この仮定に答えるのは、それほど難しいことではない。読者は、サホビメが兄と天皇のどちらとより強く結合しているかを、容易に理解してしまうであろう。裏を返せば、父親をあいまいにすることで、サホビメが兄と夫のいずれとも同じ強さで結びついている緊迫した状況が作り出される仕掛けになっているわけである。読み手は、サホビメが追い込まれている苦しい立場に共感し、惜しみなくその痛々しくも哀れな姿に同情するしかないであろう。そこがまさに狙いどころなのだ。

　ひと口に言えば、サホビメとは引き裂かれる女である。書き手は、そのようなサホビメの役どころを心憎いほど周到に描ききっている。まず、彼女を力ずくで引きずり出す豪腕を登場させ、サホビメには、引っ張られてもそれに屈しないような細工を用意させる。引っ張られても大丈夫なように、髪の毛はすっかり剃ってかつらを被り、衣服や玉の緒は腐らせてボロボロに切れてしまうように細工し、赤ん坊を差し出す。そして、このあとに次に引用する巧みな描写が続くのである。

> ここにその力士等《ちからびとども》、その御子を取りて、すなはちその御祖《みおや》を握《と》りき。ここにその御髪を握れば、御髪自ら落ち、その御手を握れば、玉の緒また絶え、その御衣を握れば、御衣すなはち破れつ。

このように、サホビメはさながら引き裂かれる女そのものとして、すこぶる即物的に描き出されている。ところで、サホビメが引き裂かれる女であるというのは、いったいどのようなことなのだろうか。書き手の意図が、サホビメを引き裂かれる女として描くことにあったのなら、この古代の物語はすぐれてモダンなテーマを獲得していることになるだろう。むろん、わたしたちの心情に照らしても、とても共感しやすい話になる。そのあたりをきちんと捉えるには、サホビコとサホビメの愛情がいかなるものであったかを、注意深く読み取る必要がある。この物語は、単純に兄妹間の近親相姦とみてよいのであろうか。

これを確認する材料は、じつは先に引いておいた会話中にある。サホビメは兄に自分が好きかと問われて、好きですと答えるが、これを受けてサホビコの発したことばは、「汝、寔《まこと》に我を愛しと思はば、吾と汝で天の下治らさむ」というものであった。これをみると、兄のサホビコが欲しているのは妹に対する単純な性愛ではないことが分かる。もしそうなのであれば、サホビコは妹と共寝することを求めるはずだが、そうはならず、「吾と汝で天の下治らさむ」と言っているからである。サホビコは妹が自分と固い絆で結びついていることを確かめると、ならばふたりで天下を治めようじゃないかというのだから、兄妹の愛情は、性的結合にではなく、政治的な方面に向かっていることになる。サホビコが求めていたのは近親相姦などではなかったのだ。このことは文脈の表面で語られていることなのである。それでは、サホビコは妹に何を求めているのであろうか。兄妹の協同で天下を統治する、といえば、これはもう〈ヒメヒコ制〉の祭政形態しか考えられないであろう。

サホビコのもくろみはそこにあったのだ。どうやら、ここにきて出だしのあの怪しげな会話も、読み直してみる必要がありそうだ。サホビコの考えは、妹と組んでヒメヒコ制の祭政を実現すること、そして、そのために邪魔になる垂仁を殺すことだった。ところが、このもくろみは妹の優柔不断さのために失敗してしまうのだ。ヒメヒコ制のヒメは兄（弟）と固い絆で結ばれ、かつ、神の妻としてその守護神に仕える神聖な処女でなければならないが、サホビメは天皇の妻になっており、しかも、かれを深く愛している。サホビメは、すでにヒメヒコ制のヒメたる資格を無くしているわけである。このばあいの天皇は家父長的な体制のシンボルであるから、サホビコと垂仁は、単にサホビメの兄、夫といった個人的なレヴェルではなく、それぞれ、ヒメヒコ制と家父長制を代表するキャラクターとして設定されているとみてよいだろう。

そうすると、サホビメが引き裂かれる女であるのは、単に男女の三角関係ばかりでなく、ヒメヒコ制と家父長制のあいだで、いわば制度的なものによって引き裂かれていることになる。この二重拘束《ダブルバインド》状況は、サホビメの破滅と引き換えに悲劇的なかたちで解消されることになるが、それは、いうまでもなくヒメヒコ制から家父長制への転換を意味するであろう[5]。サホビメの悲劇は、ヒメヒコ制という古い政治システムの終焉にほかならなかったのである。そこに、この物語のもっとも核心的なモチーフがあるのだ。

## 5　おわりに

ここに取り上げたのは、注釈書はもとより、諸家の論文においても、これまであまり注意が向けられていないものばかりである。いずれもネガティヴな話題として語られるものであるが、これと類似するケースは古事記の中にかなりみられる。

たとえば、〈スサノヲの追放〉〈オホクニヌシの敗北〉〈ホムチワケの不幸〉〈ヤマトタケルの死〉〈允恭王家の没落〉などは、その大掛かりな話群だが、これらに共通するのは、話の主役がなんらかのかたちで、新時代の確立のために排除しなければならない古いシガラミであることだ。〈スクナヒコナの忘却〉〈アメノワカヒコの処刑〉〈サホビメの悲劇〉もこの系列に属している。これら一群の物語によって古事記が意図したのは、《新－旧の対立とその解消》というシンプルなモチーフで括れるはずである。これを基調低音にして織り成されるさまざまな物語群が、〈日本〉という国家を誕生させる歴史構造のメタファーであったことはいうまでもない。

# アマテラスとスサノヲ——対立の裏にあるもの

アマテラス大神とスサノヲは対立している。この見方はもうすっかり常識になっているが、二神は本当に敵対的な関係をなしているのだろうか。

アマテラス大神は高天の原の主神、スサノヲは出雲世界の祖神という図式のもとに、二神の対立の意味を解読する試みは、おそらく明治三十二年、雑誌『帝国文学』の第八号から第十二号にかけて掲載された姉崎正治の論説「素戔烏尊の神話伝説」にはじまる。近代的な神話研究の導火線となったこの論文の中で、姉崎はいくつかの角度から二神の対立をとらえ、天上／地下、公明／邪悪、温和／暴威といった対照関係を読みとっている。これに倣う分析は、その後様々の分野から精力的に行われており、陽／陰、善／悪、正／負、大和勢力／出雲勢力、支配階級層／被支配農民層、表層文化／古層文化、天つ神／国つ神、律令制／国造制、垂直表象／水平表象、高天の原系／根の国系といったぐあいに、思いつくままあげてみてもおよそ十指を下らない。神代神話の主役級であるアマテラスとスサノヲの神話には、古代史上の大問題があらかた凝縮されており、その対立は神話の多義性《ポリセミー》をもっとも豊かに産出する。従来の研究からみて、このことは否定しがたい事実であろう。

けれども、ここにひとつ興味深く思われるのは、立場を異にしつつ多面的に試みられた分析が、期せずして解体還元的な方向ではすべて歩調を合わせているという点である。いつのまにか文脈面の筋の展開は見失われてしまったのだ。そもそも対立というとらえ方は関係の認識でもあるから、姉崎においてすでに行われていたように、アマテラス大神とスサノヲが対立しているという判断は、二柱の神を、関係としていったん文脈面から抽象するという手続きを経る。以後の研究は、その抽象された対立関係の解読に費されてきたといってよい。このように文脈表面の二項を対立関係として抽出するのは構造分析的な手法の初歩、もしくは基本といって誤りないであろう。

そういった方法論上の意義はともかく、構造的なものへの還元は、何といっても隠された部分を露わにするので、いやおうなく知的興奮を誘発する。わたし自身、研究史を追体験しながら、かなり存分にその気分に浸ったくちであるが、考えてみると、そのあたりに逸脱への落とし穴が隠されていたようである。抽象された対立構造は、いつも別の文脈で解読されていた。だから、それを古事記自体の文脈に回収しなければならない。文学研究の立場を自任したいのなら、まずそのことをきちんと反省してみるべきだと思う。訓詁注釈を含めて、読みの行為は文脈面にとらえられることを余儀なくされる。ただし、そこに連ねられていることばは、わたしの内部で再構成されない限り、なんの意味ももたない。この当たり前の出発点にたち戻りつつ、改めて読み直してみると、アマテラスとスサノヲの対立は、意外にこみ入ったものがある。文脈面を抽象するときに断行された単純化は、しばらく括弧に入れておくことにして、とりあえず、テクストが文脈上であらわす複雑な現象に接してみる必要がある。

＊　＊　＊

アマテラス大神とスサノヲが相まみえる場面は、スサノヲの昇天からウケヒ・勝さびを経てアマテラスの石屋戸籠りへと展開する。このなかで二神はどのような行動をとっているであろうか。父神イザナキから追放されて、スサノヲは「然らば天照大御神に請《まを》して罷《まか》らむ」と言い、高天の原に上る。ところが、その昇天の様を見たアマテラス大神は「我が汝弟《なせ》の命の上り来る由《ゆゑ》は、必ず善き心ならじ。我が国を奪はむと欲《おも》ふにこそあれ」と思い、武装して「何故に上り来る」と問いつめる。アマテラスがスサノヲに厳しく敵対する場面で、男装し満身武装して出迎える大神の動作も、「堅庭は向股《むかもも》に踏みなづみ、沫雪如《な》す蹶《くゑはらら》散かして、稜威《いつ》の男建《をたけび》踏み建びて」とまるで金剛力士なみの迫力である。一方のスサノヲは「僕《あ》は邪《きたな》き心無し」「異心《ことごころ》無し」と平に申し開きをするばかりである。ところが、アマテラスは信用せず「然らば汝の心の清く明《あか》きは何《いかに》して知らむ」と言う。そこでウケヒの段になるわけであるが、ここまでのところでは、スサノヲは、アマテラス大神から向けられる敵対意識をうち消そうとしている点に注意しておきたい。

ウケヒの場合、よく整った律文で描き出されるその情景については本文に譲ることにし、結果的にスサノヲはウケヒに勝つ。「我が心清く明し」「自ら我勝ちぬ」と喜び勇んだスサノヲは、そのまま「勝さび」の行動に出るのであるが、この振舞は、アマテラス大神のとり行う祭儀を汚し、神田を破壊して、高天の原の秩序を土台から覆すものである。ところが大神はその乱暴を咎めず、「屎《くそ》如《な》すは、酔《ゑ》ひて吐き散らすとこそ、我が汝弟《なせ》の命、かく為つらめ。また田の畔《あ》を離《はな》ち、溝を埋むるは、地《ところ》を惜《あたら》しとこそ、我が汝弟の命、かく為つらめ」と、なんとかがまんして寛大に見守っている。けれどもその「悪しき態《わざ》」はひどくなる一方で、忌服屋に天の斑馬《ふちこま》を投げ入れるにいたって、とうとう天の服織女《はたおりめ》が死んでしまう。このところは、書紀本文では大神自身が傷ついてしまうとされ、また一書では稚日女《わかひるめ》の尊が死ぬようになっているので、大神が石屋戸に籠るきっかけはいろいろに語られているが、石屋戸籠りが、日神アマテラス大神の死を暗示することはすでに説かれる通りである。

それはさておき、スサノヲの勝さび行為は、結果としてアマテラス大神に対する徹底した攻撃であった。それにもかかわらず大神がそれを寛大に黙認したのは、アマテラスが、スサノヲと敵対関係になるのを避けたことを意味する。昇天の段とはあべこべに今度はアマテラス大神の方が、スサノヲから発せられる対立意識をうち消そうとしているのだ。

二神はたしかに対立した関係にあるといってよいが、文脈面をたどっていくと、両者は決して正面きって敵対し闘争しているわけではない。むしろ逆に互いに対立を回避し、親和的な関係をつくろうと努めている。だが、それはかみ合わず、まったくずれ合っている。このような展開は、二神の関係をかなりあいまいにする面がある。ずれ合うそのあいまいさが、筋のはこびを促しているともいえる。ウケヒが行われるのは、アマテラスがスサノヲのことばを疑ったからであり、勝さびの乱暴でアマテラスが石屋戸に籠ってしまうのも、大神がスサノヲの行為を容認したためである。しかも、対立を解消しようとする一方の努力は、他方によってほとんど暴力的にうち砕かれてしまうのだ。

アマテラス大神の武装がひどく誇張されていたように、スサノヲの勝さびも極端なかたちで描かれている。その大げさな言い回しは、対立のすさまじさを十分に印象づける効果をもつので、その印象に読みの矛先をとられないように用心したい。眼をすえて文脈面を注視してみると、その誇大な表現はいずれも対立を描いているのではない。敵対心のない相手を、ただ一方的に攻めまくる動作を描いている。対立のすさまじさというようなものではなく、組み合う相手のいない空勢いでとにかく一方的なのである。二神が正面から対峙し合うのはウケヒの場面である。神話的な幻想を駆使した重々しい語り口であるが、これも非和解的に対抗し合うのではなく、かえってそれを解消し合う行為であった。そこでスサノヲの清明心が証明されるわけであるから、二神は当然、和解してよいはずなのに、勝さびが再びずれを引き起こして、結局、アマテラス大神は石屋戸に身を隠し、日の神としては死の状態におちいる。

対立と親和がもつれて交錯するあいまいさのなかで、動的な場面が生気に満ちた文体で次々に描き出されていくので、そのような力強い筋の展開に直に触れるだけでも、文脈に立ち帰る意義はあるといえるが、このような読みのレヴェルは表面をなぞるだけで、それほど意味はない。出会った疑問のひとつひとつにテクストから答えを見出しながら、読みの体験をもっと深めていくべきであろう。

文脈《コンテクスト》というのは視えるようで視えない。分かったようで、どうにも分かりにくい。読むことを、わたし自身の行為として記述しようとするなら、その行為が企てられている文脈と、読み手のわたしが、どのように相互交流しているのかということに、細心の注意を払う必要がある。文脈面という言い方を何度かしてきたが、これには別に深い意味はない。読み進みながら、ごく自然に場面や情景をイメージさせるようなことばのつながりという程の意味あいである。注釈上の問題がかりに解決されていれば、テクストのことばは、読み進むなかでなかば自動的にイメージに組み立てられていく。反省以前のこの言語作用が読みの体験のはじまりである。イメージは、その中から生起してくる。そして、それは読みの進行とともに成長し続ける。

しかし、なぜそのように生成し流動するのかは分からない。スサノヲもアマテラスも、ただわけもなく脳裏で活動する侵入者のようで、それを動かしているものは、決してイメージ化されてこない。その何ものかはおそらく文脈面の背後にあったはずである。しかも、それは、なかば自動的にイメージ化する読み方ではとらえきれない。テクストを読むことは、自動的にイメージを受けとるだけでなく、それを操る隠された意図を探り出し、それによって、イメージが生み出される仕組みを、わたし自身の脳裏において可視化することでなければならないと思う。

アマテラス大神とスサノヲの関係は、文脈面を吟味すればするほどあいまいなイメージになるが、その背後にこそ読みの行為を企てるべき領域がある。あいまいな対立とはいったい何を意味するのか。さし当たりこういった問い方は順当なものだが、しかし念のためここで、この種の設定が、読み手をかなり微妙な分岐点に誘い出したことを思い出しておきたい。問いかけは、問う者を対象から自由にするので、意味の解読が読み手の努力に委ねられた瞬間に、対象である文脈全体を見失う契機がしのび込む。このときかりにわたしが、古事記とは別の文脈においてその問いに答えたならば、文脈面からえられたイメージはたちまち壊れてしまうだろう。脳裏のイメージはそのまま温存し、その流動体になおも生気を与えつつ、その意味するところを読みとらねばならない。

先の危険な問いは、読み手を文脈に拘束するかたちに言い改めておくのが無難であろう。すなわち、あいまいな関係はどのようにして生み出されるのか。意味とは生み出されたものである。そして、それは文脈において生み出される。文脈とは、ことばの個々のつながり方ではない。それらが響き合い呼応し合う相乗作用、もしくは、そういった競合する流れの総体である。表面からは直接イメージ化されないその流れの深みから、スサノヲとアマテラス大神のあいまいな関係が生み出されてくる。

ウケヒから勝さびにかけてのつながりを分かりにくくするのは、邪心を疑われたスサノヲが、ウケヒに勝って清明心を証明しておきながら、勝さびの行為でアマテラス大神に危害を加えて悪行をはたらく点である。いったいなぜ、このように自らの邪心を暴露し、清明心にそむくような振舞をするのであろうか。さらにいえば、このような筋のねじれ現象のなかで、アマテラス大神の方も一見矛盾する態度をとっている。はじめに従順な姿勢をとるスサノヲに対しては敵対したのに、あとで乱暴に振舞ったときには、どうして寛大だったのだろうか。なにかちぐはぐで、どう考えてみてもかみ合っていない。文脈面で奏でられるこのようなばらばらの不協和音は、全体としてどのように調和されているのであろうか。

＊　＊　＊

文脈面を切開する糸口として「勝さび」に注目してみたい。この辺にずれの出どころがあるように思われるからだ。うがった見方をすれば、ウケヒに勝ったのにスサノヲが破壊的な行動に出る展開には、どこか無理があるのではないかと疑うこともできなくはない。かりにスサノヲが負けたのであれば、そのうさ晴らしに無茶をするのはいかにもこの神にふさわしく、すっきりした展開となる。しかしスサノヲは勝っている。勝って身の潔白が証明されたのに、乱暴をはたらく理由はどこから出てくるのか。このような素朴な疑問に追いうちをかけるのは、「勝さび」という語そのものである。不用意な注釈では、勝さびを乱暴な振舞の意に解するものもあるが、それは、正確さを欠いた見方で、きちんと語義を解析する限り、この語は「さび」に意味の重心がある。

「神《かむ》さびせすと」（1・三八）、「貴人《うまひと》さびて」（2・九六）、「処女《おとめ》さびす」「男さびす」（5・八〇四）といった万葉集の用例に照らして、「さび」の原義は、「そのものにふさわしい、そのものらしい行為・様子をし、またそういう状態であることを示す」（岩波古語辞典）、あるいは「ある状態が勢いの赴くままに、とめどもなくひたむきに進むこと」（時代別国語大辞典　上代編）という意味に理解してよいだろう。

そうすると「勝さび」は、勝者にふさわしい振舞を勢いの赴くまま存分に行う意である。「さび」に善悪の色づけは含まれていないとみるべきなので、スサノヲの勝さびが、悪行としてあらわれてしまうのはなぜかという疑問は、ここでさらに強まることになる。注釈レヴェルと文脈面の間には、無視できない段差がある。このギャップを埋める方向で、読み方を改めてみるとどうなるであろうか。

「勝＋さび」という複合形態が問題である。この言い方は、たぶん古事記のこの部分の文脈のために考案された造語で、勝さびの「勝」は、ウケヒに勝ったことから直にかぶせられているとみてよい。すると勝さびの勝者らしい行動は、すなわち、ウケヒで証明されたスサノヲの清明心の発露でなければならない。アマテラス大神がそれを容認しているのも、ウケヒによってスサノヲの善心が証明されたからなのであろう。スサノヲが勝者らしく振舞うのは、ウケヒに勝ったのだから当然のなりゆきである。ウケヒから勝さび行為を描いて、アマテラスの寛容さを導く流れには破綻がなかったわけである。これを逆にさかのぼってみると、高天の原に昇天したときに、スサノヲが釈明した「僕は邪き心無し」ということばとも首尾が合うから、もつれた流れのひと筋は、どうやら、解きほぐすことができるようだ。

そこで、当面の課題であった二神の対立という問題に視点を引き戻してみると、ここに確認された筋の流れは、はっきりと対立の解消というモチーフを貫いていることがわかる。

ところが、このように「勝さび」の注釈レヴェルと文脈のずれを調整していけばいくほど、その勝さび行為が、どうして高天の原の秩序を破壊し、さらには日の神を死に追いやってしまうのか、という疑問は深まるばかりである。先ほどから、文脈面にみられる筋のあいまいさを読み解こうと努めてきて、ある程度は語義の正確な把握によって解決されたのであるが、「勝さび」と乱暴行為を等号でつなぐ段になると、そのような注釈的なやり方は役に立たなくなる。

もっと文脈全体から考えていくべきであろう。文脈はどのようになっているのか。スサノヲとアマテラスは、明らかに対立を解消し合おうとしているのであるが、しかし、考えてみると、このような行為は、そもそも二神が対立した関係におかれているからこそ行われるので、要するに、対立解消の前提には隠然とした対立があるのだ。しかしながら、この前提与件としての対立は、そのままスサノヲとアマテラス大神の関係として、文脈面にあらわれているのではない。事情はそのように単純なものではない。二神は対立という枠組の中で行動し、それに操られながらも、なおかつそれを超えようとする。これを文脈面の動きとするなら、対立という前提与件は、文脈そのものに設定されている深層の枠組とすべきであろう。文脈は決して二次元的な平面ではない。深さを内蔵した三次元的な組織体である。文脈表面の展開は、深層部からせり上がってくるものの現われにすぎない。それは、文脈全体を統括する枠組のなかでうごめく流動体である。

スサノヲとアマテラスは、互いに自分の真意を理解してもらおうとするが、そうした親愛の情を裏切り、和解へ向かう流れをかき乱しているのは、文脈深部に存する対立モチーフである。深層から表面へ上昇するこのせめぎ合いは、文脈面に緊張をもたらし、陰影に富んだ場面展開を形づくるが、「勝さび」行為の結果、アマテラス大神が石屋戸に籠るという展開は、文脈深部の対立モチーフが表に露出した場面とみることができる。つまり、勝さびを悪行にしてしまうのは、文脈面からのつながりではなくて、深部に隠されている枠組である。「勝さび」の意味は、その次元から読みきる必要があろう。注釈レヴエルで直面した壁も、そのように読みを深化させることで、のり超えていくことができるものと思う。

「勝さび」は勝者にふさわしい行為の意であったが、勝者とはスサノヲである。スサノヲが、勝者として自分にふさわしい振舞をはばかることなくあらわすのが勝さびである。それはまた、ウケヒによって証明された清明心の発露でもあった。このときスサノヲの内面を充たしているのは、スサノヲという神格の内性そのものであろう。つまり、勝さびとはスサノヲがスサノヲらしく、その本来の性格がおもむくままに、心ゆくまで存分に行動することなのである。ところが、そのような振舞がまさに高天の原を土台から揺がすもとになるのだ。ここに対立のもっとも中心的な意味が隠されている。

スサノヲの内性から出るストレートな行動は、高天の原では害悪でしかない。勝さび行為が悪行となるのは、そもそもスサノヲが高天の原的秩序になじめない神格だったからである。これがかりに、高天の原がスサノヲの本性を受け入れる世界だったら、勝さびは好ましい善行としてあらわれたであろう。善悪にかかわらないはずの勝さびに、悪行乱暴の色づけを施すのは、その行為の行われる高天の原という場所である。スサノヲの本性から行われる勝さびが否定的にあらわれるのは、スサノヲが、そこと非和解的な対立関係にあったからにほかならない。スサノヲが対立するのは、高天の原という場所＝文脈《コンテクスト》である。アマテラス大神は、むしろ、スサノヲをその場面に容認しようと努める。つまり、アマテラス大神とスサノヲが対立しているわけではない。鮮度のおちた常識は、このあたりで、いちどひっくり返しておいた方がよいであろう。対立はもっと深いところで形づくられている。

二神をめぐる神話が始まるのは、三貴子出生・分治の段であった。イザナキの左目から生まれたアマテラス大神は高天の原、右目から生まれたツクヨミは夜の食国の統治を命じられ、それに従うが、鼻から生まれたスサノヲは海原の統治を拒んで啼泣し、「妣《はは》の国根の堅州《かたす》国」に行きたいと訴える。それで父神に追放され、高天の原に姉のアマテラスを訪ねて昇天していく。そのあたりからかみ合わない対立がはじまったわけであるが、ここで改めて文脈面の全体をたどってみると、ウケヒに勝って証明された身の潔白、つまり、高天の原を我ものとするような異心は無いという清明心は、根の国を志向するスサノヲの心情と重なり合うことがわかる。スサノヲの内性は根の国と強く結合している。

父神の命令にスサノヲだけがそむいたのは、日月二神がその内性に合った領域が割り当てられたのに対して、海原がスサノヲとは異質の世界であったからと考えるべきであろう。もっとも、これはあくまでも古事記の設定するかたちであるが、それならば、スサノヲの志向する根の国はどのように設定されているのであろうか。再び勝さびの場面に視線を戻してみる。勝さびとは、スサノヲがその本来の内性を発露する行為であった。そのようなスサノヲとは根の国を志向し、根の国の主として振舞う神である。だから、勝さびの勢いで引き起こされる事態は、きわめて根の国的なものといえる。アマテラス大神が身を隠したあとに現出する光景、「ここに高天の原皆暗く、葦原の中つ国悉《ことごと》に闇《くら》し。これによりて常夜往きき。ここに万《よろづ》の神の声はさ蠅なす満ち、万の妖《わざはひ》悉に発《お》りき」という状態は、大祓や道饗祭の祝詞に、罪と災の源泉とされる根の国のイメージに重なり合う響きがある。勝さびのところまで、ひたすらスサノヲに行動を促してきた深部の熱気が、その勝さびを、悪行乱暴の意味に歪曲する高天の原世界を叩き壊しながら、表側に噴き出してくるのである。高天の原から根の国的なものへのこの暗転が、対立の何たるかを示している。

このように、アマテラス大神とスサノヲのかみ合わない関係の背後には、高天の原と根の国のぬきさしならぬ対立がある。二神の行動は、文脈深部に設定されているその枠組に規制されているといってよい。しかし、二神の関係を高天の原対根の国の対立として読み解くのは、たとえ文脈の深層部に即していたとしても、解体還元的な思考様式への逆戻りであろう。読みとるべき目標は、深層から表面に向けて生み出されてくる意味の総体である。その全過程が文脈なのであり、要するに文脈とは、意味を生み出すために組織されたことばのしくみといえる。

そのような言語組織《テクスト》が描き出す神話は、二神の対立そのものではない。ちぐはぐにくい違いながらも、互いに親愛と融和を求め合う関係であった。対立構造に還元してしまうと、そのようなアマテラス大神とスサノヲの生気に満ちたあいまいさは、とたんに粉々に砕けてしまう。文脈のなかで意味が生み出される垂直的な上昇過程を、全体的、かつ共時的に読みきる必要があろう。親愛を求めて敵対を避け合う文脈表面の不安定さは、そのまま、文脈深部でなされている意味生成のぎこちない過程を投影している。

つまり、敵対関係の回避は、文脈深部に存する高天の原対根の国という対立が、なんとかして解消されようとしていることを意味するのだ。そのように読んでおけば、とりあえず、一段落ついた格好にはなろう。しかし、これで読みが完了したわけではない。すぐ新しい疑問に直面する。そもそも、高天の原対根の国という対立は、なぜ設定されているのか。また、それはどうして解消すべくされているのか。対立解消の前提与件である対立そのものは、古事記というテクストが設定するもっとも底辺の枠組である。だから、それは、神代世界の内部と外部を仕区る境界ともなっているのだ。このきわどい境目に立って、高天の原対根の国の対立を読みとってみると、どうなるであろうか。

＊　＊　＊

一般に、高天の原と根の国が対立している事実は広く知られている。手短かにまとめてみると、高天の原は、天上と地上を垂直的に表象する世界像に支えられているのに対して、根の国は、この世と他界を水平的に表象する世界像からイメージされる理想郷である。根の国が琉球諸島のニライ・カナイ、すなわち海上他界と同根の神話世界であることは、柳田国男をはじめとする民俗学者によって発見され、松村武雄が『日本神話の研究』第四巻においてこれを精細に検証している。根の国の原像は、この世の富と秩序がもたらされる海上彼方の理想郷と考えてよい。松村によれば、それは「民族の本貫」として信じられた古層の神話世界であった。スサノヲが、そうした原郷から訪れるマレビト神であったことも繰り返し論じられている。これらの先学に異説をはさむ余地はない。

しかし、このような一般認識は、あくまでも民俗信仰の世界において成立するものである。神代の神話は、決してそうした基層文化の文脈で形づくられているのではない。スサノヲは「妣の国根の堅州国」に行きたいと言うが、この古事記特有の言い方は、根の国の原像が、神代神話のなかでどのように変形されているかを端的に示している。「妣の国」は、古事記の上巻末にイナヒノ命が「妣の国として海原に入りましき」とあるように、「海原」である。そこが民族の原郷としての「妣の国」であった。

スサノヲも、本来はそこに帰っていくべき神だった。けれども、スサノヲは「海原」の統治を拒んで、「妣の国根の堅州国」を志向したのである。この「根の堅州国」は、たとえ「妣の国」と呼ばれても、もはや「海原」からは分離された世界である。それは「堅州国」、すなわち周縁に追いやられた「片隅《カタスミ》国《クニ》」なのであり、かつ、「黄泉比良坂《よもつひらさか》」によって境界が示される場所である。ヒラサカは段差をなして傾斜する崖のような境界であるから、スサノヲの赴こうとする根の国は、海原につながる水平的なイメージは失われ、遥か彼方の地底の世界となっている。そのような根の国は、民俗信仰の世界にはどこにもない。古事記というテクストのなかにしか存在しない場所である。

海原から引き離された「妣の国＝根の堅州国」は、根の国が、神代という神話世界に編入されて生じた変形である。こうした再編過程のなかで、民族の原郷として限りない憧憬に支えられていた根の国は、きわめて否定的にその価値をおとしめられる。むろん、それは高天の原的世界像に対して否定的存在とされるのである。この関係づけこそが、まさに神代世界のもっとも基底的な枠組となる。それは作られたものなので、最初からそれにふさわしい役割をもたされている。すなわち、その枠組は、自律した聖なる他界としての根の国を、高天の原に神聖価値を集中する垂直的な世界像のなかに、否定的に組み入れるはたらきをするのだ。

もともと聖なる中心であった根の国と高天の原が、ふたつながら同じ世界のなかで関係づけられるわけだから、当然、全体は対立を生じて緊迫するであろう。しかし、根の国の神聖価値を収奪し、片隅の位置に構造化しておけば、その否定された負のエネルギーは、高天の原の正なるエネルギーを相殺することなく、階層的に構造化された世界の内部を循環して、かえって、それに活力を与える流れに回収される。根の国を極遠の周縁に追いやりつつ、その神聖を収奪して循環するこの激した流れは、言うまでもなく、スサノヲとアマテラス大神の神話を生成する文脈の底流でもある。その流れは、引き続き、高天の原から追放された後のスサノヲ神話をも生み出していく。たび重なる追放の果てに「根の堅州国」に辿り着くスサノヲは、根の国を周縁部に構造化しようとする深層のライトモチーフに、絶えず操られているのである。

テクストの底辺を形づくるそのような枠組は、律令国家のイデオロギー的要請から作られた。だから、それは、国家が悠久の民俗世界と境を区切る標でもあった。そこを過ぎたとたん、風景は一変する。スサノヲも根の国も、イザナキ・イザナミも、日の神すらも、すべて、本性を傷つけられて寄せ集まり、それらの群がりとひしめきで喧噪が渦を巻き、悠久の時は乱れて、流れは逆巻く。境界を越えて、テクストのいちばん深みに降りていくと、そのような歪んだ光景が、わたしたちの眼を襲う。それが、国家の始まる風景というものなのであろうか。

# ヤマトタケルの暴力——反秩序的なものの意味

## 1　はじめに

古事記のヤマトタケル物語は、ヲウスノ命が兄のオホウスノ命を厠で暴行するところから始まっている。この書き出しの部分に関して、倉野憲司は『古事記全註釈』（第六巻）で幸田露伴の示した疑問[1]を紹介しているが、あまり注意されていないようである。

露伴の疑問はテクストの読みに深くかかわっている。しかし、露伴は書かれていることがらを読み取るのに急なあまり、それが書かれるかたちに目を向けていない。そのため、そこで出されている貴重な問いかけには然るべき答えが与えられていないように思われる。ヤマトタケルの物語はいったい何を言おうとしているのか。その主題の読み取りはむろん重大ではあるが、しかし、その前にわたしたちは、それが書かれるテクストの客観的な在り方に注目する必要があろう。内容は形態においてまず自らを表現するからだ。テクストにおいて表現内容（ことがら）と表現形態（かたち）は、ちょうど言語における記号内容《シニフィエ》と記号表現《シニフィアン》のように表裏一体であり、テクストとは、書かれ方においてその意味を生み出す表現の場である。読むことは、自らがその場に関与していくことであると言ってもよい。

物語の発端のかたちは、テクストが描き出そうとしている人物像のアウトラインを定め、この物語を成り立たせる基底のモチーフを示しているはずである。

## 2 不連続の意味

景行記は全編があたかもヤマトタケルという一人物の〈伝〉の形態をなしており、古事記のなかでもひときわ異彩を放つ部分である。

その前半部の記事の配置は、①景行天皇の后妃皇子女系譜、②オホウスノ命の背任、③ヲウスのオホウス虐待、そして④ヲウスのクマソ征伐という流れになっている。このうち、露伴が疑問を抱いたのは②から③にかけての展開である。②の話は、景行から三野国のエヒメ・オトヒメの召喚を命じられたオホウスが、その命令に背いて二人を横取りし別の女を天皇に差し出すが、天皇はそれに気付いてこの女性と交渉をもたなかったという内容である。そして、後日談のようなかたちでオホウスと、かれが横取りした二人の女性との婚姻系譜が添えられている。けれどもそこから直ちに③につながらず、この御世の国家的な事蹟記事を挟んでヲウスの話が書き出されている。その文脈模様は次のようになっている

故、其の大碓の命、兄比売に娶《めと》して生める子、押黒の兄日子王。また弟比売に娶して生める子、押黒の弟日子王。[A]

此の御世に、田部を定め、又、東《あづま》の淡水門を定め、又、膳《かしはで》の大伴部を定め、又、倭の屯家《みやけ》を定め、又、坂手池を作りて、即ち竹をその堤に植ゑたまひき。[B]

天皇、小碓の命に詔らさく、「何とかも汝の兄《いろせ》は、朝夕の大御食《おほみけ》に参出来ぬ。専《もは》ら汝泥疑《ねぎ》教へ覚《さと》せ」とのりたまひき。[C]

露伴は、Cの「天皇、小碓の命に詔らさく……」の書き出しは唐突であり、内容のうえからAのオホウスノ命の話とつながりをもつので、当然、Bは①の后妃皇子女記事の後に書かれていなければならないと述べている。これは鋭い着眼である。Bのような説話を伴わない事蹟記事は、古事記の通例からすれば皇統譜の部分におさめられるか、そうでなければ享年・墓陵の記事などと一緒に末尾に回されるべきところである。

どうみてもBの記事は、AからCへの流れを中断する不自然な場所にある。露伴は、このBはオホウスの話の前、つまり①の部分で記述されるべきであり、AとCは切れ目なく連続して読まねばならないと主張する。なぜなら、Cの「天皇、小碓の命に詔らさく」がAに続かないとしたら、景行の「何とかも汝の兄……」の係るところがなくなってしまい、「語は語の体をなさず、文は文の体をなさぬようになる」からである。この読み方によれば、オホウスが大御食に顔を出さないのは、天皇に献ずべき女を横取りしたことに対する咎めを恐れたからで、AとCはBの記事によって分断されているが、このふたつの話は一貫した流れで書かれていることになる。すると、景行がCでオホウスを大御食に出るように指示するのは、Aを受けてのことになるが、この点については次のように述べられている。

天皇は皇子の御所行を快くは思し玉はぬではあつただらうが、是の如きことをもて御親子の間の長く疎くなりたまはんことを厭はしく思したまうたので、大碓命が明らさまに罪を乞ひさへしたまへば、雲去つて山青く、蝕除こりて日明らなるが如くあらせられようとして、小碓命に泥疑教へ覚せと詔らせられたことと考へられる。

オホウスは背任の咎めを恐れて大御食に欠席するが、天皇は寛大な心でかれを許そうとしてヲウスに勧誘を命ずる――これが露伴の読み方である。ヲウスが兄に暴力を加える理由は、ヲウスが年若く剛勇であったため「天皇の思召とは違つて了つた」のであろうとされている。これを紹介した倉野は、その「碩学の眼光の鋭さと考証の精緻さ」に脱帽しているが、大方の評価も同様なのではないだろうか。というよりも、露伴の読み方は、今ではむしろ当たり前になっていると言った方がよいのかもしれない。

このような解釈は、わたしたちにとっても、文脈に照らしていちいち検証するまでもないほど、いわば暗黙の前提になっているように思われるのである。

けれども、もしそうであるなら、古事記はひどく杜撰な書き方をしているということになろう。テクストの作成者がたまたまBの記事を置く箇所を誤っただけなのだ、と。だが、これがあえて取られている措置だとしたら、どうであろうか。文脈上の不整合さを犯してまで、Bがこの場所に置かれているのだとしたら、その不連続は何かの意味をもたされていると考えるべきであろう。そのばあい露伴の読みは誤りということになる。なぜなら、その読み方は、文脈上の不整合さはちょっとしたミスに過ぎず、その不連続には何の意味もないとみなされているからである。もし、文脈上の不連続が何らかの意味をもつとするなら、露伴の試みた読み方は成り立たなくなってしまうであろう。

露伴の読みが妥当かどうかは、むろん実際に本文に当たってみなければ分からない。しかしその前に、それにもかかわらずBはそこにあるという事実をどのように受け止めたらよいのか。Bの記事に何らかの意味があるとするなら、それは、内容よりもその配置によってであろう。かたちのうえから見れば、BはAとCのあいだに配置されたことによって、AからCへの流れを中断し、Cの部分が文脈上Aから直接的な影響を被らないようにしている。テクストの形態をありのままに受け取るならそのように考えざるをえないが、これは言い換えれば、露伴流の、つまり、わたしたちにとっても常識になっている読みは間違っていることを意味する。というのも、通常のテクスト組成をゆがめてまで、事蹟記事をAとCのあいだに置くのは、それによってAをCから断ち切る意図があると判断されるからである。この書き方は、読み手に対して、あくまでもAはA、CはCとして読むべきことを指示していよう。これを内容面で見れば、Aはオホウスの話であり、一方のCはヲウスを主人公とする話であるから、Bの記事は、主人公を別にする両者の表面的なつながりを一度切り離し、それによって、新たにヲウスの物語が書き出されるかたちになっているわけである。

文脈上の不連続さをこのように理解したとき、わたしたちは、ヲウスの物語を始めから読み直さなければならなくなるが、その前に、オホウスの物語についても読み落としがないかどうか吟味してみる必要があろう。書紀には、景行紀四年二月条と四十年七月条の二箇所にオホウスの記事がある。四十年条の記事は、東征に派遣されるのを拒んで逃げたために天皇から咎められ美濃に封ぜられる話で、これは古事記に伝えられていないが、四年条の方はほとんど古事記と同趣である。

天皇、美濃の国造、名は神骨《かむぼね》が女《むすめ》、兄《あね》の名は兄遠子、弟《おと》の名は弟遠子、並に有国色《かほよ》しと聞こしめして、則ち大碓の命を遣して、其の婦女の容姿を察《み》しめたまふ。時に大碓の命、便ち密に通《たは》けて復《かへり》命《ことまう》さず。是に由りて、大碓の命を恨みたまふ。

この記事に関しては、書紀にヲウスと同年齢とされるオホウスが四年に出るのを不審とし、錯簡とする見方がある（岩波古典大系本頭注）。けれども、これは同年条に、景行天皇が美濃に八坂の入彦の皇子の娘の評判を聞いて召喚する「泳宮《くくりのみや》伝承」が記載されているので、たぶんこれとひとまとめにされたものであろう。いずれも美濃の女性をめぐる景行の婚姻譚である。しかし、八坂の入彦の皇子の娘である八坂の入媛が成務天皇を生んで皇統譜との結合が緊密であるのに比べると、オホウスを使者に派遣して美濃国造の祖である神骨の娘を召す話は、女性のエトホコ・オトトホコといった説話風の名前などからみて、かなり遊離性がつよいものである。書紀にこのふたつの婚姻譚が並べられているのは、オホウスの話が八坂の入媛伝承にもとづいて作成された事情を裏書きするように思われる。

しかし、二次的な述作か否かはこの際さほどたいした問題ではない。いずれにせよそれが語られているという事実の方が重要である。古事記の話も書紀と話型をひとしくするので、この構造はオホウス物語の骨子とみてよい。それが語られる意図はどこにあったのであろうか。西郷信綱は「ここで大碓につきこのような話が語られている意味が何かは、よくわからない。勇猛な小碓と対比するためであろうか」（『古事記注釈』第三巻）と述べている。確かにオホウス物語のモチーフはつかみにくい面があるが、八坂の入媛との婚姻が、地方豪族の娘を娶ることによってその祭政権を掌握するという王権の支配構造を示す典型であるから、これに照合すると、オホウスが天皇の婚姻相手を横取りするのは、サホビコやハヤブサワケのばあいがそうであったように、王権に対する侵害行為ということになる。オホウスの行為はきわめて反王権的なのである。つまり、この話はオホウスの反逆性を語るところにねらいがあるとみて誤らない。東征の命令を拒むオホウスの挙動が、このモチーフとつながりをもつことは言うまでもないだろう。

古事記のオホウス物語は書紀と重なり合うが、細かく観察してみると気になる違いがある。書紀では所望する美女を横取りされた景行が「是に由りて、大碓の命を恨みたまふ」とされている。心情として理解しやすいし、権力者の立場からしても然るべき態度であろう。ところが、古事記の方は「是に天皇、その他《あだ》し女なることを知らして、恒《つね》に長眼《ながめ》を経しめ、また婚《ま》きたまはずて、惚《なや》ましめたまひき」というように、裏切られた恨みが身代わりに召された女性に向けられており、なぜか背任者オホウスに対する怒りの情は語られていない。ここに描かれている景行は、いかにもネクラでいじけた性格の持ち主であり、書紀の方が無理のない流れになっている。古事記の書き手は、書紀のように反逆者を恨む語り口に手を加えて、これをあえて修正していると考えられるのである。

このような景行の不自然な行為は、おそらく、オホウスの背任譚をヲウス物語から切り離しているテクストの書かれ方と不可分である。テクストは、景行がオホウスの横取りを恨んだわけではないと語っているのである。つまり、オホウスに改悛の気持ちさえあれば許そうとして云々という、わたしたちもあまり疑っていない露伴流の文脈把握は、テクストのありのままの形態とずれていることが改めて確認できるわけである。古事記の文脈は、このような理解のされ方を避けるために、わざわざ書紀の「是に由りて、大碓の命を恨みたまふ」という一節を書かなかったのであろう。オホウスの行為は十分に反逆的であったが、景行はそれを恨まなかった。このような屈折した景行の描かれ方は、ヲウスの物語が新たに書き出されていることと連動していると考えられるので、その分かりにくい書き方の意味は、ヤマトタケル物語のモチーフに照らして捉えるべきであろう。

## 3 「泥疑」の文脈

古事記はヲウスノ命をどのように造形しようとするのか。ヤマトタケル物語がオホウスの背任譚といったん切れるかたちで始められているとすれば、天皇がヲウスに「何とかも汝の兄は、朝夕の大御食に参出来ぬ。専ら汝泥疑教へ覚せ」という書き出しは、いかにも唐突である。

どうしてもこれを前段の内容につなげたくなるが、しかし、そのような読まれ方をあたかも先取りするかのごとく、そうではない、そこに区切れがあるのだということを示すのが直前に置かれている無関係な記事である。そして、それと呼応するのがオホウスを恨まなかったことを語る前段の結末であった。「泥疑」ということばをめぐるヲウスのオホウス虐待譚は、このような二重の措置を経て始められる。この話は書紀には見られないが、書紀では景行がオホウスの背任を恨んだと書かれているので、この話が載せられていれば展開はすんなりいくはずである。それなのに語られないのは、ひょっとしてこれが古事記の制作になるのではないかという疑いを抱かせる。むろん、書紀の「日本武尊」は天皇に忠実な礼節ある皇子であるから、兄を残酷に暴行する伝承は採用できないという事情があったのかもしれないが、少なくとも素朴に原伝承を想定するのは避けた方がよいだろう。古事記のテクストにおいてまさに形成されようとしている意味を捉えること、これが問題だからである。

この場面は景行とヲウスの会話を骨子としている。逐一の引用は繁雑になり、また、かえって会話のやりとりに注目した方がモチーフを的確に把握できるように思われるので、地の文を省略して示してみよう。

景行「何とかも汝の兄は、朝夕の大御食に参出来ぬ。専ら汝泥疑教へ覚せ」
景行「何とかも汝の兄は、久く参出ぬ。もし未だ誨《おし》へずありや」
小碓「既に泥疑《ねぎ》つ」
景行「如何にか泥疑つる」
小碓「朝曙《あさけ》に厠《かはや》に入りし時、待ち捕らへ搤《つか》み批《ひし》ぎて、その枝を引き闕《か》き、薦《こも》に裹《つつ》みて投げ棄《う》てつ」

吉井巌が注目したように、(2)この話のポイントは「泥疑」にある。吉井は、景行の言う「泥疑教へ覚せ」とヲウスの言う「既に泥疑つる」のネギは同音でありながら意義を異にしており、「その意義の相違が、天皇の予想に反した、小碓命の兄殺害の行為を導いてゐるのである」と述べる。さらに、ことばのとり違えで意外な結果を生むパターンが民衆の笑い話にも見られることから、この話の意図は、そのような説話形式を使って「かかる事件をまき起こす馬鹿正直だが異常な力をもつ主人公を浮彫りにすること」にあると論じている。ヲウスが馬鹿正直で異常な力の持ち主であるというのは、その名前の意味が臼にまつわる民間信仰から帰納されているからである。

ヤマトタケル伝承の成立を捉えるうえで吉井の論は貴重であり、景行系譜に見られる父子関係の異常さから、ヤマトタケル天皇が皇子に格下げされていく経緯を皇統譜の形成される史的段階に位置づけた研究は、古事記生成の全体的な解明にも大きく寄与する。ここでは読みの問題に終始したいので、形成過程についてはとりあえず脇に置くことにするが、「泥疑」に関して言えば、吉井の説明ではテクストが表そうとしているヲウス像の輪郭はまだ見えてこないように思われる。意義のとり違えや臼の民間信仰がひとつのパターンとして認められたとしても、それを使って語られることがらは、あくまでもテクストにおいて表現される。説話的な発想形式がそのまま主題を規定するとは限らないので、ここはテクストへの問いかけを優先させるべきであろう。

景行は大御食をボイコットしたオホウスを「泥疑教へ覚せ」と命じ、これを受けてヲウスは厠でオホウスを捕らえ、その腕をもぎ取って薦ぐるみ投げ捨てる。厠だから川に投げ込んだのであろう。殺したとは書かれていないが、この暴行はほとんど虐殺にひとしい。ヲウスの暴力を強く印象づける書き方であるが、その暴力はどのような意味をもっているのであろうか。これを解く鍵は「泥疑」ということばにある。天皇は繰り返し「泥疑教へ覚せ」「もし未だ誨へずありや」と言っている。このばあい「教」と「誨」は同訓、「覚」もこれらにほぼ同義であるから、天皇のことばは「泥疑」の意味いかんにかかわらず、具体的には「教（誨）へ覚し」を指示している。要するに、言わんとするところは「大御食を欠席するのは良くないことであるから、そのところをよく教えて本人に気付かせるようにしなさい」ということであろう。「教・覚・誨」には、オホウスのボイコットを非難し咎める意味あいはない。にもかかわらず、ヲウスはその意図に反して先のような暴行を加えてしまう。この喰い違いは、はたして「泥疑」の意味のとり違えから生じているのであろうか。

ネグということばの意味がはっきりしない。記伝に「此の泥疑は、今世俗言に、御苦労ながらと云意を以て、兄王に、参出賜はむことを、乞白し賜ふを云なり」とあるのは、景行の気持ちとしてはその通りであろう。西郷も「ネグは慰労するとか、いたわるとかの意」とし、今も巷に痛めつけるのを可愛がるというのと同じたぐいで、逆手にとって手厚くいたわったのだと解釈している（『注釈』）。しかし、ともに、ネグをネギラフに置き換えているのでうっかり鵜呑みにできない。この場面のいちばんのポイントは、ネギラフではなくネグの語が用いられている点である。ネギラフは「百済の国に遣はして、其の王を慰労せしむ」（神功紀四十六年三月）の「慰労」を『日本書紀私記丙本』に「子キラヘシム」と訓む例があり、また『名義抄』も「労」にネギラフの訓を当てている。これらの訓字で書かれていれば記伝の説でよいが、字音で「泥疑」とあるのに、これをネギラフの義で読み取るところが気にかかる。

ネグの意味は『時代別国語大辞典上代編』が、①神の心を安め、その加護を願う、②いたわる。ねぎらうの二義を記し「①②を通じて、他の心をなぐさめいたわる意がある。それが上位の者に対するとき①のように願う意に、下位の者に対するとき②のようなねぎらう意になる」と解説している。辞書的な語義としては要を得た説明であろうが、神職の「禰宜《ねぎ》」に語形をとどめた特殊なことばでもあり、どのような文脈で用いられているかを吟味してみる必要がある。

ア食国《をすくに》の　遠の朝廷に　汝等が　かく罷りなば　平らけく　我は遊ばむ　手抱《たむだ》きて　我はいまさむ　天皇我《すめらわ》が　うづの御手もち　かき撫でぞ　禰宜《ねぎ》賜ふ　うち撫でぞ　禰宜賜……（6・九七三）

イ大君の　遠の朝廷と　しらぬひ　筑紫の国は　敵《あた》まもる　おさへの城《き》そと　きこしをす　四方《よも》の国には　人さはに　満ちてはあれど　鶏が鳴く　東男は　出で向ひ　かへり見せずて　勇みたる猛き軍士と　禰疑《ねぎ》たまひ　任《ま》けのまにまに……（20・四三三一）

ウ天皇、親《みづか》ら此の賊《あた》を伐たむと欲《おもほ》して、茲《こ》の野に在《いま》し、勅《みことのり》して、兵衆《いくさびとども》を歴《あまね》く労《ね》ぎたまひき。因りて禰疑野と謂ふ、是れなり。（豊後国風土記直入郡）

エ神の祟、甚だ厳《いか》しく、人あり、向きて大小便を行《ま》る時は、災を示し、疾苦を致さしめければ、近く側に住む人、毎《つね》に甚《いた》く辛苦《くるし》みて……祈《の》みてまをししく、「今、此処に坐せば、百姓近く家《いへゐ》して、朝夕に穢臭《けがら》はし。理《ことはり》、坐すべからず。宜しく避り移りて、高山の浄き境に鎮まりますべし」とまをしき。是に、神、禱告《ねぎごと》を聴きて、遂に賀毘礼の峯に登りましき。（常陸国風土記久慈郡）

確実な事例は万葉集ア「禰宜」・イ「禰疑」の二例のみで、風土記のウ「歴労兵衆」・エ「聴禰告」（共に原文）はネグの語で訓みうるもの。訓字では神功紀の「千繒高繒《ちはたたかはた》を以て、琴頭尾《ことかみことしり》に置きて請《ねぎまう》して曰《まう》さく」（摂前仲哀九年三月）・「和魂《にぎみたま》を請《ね》ぎて、王船《みふね》の鎮《しづめ》としたまふ」（摂前仲哀九年九月）の「請」がネグで訓まれる。また、古事記石屋戸段の「天の児屋の命、布刀詔戸言《ふとのりとごと》禱白而」の「禱白而」はふつうはホキマヲシテと訓まれているが、記伝はネギマヲシテと訓んでいる。いずれにしても用例は少なく、万葉歌のアは「天皇、酒を節度使卿等に賜ふ御歌」、イは大伴家持作「防人が悲別の心を痛みて作る歌」である。神功紀の「請」はともに神祭りにかかわるので、右にあげた七例はすべて何らかのかたちで祭祀や儀礼の場で発せられている。ア・イ・ウは上位から下位に対するケースで、ごく当たり前にいたわりねぎらう意に理解されているが、ネグはネギラフほど一般的・日常的ではないようだ。[3]

神職の禰宜も、このようなネグの祭儀性なしい非日常性に由来するはずである。エの「禱告」や神功紀の「請」はその禰宜に通じるケースである。禰宜の仕事は日々にまさに「神の心を安め、その加護を願う」ことにほかならないが、それが必要になるのは、神というものがもともと荒ぶる自然の猛威として現象するからである。その荒々しい活動を鎮めるのが禰宜の役割であった。神の祟りを鎮めようとするエの「禱告」は、ネグということばが神職の禰宜に転ずる経緯を示している。そこには、ネグという行為の機能するもっとも生々しい状況が描かれているのである。ネグという行為は「荒ぶる活動を鎮め、おだやかな状態にする」ことである。万葉歌のア・イ、風土記のウなどもその意味に理解することができる。これらのネギは、精神的な昂揚をともなう巡察や戦いなどを控え、上位者が部下の気持ちの昂ぶりを鎮める行為であろう。ウの語り方が「賊を伐たむと欲して……兵衆を歴く労ぎたまひき」のように、戦いを前にして兵士をネグかたちになっているのも、それが事後に労をねぎらうことではなく、事に先立って行われる呪的行為であったことを示している。

このように、上位からと下位からとにかかわらず、ネグは加熱した活動を平常のレヴェルに鎮める意味あいをもっており、したがってまた、そのような文脈において用いられることばなのである。

## 4　暴力の構造

「泥疑」をめぐる景行とヲウスのあいだのすれ違いも、そういった限定された文脈において生じているはずである。この点を検討すれば、ヲウスのオホウス虐待とその暴力性の意味もよりいっそう鮮明に浮かび上がってくるのではないだろうか。

大御食に顔を見せないオホウスを、単に誘い出すためだけであったら「専ら汝、教へ覚せ」でよいわけであるが、景行は「専ら汝、泥疑教へ覚せ」と言っている。ネギという行為が右に述べたようなものだとすれば、そこには、オホウスの荒ぶる心を鎮める意味あいが含まれているとみなければならない。オホウスの荒ぶる性格が、大御食に欠席するという行為になって現れたのであろう。大御食というのは神に供せられる神饌のほかに、たとえば「諸県《もろかた》の君泉媛、大御食《おほみあへ》を献らむとするに依りて、其の族会《やからつど》へり」（景行紀十八年三月）などのように、しばしば服属のしるしとして献上される食物を指す。おそらく日常においても、天皇の食事はいわゆる「食国（ヲスクニ）」のまつりごとの意義をもつと考えられるので、それは王権の神聖な共食儀礼であったろう。したがって、これに欠席するのは忠誠心を欠く反王権的な行為を意味するのである。

オホウスは、天皇の召喚した女性を横取りしたり、大御食に欠席したり、また東征の命を拒んだりして、記紀ともに一貫して反王権的な性格をもたされている。その反逆的な態度は、秩序の側にいる景行からみれば荒ぶる存在以外の何ものでもないであろう。そのため「泥疑」の対象にされるのであって、この文脈においても、ネギという行為に特有の状況が設定されているとみてよい。単なる慰労の意味では片付けられないのである。しかも注意すべきは、大御食ボイコットという反逆行為に対して、景行が少しも誅伐的な出方をしていないことである。この景行の姿は、オホウスに女性を横取りされて恨みを抱かないあの景行像と、ぴったり重なり合っている。このように景行がいかにも温和で寛容、あるいは軟弱に描かれているため、古事記においてはオホウスの反逆性が表立ってあらわれないという展開になっている。いったい、なぜ景行は怒らないのであろうか。

景行とヲウスのすれ違いをもっと細かく観察してみなければならない。この父と子のあいだで交わされる会話、父「泥疑教へ覚せ・誨へずありや」、子「既に泥疑つ」、父「如何にか泥疑つる」、子「厠で暴行」というやりとりは、いかにもちぐはぐで、まるで対話の体をなしていない。「教・覚・誨」はみな景行のことばである。このような言い方をする景行は包容力のある有徳者ではあるが、要するに天皇は、ヲウスに兄オホウスの誅伐を命じてはいない。それなのにヲウスは、あたかも兄の逆心を諫めるかのごとく暴行を加えてしまう。これがちぐはぐさの実態であるが、しかし、ヲウスの行動を誘発しているのはあくまでも景行の口にした「泥疑」である。ネギという行為は、荒ぶる力をなだめその過剰な活動を停止させることでなければならないからだ。結果が景行の意向に背いてしまうのは、景行の「泥疑」が「教・覚・誨」によってオホウスの反逆的で荒ぶる振る舞いを改悛させ、これを秩序の側に導こうとするものであるのに対して、ヲウスの「泥疑」は、兄の荒ぶる行動を力によって鎮めることだったからである。

このように解きほぐしてみると、かみ合わない流れを一筋にしているのは、他ならぬ「泥疑」ということばであることが分かる。そもそも、ヲウスは自らの意志において暴力的な振る舞いをしようとしたわけではない。ある種の過剰な行為が結果的に相手の意向からずれてしまったときに、はじめて、その行動は暴力の意味あいを帯びるのであって、ヲウスの立場からすれば、いわば善かれと思ってやったことが裏目に出てしまったに過ぎない。そのギャップが、まさに「泥疑」ということばによって埋め合わされているわけである。

したがって、テクストの文脈は「泥疑」の意味を十二分にはたらかせながら書かれていると考えなければならない。喰い違いは「泥疑」をめぐる行動のとり方から生じており、景行の「教へ覚し」が、ヲウスの虐待行為で実行さるところがミソである。この展開は、景行の没個性的な徳行に対して、ヲウスの暴挙にいっそう動的な生彩を与える効果を生みだしている。温厚な景行は、ヲウスの暴力を浮き彫りにするための引き立て役でしかない。しかもヲウスの行為は「教・覚・誨」から逸脱するので、天皇の命令を踏みはずした勝手な暴走でなければならず、さらには、それがおよそ徳性のかけらもみられないことによって、景行の求める秩序には相容れないことが示されている。ヲウスの暴力は、こうした文脈の多重構造において描き出されているわけである。

ヲウスは景行の命令を受けて行動するが、その結末は景行の意図に反していた。なぜこのような喰い違いが語られなければならないのだろうか。ヲウスは、兄オホウスのように面と向かって反逆の行動はとらず、むしろ天皇の命令を引き受ける忠臣である。にもかかわらず、その行動が結果的には反逆的なものになってしまうというかたちで描かれているのだ。このあいまいな性格づけは、いったいどのようなところからきているのであろうか。

ヤマトタケルの原形は、すでに多くの人々が指摘する通り、律令天皇が成立する以前の典型的な大王像である雄略（オホハツセワカタケ）に求められるであろう。「倭男具那《やまとをぐな》の命」という別名も、雄略の「童男《をぐな》」（安康記）と呼応している。両者に共通するヲグナこそがヤマトタケルの原型であろう。[4] すると〈ヲグナ——→ヲウス——→ヤマトタケル〉という流れが想定できるのであるが、しかし、そのさい注意しなければならないのは、ヲウスが兄弟というかたちでオホウスと対になり、かつ両者は、その名称とともに性格規定においても対立的な関係をもたされている点である。対立する兄弟は説話の常套パターンとも言われるが、その話型によってテクストは何を語ろうとしているのか。

オホウスとヲウスのペアーが全体としてヲグナの内実を引き継いでいるのであれば、その対立はヲグナ像の分裂から生じると考えなければならない。ヲグナがそのままヤマトタケルの母胎になるわけではないからだ。オホウスとヲウスの兄弟関係は、おそらく〈原雄略＝ヲグナ〉の内実が互いに対立しあう二極に分裂して、その片方が、もう一方の内実を排除しつつヲウス＝ヤマトタケルを形成するという構造を示している。したがって、オホウスには、ヤマトタケルを生み出すために排除されるべきヲグナ像の半面が担わされているはずである。これまで見てきたように、オホウスは記紀とも反王権的に描かれているが、この性格がすなわちオホウスに担わされているその半面であろう。このことは、とりもなおさず、ヲウス＝ヤマトタケルの方には反王権的な性格が与えられていないことを意味する。ヤマトタケルを反王権の英雄とみるのは、このところを見逃した誤解であろう。古事記のヤマトタケルはもっと複雑な性格規定を被っているのである。

吉井巌が論じたように、ヤマトタケルは雄略に象徴される力と武勇をたのむ支配者の否定的な継承であった。(5)全面否定ではなく何かを排除しつつ何かが継承されたため、前代の大王像の解体と再編はかなり入り組んだかたちで行われねばならなかった。〈オホウス・ヲウス兄弟〉の物語は、ヲグナがヤマトタケルに再生されるその複雑な中間過程を表現していると言ってよい。けれども、兄のオホウスが、もっぱら排除の面を担ってその物語のモチーフを単純にしているのに対して、ヲウスの物語では、否定すべき前代の意味が問いただされ、過ぎ去った世界の構造が新しい秩序のなかで自覚的に捉え直されようとしている。弟のヲウスに反王権的な性格が与えられていないのは、かつての大王像を新しい原理のもとに連れ出し、テクストにおいてもう一度その意味が問われようとしているからである。

このように、ヲウス＝ヤマトタケルとは、旧代の原理が新しい世界にとって何を意味するのかという問いかけに縛られる存在である。ヲウスは「専ら、汝泥疑教へ覚せ」という景行の命に忠実であったけれども、皮肉なことに、その従順さは、自らの行動において天皇の意向を裏切る結果になっている。そこに描かれている力の体現者はかつての大王像の象徴であるが、その暴力はもはや天皇の求める秩序形態にはそぐわないのだ。このモチーフを描き出すに当たって、書き手はかなり入念な手続きを踏んでいる。景行はオホウスの態度を咎めなかった。このところが肝心であろう。なぜなら、景行がヲウスに逆臣を誅伐せよと命じたのなら、やり方がいかに残虐であっても、それはなんら暴力的な性格を持たないので、景行にはヲウスを遠ざける理由がなくなってしまうからである。ここにきてわたしたちは、ようやく、前段で景行がオホウスを恨まなかったことの真意を理解することができるはずである。その不自然な文脈は、背任への憎悪を語らないことで、景行のオホウスを処罰する動機を消し去り、それによってヲウスの暴挙をいっそう際立たせるための伏線だったのである。

## 5　おわりに

ヲウスはこのようなテクストの仕組みのなかで行動すべくされている。オホウスの反逆性は、天皇の意向を踏みはずしたヲウスの暴力によって処罰されたが、その暴力の由来するところは、もはやかれ個人の行動にしかない。景行の恐れた「建《たけ》く荒《あら》き情《こころ》」とは、そのように、秩序との関係において結果的に暴力とならざるをえないようなものとして構造化されたヲウスの存在そのものである。そして、関係によって規定されたその暴力性はただちに物語形成のモチーフに転化され、ヲウスは景行から「西の方に熊曽建二人あり。これ伏《まつろ》はず礼《ゐや》無き人等ぞ。故、その人等を取れ」と命ぜられることになる。むろん、これは無礼を咎める誅伐の指示である。その役目をうまく果たし終えたときはじめて「倭建命」の名が与えられるのであるが、しかし、この名称は、なぜ西戎のクマソタケルから献上されねばならなかったのであろうか。

西の方に吾二人を除《お》きて、建《たけ》く強き人は無し。然あれども大倭の国に、吾二人に益《まさ》りて建き男は坐しけり。是を以ちて吾御名を献らむ。今より後は、倭建の御子と称《たた》ふべし。

ここに高々と語られているのは、ヤマトタケルという名が、逆賊のクマソタケルにも匹敵するヲウスの「建」に由来するのだということである。しかしながら、その「建」は景行によって恐れられた「建く荒き情」の「建」であり、したがってまた兄のオホウスに行使された暴力である。「その時より、御名を称へて倭建の命と謂《い》ふ」とするのは、あたかもこれが尊号であるかの語り口であるが、右の命名起源が明示するように、「倭建の命」の名称は、あくまでもヲウスが自身において所有すべき暴力性を内実としている。ヲウスからヤマトタケルへの再生譚は、この人物の存在様式にふさわしいかたちで書かれるべき要所であり、そこには、タケルの意味を否定的に描き出すための巧みな工夫が施されているのである。

ヤマトタケルは、このように、幾重にもきびしく張り巡らされるテクストの仕掛けに操られて生きなければならない。

# 天皇号の成立と王権神話——秩序の構造とその表現

## 1 「天皇」木簡の出現

平成十年春、マスコミをにぎわした飛鳥池遺跡出土の木簡により、天皇号の成立を天武朝とする見方が強まっている。問題の木簡は前年の木簡学会ですでに紹介されていたもので、新聞等で報道されたように「天皇聚□（露カ）弘寅□」と記されている。木簡学会の報告文は、この木簡が今のところ最古の「天皇」号木簡であるとしながらも、「出土した溝の年代が天武朝に溯るのか、持統朝に下るのかは、今後の遺物整理の進展を待って結論づけたい」と、時期の特定については慎重な姿勢をとっている。

きちんとした概報が出されていない段階で、素人が口を挟むのは慎まねばならないが、いずれにせよ、この「天皇」木簡が天武・持統朝のものであることは確からしい。となると、すでに歴史学者が発言しているように、天皇の称号は浄御原令で正式に定められた可能性がきわめて強くなる。浄御原令の制定は天武十年（六八一）に開始され、持統三年（六八九）に完了するが、持統朝になってからの作業は、おおむね実施に向けた令文の删定に費やされたはずで、大綱は天武の在世中に出来上がっていたとみてよ

「天皇」木簡。
「天皇聚露（?）弘寅□」と読める。（奈良文化財研究所提供）

いだろう。そのばあい、君主号の問題が、天武自身にとってもっとも大きな関心事になっていたであろうことは容易に推測できるのである。

このように、天皇号の成立が天武朝であったらしい現実が目の当たりに突き付けられてみると、あらためて壬申の乱の重大さを思わずにいられない。この事件こそ、天皇の国家を誕生させる直接の契機となったものであろう。国名が「倭国」から「日本」に変わるのも、君主号が「大王（オホキミ）」から「天皇（スメラミコト）」に変化する経緯と連動するはずである。倭国が自らを「日の本（日が上る場所）」と称するのは、中国の東方海上にあるとされる神仙世界の「扶桑」や「瀛州」の観念によるが、その神仙界の最高神は「天皇」と呼ばれた。「天皇」木簡の出現によって、天武朝が「日本」という国家の起源にかかわることが明らかになりつつあるわけである。今後、そのあたりに焦点を定めた議論が繰り広げられるであろう。神話の問題も、そのひとつに加えねばならない。天皇号の成立が、王権神話の核心部に触れないはずはないからだ。

## 2 「大王は神にしませば」の意義

王権神話のテクストを〈天皇号の成立〉という観点から読み解くと、どのようなことが見えてくるであろうか。とりあえず、万葉集の次の歌に注目してみる。

大王は神にしませば赤駒の腹這《はらば》ふ田居《たゐ》を都と成しつ（19・四二六〇）

大王は神にしませば水鳥のすだく水沼《みぬま》を都と成しつ（19・四二六一）

題詞には「壬申の年の乱の平定《しづ》まりし以後《のち》の歌二首」とある。一首目は「右の一首は大将軍贈右大臣大伴卿が作」と注記されるが、二首目は「作者未詳」。左注に「右の件の二首は天平勝宝四年二月二日に聞きて、即ち茲《ここ》に載《の》す」とあるのは、家持のメモである。壬申の乱に最大の功績を成した大伴氏のあいだに伝承された歌で、表向きは、飛鳥の地に都を造営した天武の偉業を称えたものである。しかし、天武は皇都を造営し、そこで即位したので、二首は即位そのものを讃美したとみるべきである。つまり、「大王は神にしませば」とあるのは、オホキミである天武が、神として王位に就いたことを示すのであり、こうしたオオキミ神格化の思想が天皇号の成立を準備したと考えられるのである。

天皇号が成立するまでの「大王」は、神聖視されることはあっても神格化されることはなかった。むろん、天皇号の成立が天武をさらに溯ることも考えられないわけではないが、万葉集の歌をみるかぎり、天武以前のオホキミたちは人の次元で存在している。額田王が斉明や天智の歌を代作することができたのは、あくまでもオホキミが人の世界にいて、その感情が人々に共有されたからにほかならない。オホキミが「天皇」として天上世界の存在に昇天してしまえば、宮廷歌人らによる代作という行為は不可能になってしまう。スメラミコトのスメラは、一説に梵語のsumeru（最高の）から採られているとされるが、いずれにせよ、旧来のオホキミ像を払拭するために、あえて伝承的な要素をまったく含まない新造語が考案されたのであろう。天皇は人から隔絶された存在でなければならなかった。人麻呂が天皇や皇子らの代作歌を残さなかったのにはいくつか理由があろうが、右のこともそのひとつに加えてよい。

記紀・万葉でオホキミの神格化がはっきり示されるのは、「高光る日の御子」「高照らす日の御子」あるいは「神ながら神さびせす」といった表現である。オホキミ讃美の伝統的な決まり文句は「やすみししわが大王」であった。これは、ほぼ確実なところでは、蘇我馬子が推古に献じた「やすみししわが大王の　隠ります天の八十蔭《やそかげ》　出で立たすみ空を見れば……」（記一〇二）という寿歌あたりまでさかのぼる。「高光る日の御子」は古事記の歌謡に四例みられ、いずれも新しい文脈層に用いられている。ヤマトタケル物語にある「高光る日の御子　やすみししわが大王」（記二八）は、オホキミを「日の御子」とするので、「大王は神にしませば」を承けた表現である。おそらく天武朝のころに作られたものであろう。人麻呂の時代になると、これが「やすみししわが大王　高照らす日の御子　神ながら神さびせすと太敷かす……」（2・四五）といったかたちに発展していく。

このように、オホキミ讃美の決まり文句は、伝統的な「やすみししわが大王」から「大王は神にしませば」という神格化の表現を経て、オホキミを神そのものとして称える「高光る日の御子」「高照らす日の御子」「神ながら神さびせす」といった表現に拡張されていった。この展開は連続的なものではなく、あいだに〈天皇号の成立〉を挟んで断続しているとみなければならない。壬申の乱後の二首については、最新の注釈でも「天皇を神として尊び、その威力を讃える慣用句」（萬葉集全注）といった記述がなされているが、このような認識では、二首を生み出す歴史のダイナミズムが捉えられない。古くからあった「天皇」が、あらためて神として尊ばれるのではないからだ。オホキミが神として尊ばれるようになったとき、はじめて、和歌の文脈に「天皇」が登場した。「大王は神にしませば」の韻律は、伝統的なオホキミ像をくつがえすまったく新しい響きなのである。

## 3 「日の御子」神話の形成

天皇号成立のこうした衝撃は、記紀の神話テクストにどのような痕跡をとどめているのであろうか。記紀に描かれる神代世界の大枠が固まった時期については、その大枠をどのように押さえるかにもよるが、大ざっぱに言って三通りほどの見方に分かれている。

ひとつは、津田左右吉が唱えた説[1]で、記紀に共通する物語が継体のあたりで途切れていることから、それを去ること遠からぬ時期ということで、欽明朝の頃に神代の骨組みが定まったと推測した。かなり漠然とした理由であるが、欽明朝が王権史にとって大きな画期をなすことが明らかにされたため、今でも津田説の有効性を支持するむきがつよい。ふたつ目は、だれが唱えたということもなく広まっている推古朝説で、推古紀二十八年条に、聖徳太子と蘇我馬子により「天皇記・国記」が編纂されたという記事に基づいている。三つ目は天武朝説で、はじめは「高天原」や「天照大神」など神代神話の主要な要素の新しさの指摘にとどまっていたが、皇統譜の形成過程を緻密に分析した吉井巌の論[2]によって、天武朝における神話の全面的な再編にメスが入れられるようになった。

記紀のテクストは口承以来の長い来歴をもち、また、文字の時代になっても、王権史の節目々々に書き換えが行われたであろうから、ある一時期の成立を想定するのはむろん誤りである。欽明・推古・天武の時代はそれぞれに重要な意味をもつ。そこで、天皇号の成立に注目しながら、天武朝の再編にかかるとみられる要素を取り出してみることにしよう。

先に述べたように「大王は神にしませば」は天皇号の成立を準備した表現であると考えられる。この観念は「高光る日の御子」「高照らす日の御子」というかたちに発展するわけであるが、そこではオホキミが「日の御子」という天上界の存在とされている。これは、現に「天皇」として神格化されたオホキミの神話的な形象にほかならない。記紀のテクストでこれに対応するのは、アマテラス大神の子孫として下界に降臨する天孫である。このストーリーは、現に誕生した〈天皇の国家〉を正統化する意図のもとに、天皇の系譜を神話的に起源づけたときに成立したものとみてよい。

記紀のなかで、日の神であるアマテラス大神が、その子を地上に降臨させるというストーリーは、天皇号の観念を背景にして構想された可能性がつよいのである。これにかかわる一連の、いわばアマテラス系の要素は天武朝になってから、それまでの神話を再編するかたちで、あらたに形成されたと考えられる。ところが、アマテラス系の要素は、それ自体で神代の神話体系に深く食い込んでいるのみならず、ストーリーの進行が、一方において、スサノヲを軸にする一連のストーリーを紡ぎ出していく仕組みになっている。

アマテラス系の要素は、スサノヲ系の要素と絡み合いながら、全体としてはきびしく対立する関係にあり、一方は他方がなければ成り立たない構造をとっている。だから、かりにアマテラス系が天武朝の形成になるのであれば、スサノヲ系もそれと平行して形成された可能性がつよいわけである。ちなみに、ふたつの系列が互いに絡み合いながら展開するストーリーの粗筋を、古事記のテクストから書き出してみると、つぎのようになる。

①三貴子が誕生すると、イザナキは統治する領域を命ずる。
②スサノヲはその命に従わず、追放され、アマテラスに挨拶しに昇天する。
③アマテラスがスサノヲを疑ったため、ウケヒが行われる。
④ウケヒに勝ったスサノヲは、高天の原で暴行をはたらく。
⑤アマテラスは天の石屋戸に籠もり、神々の祭りが行われる。
⑥スサノヲは出雲に追放され、ヲロチを退治し、太刀を得る。

⑦スサノヲは、アマテラスに太刀を献上する。

⑧スサノヲはミヤズヒメと結婚し、その系譜にオホクニヌシがあらわれる。

以下、しばらくスサノヲ系のオホクニヌシを中心とする話に移るが（地上の国作り・天つ神による平定）、ふたたびアマテラスが登場して「日の御子」の降臨が行われる展開になる。要するに、古事記の神話はその大半がアマテラス系の要素にかかわっているのである。先に敷いた前提からすれば、それらは、なんらかのかたちで天武朝に成立したものと判断せざるをえなくなるであろう。そこで、アマテラスとスサノヲの神話の意味を、ストーリーの背後に踏み込んで捉えてみよう。

## 4　アマテラスとスサノヲの対立

糸口になるのは、アマテラスとスサノヲの対立である。両者の対立はストーリーの面にもはっきりあらわれているが、対立の意味するところは意外に分かりにくい。対立の契機になっているのは、イザナキから高天の原の統治を命ぜられ、それに柔順に従ったアマテラスに対して、スサノヲの方は、海原の統治を命ぜられたのにそれを拒否し、根の国を志向したことである。

この展開は、スサノヲがもともと根の国に所属する神であることを示している。しかし、スサノヲが、イザナキから追放されるというネガティヴなかたちで根の国に赴くのはなぜであろうか。古事記では、根の国が「根の堅州国」と書かれているが、カタスクニは、文字の通りに読むと意味をなさないので

(堅い中洲は形容矛盾)、「片隅の国」の意とみるべきであろう。ところが、根の国の原像は、琉球のニライ・カナイに重なる海上彼方の〈民族の原郷〉(3)であり、神聖な異郷だった。それをカタスクニと呼ぶのは、古事記のテクストが、スサノヲの所属するこの世界をスサノヲとともに周辺の方へ追放する意図をもっているからである。

アマテラスとスサノヲの対立は、高天の原と根の国の対立である。この二系はそれぞれ独自の系統に起源するもので、一般に、垂直表象的にイメージされる高天の原は北方系の神話であり、これに対して、水平表象的な根の国はより古層に属する南方系の神話とされている(4)。スサノヲは、根の国を聖なる異郷とみなす基層文化に属する神として、民間のあいだで広く信仰されてきたのであろう。あるいは、そうした古層の神を代表する存在として登場させられているのである。スサノヲが追放される裏には、古層の神話をネガティヴに歪める意図が隠されているとみなければならないのだ。同じようなモチーフは古事記のなかに繰り返しあらわれている。

常世の国からやってくるスクナヒコナも、そのひとつである。スクナヒコナはカガイモの殻に乗り、蛾のぬいぐるみを着て、海の彼方から出雲の美保にやってきた。だが、オホクニヌシをはじめ、だれもこの神を名を知らなかった。古事記には「従える諸神に問はせども、皆、知らず、と白《まを》しき」と書かれている。ところが、スクナヒコナは万葉集や風土記におなじみの神で、当時、国作りの神としては、民間のあいだでもっともポピュラーな神だった。

それをあえて無名の存在にしたのは、古事記の作為である。常世は海上彼方の理想郷であり、根の国の原像に重なる〈聖なる中心〉であったが、このような古層の神話を、新しい枠組みのなかにネガティヴに再編成するのが、古事記のねらいであった。

記紀の神代神話において、水平表象系に属するスサノヲ・オホクニヌシ・スクナヒコナはすべてネガティヴに扱われ、国つ神の範疇でくくられている。これに対して、アマテラス大神は天つ神の主神である。もっとも、スサノヲはアマテラスの弟であるから、天つ神として出自するが、下界に下ってオホクニヌシの始祖となる。アマテラス系／スサノヲ系の対立は、高天の原系／根の国系、北方系／南方系、天つ神系／国つ神系、表層／基層、といった重層的な対立を集約している。

このような構造はこれまでもたびたび指摘され、分析の俎上に載せられてきたが、たんにスタティクな図式を描き出して済まされるものではない。記紀の神話は、あくまでも王権の存立基盤を構築するねらいをもっているので、右に示されるような対立構造も、そうしたねらいに即して機能すべくされているからだ。

## 5　天皇王権の存立基盤

記紀の神話は、古くから語り伝えられてきた神話をそのまま記録したものではない。それは、既存の神話を解体―再編して構築される古代王権の起源神話であり、それゆえ、まさに成立しつつある天皇の国家が拠って立つべき歴史構造そのものであった。

高天の原を主宰するアマテラス大神は皇祖神（天皇家の祖神）であり、高天の原系の神話は、天皇王権の根源であった。しかし、高天の原の観念はけっして基層的なものではない。それは、すでに指摘されるように、道教の思想に基づいて天皇制国家を支えるイデオロギーとして形成されたものであり、(5)その時期は、この度の「天皇」木簡の出現により天武朝の頃であることが明らかになった。

それ以前の大王制の時代を支配していたであろうより古層の神話においては、オホナムチが根の国のスサノヲから王位を与えられたように、大王の王権は、海上彼方の異郷を根源とする水平表象的な神話によって保証されていたのであろう。記紀の神話のなかで、根の国が不当に歪められ「カタスクニ」のかたちで周辺に遠ざけられるのは、もともと、根の国がひとつの自律した世界として、高天の原とまったく拮抗する価値をもっていたからである。記紀のテクストに顕著な重層的対立の背後に隠されている本当のねらいは、そのような古層の神話を、高天の原を機軸とする新しい枠組みのなかにネガティヴに再編することであった。それによってはじめて、天皇王権の根源としての〈アマテラス―高天の原〉系の優位性が確立されることになる。天皇の国家は、旧秩序との断絶の上に成り立っているといってよい。

このような経緯は、壬申の乱がもたらした必然でもあった。古事記の序文に引かれている天武天皇の詔には、「諸家の賷《も》たる帝紀及び本辞、既に正実に違《たが》ひ、多く虚偽を加ふ」という有名な一節がある。このすぐ後に、帝紀や本辞は「邦家の経緯、王化の鴻基」であるとされるが、そのように秩序の根源となる帝紀や本辞が混乱するのは、内戦によって旧来の伝統がすっかり解体してしまったからであろう。

この戦いを勝ち抜いて即位した天武は、ばらばらに解体した古い秩序の断片を、新しい原理によって組み立て直さねばならなかった。そのときに導入されたのが「天皇」号にほかならない。記紀の神話は、この新しい王権の原理のもとに、旧来の神話を全面的に書き換えることで成立するが、むろん、ことは神話だけにかぎらない。大王制の時代に理想とされた伝承的な英雄であるヤマトタケルの物語も、この時期に根本的に書き改められた可能性がある。古事記のヤマトタケルは、そのあまりに暴力的な性格のため、父親の景行から追放されるが、このモチーフはスサノヲのばあいとまったく一致する。スサノヲと同様、ヤマトタケルも古い秩序を生きる英雄であった。力と武勇をたのむ覇者的な行動様式は、大王制の時代にこそ理想視されたが、儒教的な君主像を理想とする天皇制の時代になると、その英雄的な性格は、かえって排除の対象になるのだ(6)。

天皇の国家は、スサノヲとヤマトタケルを追放することで成立した。古事記の神話と物語は、古い王権の原理を否定し、その真新しい天皇王権の原理を表明するために作られたのである。

# 幻想としての〈日本〉——日本書紀のイデオロギー

## 1　はじめに

ともに歴史の書でありながら、古事記が内向けであるのに対して、日本書紀の方は外向けであるという図式が、ほとんど暗黙のうちに承認されている。たしかに、そのような見方が成り立たないわけではない。

しかし、歴史書に内向けと外向けの区別をつけることにはさほど意味がないだろう。どのようなかたちであれ、およそ歴史の観念は外部との関係を契機に成り立つものである。このことは日本書紀よりも古事記にむしろ言えることであって、一見内向けの構えをとる和文風の装いの裏には、外部に対するきわめて排他的な自己主張が隠されている。その見えない独善を、外部との関係に書き換えようとするのが日本書紀の方針であった。漢文で書かれているから外向け——というまっとうな通念も、別の角度から検討し直してみる必要があろう。

端的に言うなら、日本書紀の特徴は二重に外部を構築するところにあると言ってよい。つまり、単純に外国向けというのではなく、外に自己を主張するその自分自身をも外部から捉えるという、いわば入念に内部を空洞にしていくような視点を獲得することによってはじめて、その書名にふさわしい歴史書が誕生するのである。この点は「日本」という国号の成立に深くかかわっている。日本書紀を論ずるばあい、なぜかその問題は見落とされがちであった。

そこで、この点を少し考えてみることにしたいが、とりあえず注目しなければならないのは、日本書紀に描き出された外国である。問題の焦点は、古代の東アジア世界における日本の〈自己―他者〉認識のあり方、ということになろう。日本という国号は、その観念構造からなかば必然的に選び採られてきたのではないだろうか。

## 2 「藩国」の虚実

わが国における古代国家の形成は、通常、推古朝（五九三～六二八年）から大化の改新（六四五年）、壬申の乱（六七二年）を経て、大宝律令の制定（七〇一年）に至るおよそ一世紀あまりのあいだであると考えられている。この時期は、朝鮮諸国の覇権争いに随・唐帝国が介入して東アジアの世界が極度に緊迫した時代である。そのような動きと深く連動しながら国家形成を遂げたわが国の立場は、「明神《あきつみかみ》と御宇《あめのしたし》らす日本《ひのもと》の天皇《すべら》が詔旨《おほむごと》らまと云云」という公式令の詔書式に集約されている。これを律令の古い注釈書は次のように説明する（公式令集解「古記」）。

御宇日本天皇詔旨は、隣国及び藩国に対して詔する辞なり。問ふ、隣国と藩国は其の別、何ぞ。答ふ、隣国とは大唐、藩国とは新羅なり。

「明神御宇日本天皇詔旨云云」（原文）という言い方は、天皇が唐や新羅に外交文書を発するときの書式であるが、国内向けの詔書では、別に「明神《あきつみかみ》と御大八州《おほやしまくにし》らす天皇が詔旨らまと云云」（明神御大八州天皇詔旨云云）の形式をとるべきことが規定されているので、令の規定によれば、「日本」は国外に向けて自らの立場を表明するときの言い方であった。ここにすでに「日本」という国号の特殊性が窺えるわけである。

しかしながらこの問題に立ち入る前に、わたしたちは、その「日本」の対すべき外国が「隣国」と「藩国」に区別されていることに注意する必要がある。「隣国」も「藩国」もともに中国の歴代王朝が慣習的に用いてきた用語で、「隣国」は対等の礼をもって処すべき隣国であるが、「藩国」の方は朝貢を媒介として成り立つ宗属関係である。したがって日本が新羅を藩国視していたということは、新羅を日本に対して朝貢の義務を果たすべき従属国とみなしていたことを意味する。言うまでもなくそのような意識は日本の側からする一方的な見方にすぎず、新羅がこれを承認していなかったことは、『三国史記』や『三国遺事』など朝鮮側の史籍によって容易に知ることができる。しかし、それにもかかわらず日本は執拗に新羅をはじめとする朝鮮諸国を藩国視し、極東に宗主国たらんとした。この願望に歴史的な根拠を与えようとしたのが、ほかならぬ日本書紀である。この書物の性格は、その点に際立って現れているると言ってよい。

日本書紀の対外関係記事は、神代巻を別にすれば、崇神紀の「任那国、蘇那曷叱知《そなかしち》を遣《まだ》して朝貢《みつきたてまつ》らしむ。任那は筑紫国を去ること二千余里、北のかた、海を阻《へだ》てて鶏林《しらぎ》の西南に在り」（六十五年七月）にはじまり、以下の歴代各天皇紀にほぼ継続して記されている。そうしたなかで、特に集中するのは垂仁紀、仲哀・神功紀、雄略紀、継体紀、欽明紀、推古紀、および斉明紀である。古事記が仲哀・応神の時代に対外関係の記事をひとまとめにするのに比べると、書紀は、国際関係のなかでその国家的な位置を定めるのを主要な関心事にしている。しかもその記事配列はかなり意図的である。要となるのは任那の問題であるが、神武とともに初代天皇の伝承をもつ崇神天皇の時代に任那の朝貢を語るのは、わが国が任那の宗主国であることの由来譚にほかならない。その任那は、書紀によれば継体六年にその一部を百済に割譲し、ついで欽明二十三年条では新羅によって全面的に併合されたことが記されている。

日本書紀は、任那の領有をめぐって日本と新羅が対立し、任那に対する日本の宗主権を新羅が侵害したことを主張するのであるが、この図式はすでに起源譚にもあらわれており、蘇那曷叱知が帰国する途中、新羅人が天皇の下賜物を奪い取ったので、「其の二つの国の怨、始めて是の時に起こる」（垂仁紀二年是歳）というように語られている。新羅への敵愾心は、日本書紀に一貫しており、そのモチーフをもっとも露骨にあらわすのが神功皇后による新羅征伐の伝説である。その核心部をみてみよう（神功皇后摂政前紀）。

新羅の王《こきし》曰く、「吾聞く、東に神の国有り。日本と謂ふ。亦聖王有り。天皇と謂ふ。必ず其の国の神兵《みいくさ》ならむ。豈兵を挙げて距《ふせ》くべけむや」といひて、即ち素旆《しろきはた》あげて自ら服《まつろ》ひぬ。…因りて叩頭《の》みて曰さく、「今より以後、長く乾坤《あめつち》に与《ひと》しく伏《したが》ひて飼部《みまかひ》と為らむ。其れ船柁《ふなかぢ》を乾《ほ》さずして、春秋に馬梳《うまはたけ》及び馬鞭《うまのむち》を献らむ。復《ま》た海の遠きに煩《いたつ》かずして、年毎に男女の調《みつき》を貢らむ」

この物語は「是を以て、新羅の王、常に八十船の調を以て日本国に貢る、其れ是の縁《ことのもと》なり」でおさめられる新羅の服属由来譚であるが、勢いにまかせて、高句麗と百済も「今より以後は、永く西蕃と称ひつつ、朝貢ること絶たじ」と自ら白旗を掲げ、ともにわが国の藩国に下ったことを語っている。このように、日本が三韓に宗主国たることを主張する文脈に〈日本〉と〈天皇〉がセットであらわれることは大きな意味をもつと思われるが、その問題は後にまわし、まずは史実との照合を急がねばならない。

古代の日朝関係を知るための一等資料である『広開土王碑文』（四一四年建立）には次のようなことが記されている（岩波文庫『三国史記倭人伝』による）。

◇百残・新羅は、旧《もと》是れ属民にして、由来朝貢す。而《しか》るに倭は、辛卯の年を以て来りて海を渡り、百残・□□・新羅を破り、以て臣民と為す。

◇九年己亥、百残、誓いを違《たが》えて倭と和通す。

◇十年庚子、歩騎五万を遣わして、往きて新羅を救わ教《し》む。男居城従《よ》り、新羅城に至るまで倭、其の中に満つ。

◇倭、満ち、倭潰《つい》ゆ。

「辛卯年」は西暦三九一年、「九年己亥」「十年庚子」は三九九年・四〇〇年にあたる。倭の五王「讃」の入貢がはじまるのは四二一年であるから、書紀の王暦ではちょうど神功・応神あたりを念頭においてよいと思われる。ともかく、四世紀末から五世紀初頭にかけて、倭国の軍勢が半島に進攻し高句麗と戦った事実があり、そしてこの時、倭は百済と新羅を配下におさめた模様である。しかしそれは一時的なものにすぎず、倭兵は高句麗によって半島から駆逐されたらしい。五世紀代は高句麗の国力が増大し、その南下政策のためにとりわけ百済がこれを脅威とし、倭国に援助を求めることがあったようである(1)。雄略紀には、高句麗が百済を攻め滅ぼし、大和朝廷が百済を救援して国を再興した話を伝えているが、百済が高句麗の長寿王（在位四一三～四九一）のために王都漢城を陥落され、蓋鹵王（在位四五五～四七五年）を殺害されたことは『三国史記』百済本紀の蓋鹵王二十一年（四七五）条につぶさに記されており、書紀の引用する『百済記』もそのことを略述している（雄略紀二十年）。

もっとも、倭国の救援で国が再興されたことは朝鮮側の記録にはなく、これは書紀編者の勝手な脚色とすべきであろうが、四七八年に奏上されている有名な倭王武の上表文に「句麗無道にして、図りて見呑を欲し、辺隷を掠抄し、虔劉して已まず」（岩波文庫『魏志倭人伝・他三編』による）と述べるのは、半島の強国高句麗をめぐって、当時、倭と百済が利害を共通にし、いわば同盟関係にあったことを推測させるものである。その倭王武は「使持節都督倭・百済・新羅・任那・加羅・秦韓・慕韓七国諸軍事、安東大将軍、倭国王」と自ら称し、中国（南朝宋）側も百済を除く六国の「諸軍事、安東大将軍、倭王」に封じている。いわゆる「任那日本府」（雄略紀八年二月）なるものの存在は否定されているが、古くから倭国が半島南部と交易して、文化的にも政治的にも深いかかわりをもっていたことは確かであろう。その任那地域が新羅に吸収されるのは六世紀前半、『三国史記』新羅本紀に「金官の国主、金仇亥、妃及び三子と與に、国帑・宝物を以て来降す」とある法興王十九年（五三二）あたりから、次の真興王（在位五四〇～五七六年）の時代にかけてである。書紀の欽明紀は、これを、日本側の主導による百済聖明王（聖王、在位五二三～五五四年）と任那日本府の「任那復興会議」として詳述するが、その二十三年（五六二）正月条ではさすがに「新羅、任那の官家を打ち滅ぼしつ」と書かざるをえなかった。

英主といわれた真興王からおよそ一世紀のあいだに新羅は大いに国力を増し、大陸に出現した隋・唐帝国の冊封下で国制を整え、やがて六六〇年（斉明六）、唐と結んだ武烈王（在位六五四～六六一年）に至って百済

広開土王碑。高さは6メートルを超える。中国吉林省集安県にある。（土井清民氏撮影）

を亡国に導いた。そして、次に即位した文武王（在位六六一〜六八一年）の時代には高句麗を滅ぼし（六六八年・天智七）、つづく六七六年（天武五）、版図拡大をもくろむ大唐帝国を撤退させて、ついに半島を統一する。この間、とりわけ白村江の戦い（六六三年・天智二）に大敗してからの我が国の動きはめまぐるしいが、近江遷都（六六七年・天智六）はもとより、防人を徴集し、大宰府を拡充して各地に山城を築くなど、防衛体制の確立に忙しかった。壬申の乱も単純な皇位継承の争いではなく、国際情勢の緊迫にともなう権力交替の問題としても考えるべきであろう。天武朝の軍国的な戦時体制も、半島の強国に変貌した統一新羅への対応策であった。そのような差し迫った歴史状況のなかで、まさに「日本」という国家が誕生するのである。

新羅を藩国視する日本書紀の史観は、すでに指摘されているように七世紀後半から八世紀にかけて成立した律令天皇制国家が要請するイデオロギーである。[2]「任那日本府」はその戦略を実践するために必要としたフィクションにほかならなかった。日本書紀の構築する〈歴史〉は、新しく生まれ出ようとする国家の拠って立つべき土台であり、三韓に宗主たらんとする願望も、そこに自らの存亡が賭けられたイデオロギー的な自己表明である。そのような方向に国家存立の基盤を志向するような〈自己−他者〉認識の構造とは、いったい、どのようなものであったのか。

## 3 〈日本－天皇〉の誕生

五八九年（崇峻二）、隋の文帝は中国を統一し、大陸はふたたび大帝国の時代を迎えた。『隋書』倭国伝は、六〇〇年（推古八）に倭国から使者が来朝したことを記している。そのことは書紀に記述を欠き、遣隋使の初見は推古一五年（六〇七、煬帝の大業三）になっているが、このとき煬帝は小野妹子の携えた「国書」にひどく立腹した（岩波文庫『魏志倭人伝・他三編』による）。

使者いわく、「聞く、海西の菩薩天子、重ねて仏法を興すと。故に遣わして朝拝せしめ、兼ねて沙門数十人、来って仏法を学ぶ」と。その国書にいわく、「日出ずる処の天子、書を日没する処の天子に致す、恙《つつが》なきや、云云」と。帝、これを覧《み》て悦ばず、鴻臚卿にいっていわく、「蛮夷の書、無礼なる者あり、復た以て聞するなかれ」と。

煬帝の不興を買った原因については、「日出ずる処の天子・日没する処の天子」という言い方が、倭国と隋帝国を対等、もしくは優位の関係に置こうとするからであるとみるのが一般的である。この点をめぐって細かい議論が行われているが(3)、煬帝の怒りが「蛮夷の書」の「無礼」に向けられていたのは確かであろう。

国書の言辞はさておき、煬帝の咎めた「蛮夷の無礼」に関してはそれなりの背景があった。かつて、五世紀代の倭王たちは、武の上表文に「封国は偏遠にして藩を外に作《な》す」とあるように、相次いで南朝宋帝国の冊封をうけ、その権威ある「倭国王」の爵号を授かろうとした。このような宗属関係は「冊封体制」の名で呼ばれているが[4]、隋帝国もこの伝統を継続していた。『三国史記』によれば、新羅の真平王は「上開府楽浪郡公」（五九四年）に、高句麗の嬰陽王は「上開府儀同三司遼東郡公」（五九〇年）に、百済の威徳王は「上開府儀同三司帯方郡公」（五八一年）に封ぜられ、半島諸国は競い合って隋の冊封をうけている。推古の朝廷が、五世紀代の倭王の姿勢を踏襲していたのであれば、これらに歩調を合わせて何らかの爵号を得て当然であろう。

ところが、六〇〇年に倭国が派遣した使者は、「倭王は天を以て兄となし、日を以て弟となす云云」という口上を述べ伝えはしたが、誕生したばかりの隋帝国に臣下の礼をもって拝謁し、しかるべき爵号を求めた形跡はない。要するに、倭国は隋帝国の冊封をうけない、したがって、隋帝国の側からすればまったく化外の蛮夷にすぎなかった。にもかかわらず、問題の「国書」は、こともあろうに対等もしくはそれ以上の尊大さで書かれていたのである。そのことが煬帝の逆鱗に触れなかったはずはない。中国側が、王化を慕って来朝するものを拒む理由は考えられないから、推古朝廷が隋帝国の冊封を仰がなかったのは、自らの意志による選択であったに違いない。この姿勢は唐帝国に対しても変わらなかった。先に引いた公式令集解の「古記」に「隣国とは大唐」のことであるとする認識は、それの延長にほかならない。隋も唐も、七世紀代の大和王権の側からすれば対等の礼をもって処すべき善隣国であった。この点は五世紀代の「倭の五王」の時代に比べると、まるで天と地ほどの隔たりがある。

中国に対する倭国の意識がこのように変化するのは、先に概観したような六世紀代における日朝の複雑な政治関係によるものであろう。半島が新羅によって統一されると、倭国はこれと覇権を争わねばならぬ関係上、かつてその傘下にあった冊封体制という秩序原理を逆用し、自らが東アジア世界の中心になることによって新羅に対する優位性を確立しようとした。雄略紀には「新羅、中国《みかど》に事《つか》へず」（七年是歳）、「新羅……中国《みかど》の心を懼《おそ》りたてまつりて」（八年二月）のように、新羅に対してわが国を「中国」と称する例がみられる。このようなケースは他の国に対してはみられないので、日本書紀が新羅に対して中華中国的な立場をとっていたことは明らかである。いわゆる「小帝国主義」と呼ばれるイデオロギーであるが、(5) そのような構えをとる倭国が、半島諸国と横並びに中国から爵位を戴くのは自己矛盾であろう。推古の朝廷が、自ら望んで隋の冊封を求めなかったのはこうした政治力学のためであった。

ましして、七世紀初頭は倭国と新羅の対立が一段と緊迫しており、朝廷は来米皇子を将軍とする新羅遠征軍を筑紫に結集させていた。推古八年是歳条の「天上に神有します。地に天皇有します。是の二の神を除《お》きては、何にか亦畏《かしこ》きこと有らむや」という新羅の上表文は書紀編纂者の作文と思われ、当時の情勢からみて信ずるに値しないが、新羅に対する確固とした優位性の確立が急がれていたことは想像に難くない。「国書」に描き出されている〈日出ずる処↔日没する処〉という図式は、たしかに対中国との〈自己—他者〉認識であるが、このような背伸びした構えをとらせている直接の要因は、あくまでも新羅との関係である。そして、この「日出ずる処」が「日本」という国号と不可分だとすれば、それもまた、半島諸国に対しての自己表明であるとみなければなるまい。そのことは、この国号の成立事情から具体的に裏付けることができるのである。『新唐書』日本伝には次のように記されている（岩波文庫

『旧唐書倭国日本伝・他二編』による)。

　咸亨元年、使いを遣わして高麗を平らぐことを賀す。後、稍々《やや》夏音を習い、倭の名を悪《い》み、更めて日本と号す。使者自ら言う、「国、日の出ずる所に近し。以《ゆゑ》に名と為す」と。

　咸亨元年は六七〇年（天智九）である。『三国史記』新羅本紀の文武王十年（六七〇）条には「倭国、更めて日本と号す」とあるが、これは単純に『新唐書』の「咸亨元年」に掛けたものらしい。『新唐書』には「後、稍々…」とあるので、「倭国」から「日本」への改名は咸亨元年以後のこととしなければならない。すると、孝昭王七年（六九八）条の「日本国の使い至る」という記事が「日本」の初出となる。中国側の史料では、『旧唐書』（則天武后紀）に長安二年（七〇二）の遣唐使来朝を記すときにはじめて「日本国」が用いられる。これらによれば「日本」という国号は、天武天皇がデザインした浄御原令（六八一年・天武一〇～六八九年・持統三）において正式に決定された可能性がつよい[6]。この推定に誤りがないとするなら、それはふたつの点で重要な意味をもつはずである。すなわち、国号の「日本」が君主の称号である「天皇」とほぼ時を同じくして成立し、おそらくセットをなすものであったろうという点、さらには、その〈日本―天皇〉の確立が、六七六年（天武五）に半島を統一した新羅王朝の出現と不可分であったと考えられること、である。

　国号「日本」の由来については、『弘仁私記』序注に「日本国は大唐より東、万余里を去る。日、東方より出でて扶桑に昇る。故に日本と云ふ」とする見解以来、様々に論じられているが、右に述べたことからすれば、宣長が『国号考』で指摘した「日本とは、もとより比能母登《ひのもと》といふ号《な》の有《あり》しを書る文字にはあらず。異国《あだしくに》へ示さむために、ことさらに建《たて》られたる号なり」を、まずは重要視すべきであろう。宣長は「日本」の意味を「西蕃諸国より日の出る方にあたれる意」と解釈しているが、これは『弘仁私記』以来の通念を踏襲したものである。このような見方に対しては、「この解釈はよく考て見れば甚だおかしい。わが国はどこから見て東方にあるのか、わが国から見ればわが国は決して東方にはないのである。シナ、韓国から見れば東方にあるが、これはシナ、韓国を宗主国とする属国的な考え方である」といったような批判がある。(7) 自国のことだから独自に自国の内部のこととして考ねばならないというわけで、そこから出される見方としては、「ヒノモトノヤマト」から説く枕詞説や「天照大神」を戴く太陽信仰説などがある。しかし、いずれも宣長から大幅に後退すると言わざるをえない。

「日本」の意味は、宣長のように考えてはじめて当時の実情に即して理解しうるが、そのためには多少の補足が必要である。〈日出ずる処／日没する処〉という「国書」の図式は、『爾雅』の「東のかた、日の出ずる所に至るを太平と為し、西のかた、日の入る所に至るを大蒙と為す」(巻六)のように、正負で対照される東西の宇宙観とみてよい。この「日の出ずる所」は、「西王母は西に在り。日下は東に在り」(同)の注疏に「日下は、日の出ずる所を謂ふ」とあるように、「日下」とも呼ばれる。「日本」は本来の漢語ではないので、おそらくヒノモトという和語に宛てたものと思われるが、観念としてはこの「日下」に通じていよう。いずれにせよ「日の出ずる所」と扶桑の結合は言うまでもないことであって、「榑桑は神木、日の出づる所なり」(『説文』)、「日、暘谷に出で、咸池に浴し、扶桑を払う」(『淮南子』天文訓)などによって知られる通りである。

ところで、「日本」が「扶桑国」とつながりをもつとすれば、それは、単に日の出ずる東方の観念だけでは済ませられない問題をはらむことになる。なぜなら、「扶桑」は「蓬萊」「方丈」「瀛洲」の三神山と並んで神仙思想の中核をなす東方の理想郷であったが、道教が体系化される六朝期になると、「扶桑国」は「天皇」をその主神に仰ぐようになるからである。[8]『抱朴子』の著者葛洪の作と伝えられる『枕中書』には、次のように書かれている(『正統道蔵』第二八冊「元始上真衆仙記」による)。

　元始君、一劫を経て乃ち一たび太元母に施し、天皇十三頭を生む。治むること三万六千歳、書して扶桑大帝東王公と為し、号して元陽父と曰う。また、九光元女を生み、号して太真西王母と曰う。

後漢時代の緯書である『春秋合誠図』の佚文「天皇大帝《てんこうだいてい》は北辰の星なり。元を含み陽を秉《と》り、精を舒《の》べ光を吐く」[9](『初学記』第二十六所引)によって知られるように、古来、天皇は占星術的な天文思想の最高神であった。道教は緯書的な神秘思想を大幅に取り入れたために、天皇大帝も東方の神仙界に君臨するようになったのであろうが、右に引いた『枕中書』に「扶桑大帝東王公」とペアーになるかたちで、西方の仙女として名高い「西王母」[10]が記されている点に注意したい。この東王公と西王母のコンビは、「東《やまと》の文忌寸部《ふみのいみきべ》の横刀《たち》を献る時の呪《ず》」という祝詞の中にも「皇天上帝、三極大君、日月星辰、八方諸神、司命司籍、左は東王父、右は西王母……」とあり、わが国にも馴染み深いものであった。

　このように「日本」と「天皇」は成立時期のみならず、何よりもその意味内実において切り離せない関係にある。[11]そして、両者が道教的な脈絡でつながっているとすれば、〈日本―天皇〉の観念が、新羅に対する優位性を主張するものとして、天武朝頃に形成されたであろうとする推定もいっそう確かなものになろう。なぜなら、天武天皇は「天文・遁甲に能《よ》し」（天武即位前紀）とされ、また「天渟中原瀛真人天皇《あまのぬなはらおきのまひと》」の諡号を贈られていることからも分かるように、深く道教に帰依していたからである。「真人」は天武天皇が制定した八姓の筆頭でもあるが、「真人」というのは、道教の最高神である「天皇大帝」に仕える首位の神官であった[12]。

新羅では「花郎」の創設者である真興王が「天生風味にして、多きに神仙を尚ぶ」（『三国遺事』巻第三）とされ、当時、道教はすでに東アジア世界の普遍宗教であった。その権威をバックボーンにして、互いに国家形成を競いあう新羅に対する優位性を確立しようとしたのである。

## 4　おわりに

わが国の〈日本―天皇〉観念が、ほぼ全面的に、高度に体系化された中国思想の影響下で形成されたことは改めて言うまでもない。けれども、それを単に影響関係においてのみ捉えようとするのには、いささか問題が残る。なぜなら〈日本―天皇〉の観念は、時の為政者が外来の進んだ文化によって内部を防衛する外壁であったため、それは、かならずしも国内の土壌にしっかりと根付いて開花する余裕をもたされなかったからである。

わが国が中国の史書にはじめて顔を出すのは、『漢書』地理誌（巻二十八下「燕地」）の「楽浪の海中に倭人あり。分れて百余国となる。歳時を以て来り献見す」という記事である。倭人は極東辺境の海中に住んでいた。一方、中国の東方憧憬は、秦の始皇帝、漢の武帝以来の民族的な志向性といってよく、それゆえ時代とともに宗教的な世界観に成長していった。わが国の〈日本－天皇〉観念は、その価値体系のなかに棲み着き、そこから自身の位相を照射させることによってはじめて獲得されたものである。それは、他者の視線に映し出された姿に自己を同一化させる行為であり、いうなれば〈他者反照的な自己規定〉である。このように、他者の観念構造のなかで自己の identity を確立しようとする志向性は、なかば不可避的に、自己の内部を空洞化しようとする思考様式に転化されるであろう。〈日本－天皇〉の由来と、その歩みを構築する日本書紀が、同時にわが国の歴史の真実を隠蔽する歴史書でもある理由はそこにある。

「日本」という国家は、大陸の極東海中にあるという地理上の位置と、東方海上に不老不死のユートピア（Utopia＝無い・場所）が存在するという宗教上の憧憬に支えられている。あくまでも他者のものでしかないそのような視点にもたれかかった自己規定が、外部に対してそれなりの有効性をもちえているとすれば、それは、すべて、この国が東アジア世界の片隅に位置するという自然地理をてこにして生み出された幻想にすぎない。その意味において、日本書紀の主張した〈日本－天皇〉の観念は辺境のイデオロギーにほかならなかった。辺境であるがゆえに可能なイデオロギーは、どのように背伸びしたところで自らの辺境性を克服することはできないであろう。

いまだに、〈日本－天皇〉の理念が外国に輸出しえない、したがってまた、それ自身のなかで普遍的なものを醸成しえない閉鎖性は、さかのぼれば、その誕生においてすでに構造化されていたのである。

日本書紀という歴史書に関してその普遍性を言うことができるのは、この書物が排除し覆い隠したものの総体に、わたしたちの歴史認識がたどり着いたときであろう。

# 本文と注釈／翻訳——外部の〈読み〉を求めて

古典の研究は注釈にはじまり注釈に終わる。

わたしがこのことばを聞いてからおよそ二十年ほどたつ。その間、注釈はいつもわたしの浅学を救ってくれた。『古事記』や『万葉集』を注釈書なしに読むのは、羅針盤なしに古代のテクスト世界に立ち向かうのにひとしい。それは、無謀というより無知というべきである。にもかかわらず、一方で、注釈書を信用したため座礁してしまったこともたびたびあった。そこにはウソが多いからだ。

テクストを読むとき、注釈は誤った情報の発信源になることがある。うっかり油断すると、読みが注釈に歪められてしまう。注釈によって形成されるテクストの世界を、かりに注釈学的世界像と呼んでみると、それは、いくつかの点であまり好ましくない性格をもつが、その理由は、経験上からいえば、注釈というものが一義化する知によって成り立っているからである。皮肉なことに、そのことがまた注釈を頼りがいのある武器にする。わたしたちは、注釈というものが、読みに根拠を与えると同時に、読みの根拠を奪うこともできるということをよく知っている。それでは、注釈学的な世界像が排他的な読みの所産であることについては、どれほど関心が向けられているであろうか。

注釈が一義化する知であるというのは、陳腐な言い方である。もともと、注釈の形式と動機は単純なところからきている。注釈は、本文の間に、その語義を示すために小さな字で挿入された注記のことであった。注は本文の語を解釈することである。字書的にいえば、述、伝、解、釈、箋といった訓義をイメージすればよい。いずれも本文が前提とされており、本文を一義化するのが注の役目である。ところが、注釈は、古来からずっと本文を多義化してきた。ひとつの注釈は別の注釈を生み出し、別の注は新たな注釈を派生する。本文と注の関係は、けっして安定したものではない。ひとたび注のことばが書き込まれると、それを本文とするもうひとつの注が生まれる。注の注を疏という。もとの本文が流動化するのを防ぐため、注疏をまとめた正義の類いが作られるが、その段階にまで事が進んでしまうと、本文の流動化はかえって増殖される一方である。

ここで、ひとつ思い当たるのは、本文が注を生み、注が注を派生するというのは、文字化された言語表現の本性に根差すのではないかということだ。くわしくは知らないが、口承文芸に注というのは無縁の形式ではないだろうか。文字というものがまったく存在しないとき、言語表現は、そのときそのときが生成である。かりに伝承者が語り伝えられてきたことばをそのまま復唱したとしても、それは語り手その人による生成であろう。まして、文字がまだ存在しないとき、語りは多様に変化し、場と状況に応じて柔軟、かつ微妙に、ときには劇的に変容する。そこでは、書きことばにみられるような本文と注の二元的な関係はありえないはずだ。

本文に対する注という位相差のある構造は、本文が書きことばであるという事態がもたらすもののようである。注釈が一義化する知であるというのも、文字文学に特有の現象であるということになる。わたしたちが、ごく当たり前のように受け取っている注釈という行為は、あくまでも書くことの文学における自明性にすぎないのだ。

はじめから注釈は古典文学の概念と切り離せない関係をもっている。あるテクストが注釈を必要とするようになると、それは古典の範疇に入ってくる。二葉亭四迷や樋口一葉のテクストが注釈なしに読めないような事態になれば、それらはもうれっきとした古典であろう。王朝の人々にとって現代文学であったものが、いったいいつ頃から古典の範疇に入ったのかということは、考えようによってはかなり重大な問題になりうるが、ひとつの目安として、そのテクストの注釈がいつ現れたかということに着目するのも面白いと思う。注釈の必要性は、時間の要素を抜きにしては考えられない。そのことは、書きものにあらかじめ刻みこまれた契約であろう。注釈を施すという行為には、テクストを書かれた時点に戻すという潜在的な動機があるのだ。これはテクストの〈現在化〉といってよい。いわば物としてのテクストに経過した時間を撤回しようとするのである。

＊　＊　＊

一義化する知としての注釈が一義化しようとするのは、テクストの現在である。そのためには読み手の現在が無化されなければならない。この事実を直視したのは、おそらく本居宣長である。それはとても危うい、自己矛盾をはらんだ前提であった。宣長は『うひ山ふみ』のなかで、古典を読むものはすべからく注釈に従事しなければならないと言っている。そのばあいの注釈は、テクストのことばを、その時代の用例に即して読み取ることであった。それは語釈と対立されているが、この語釈という宣長流の用語は、後の言い方に置き換えれば本義を明らかにすることである。宣長が本義を排除したのは、そこに様々な主観が介入するからであった。その主観はたんに個人的なものもあれば、時代と社会が所有する共同的な主観もある。そうした読み手のフィルターを取り去って、古典を、用例という、それが生み出された〈現在〉のコンテクストにおいて読み取ることが宣長の信念であった。そのことをみずから忠実に実践した『古事記伝』が、信じがたいほどの博引傍証で埋められているのは当然のことである。注釈は用例主義によるテクストの一義化である。この原理はいまも尊重されている。

注釈の問題に関しては、わたしにも人ごとのようにいえない経緯がある。注釈に頼ったことが良かったかどうかというのではなく、そのことが結果的に自分の読みをどのように拘束したのか、という点をよく反省しなければならないと思っている。注釈にもとづく読みは、いま、泥沼の論争に陥っている。注釈をてこにして乱立する解釈群は、テクストの世界をかぎりなく平板なものにする。これは、注釈がはじめから抱え込んだ限界である。注釈学的な多義性は、いたずらにテクストを不毛なものにする。用例主義によるテクストの一義化は、個々の読みが、たがいに他を排除しあう事態をまねくので、おのずと、論争はイデオロギー的な様相を帯びてくるのだ。

ひとつの用例にもとづく注釈は、別の用例にもとづく注釈によってくつがえされる。まして、注釈は、ややもすると細部にこだわり客観性と厳密性が尊ばれるので、かたくなで融通のきかない読み方が蔓延することになる。『古事記』や『万葉集』はもっと自由な感性で読みたいところだが、注釈を度外視した読み方は、歯止めを欠いた自由さでしかない。古代のテクストは窮屈な用例主義を超えて、古代的な感性で読むべきだといった考え方もある。けれども、よくみると、それとて注釈を前提にして言われることが多い。注釈学は俗流古代主義に対して防御が堅いのだ。注釈学はテクストが観念的に読まれることを拒むので、読み手があらかじめ用意したフィルターを嫌う。そのこと自体はむしろ歓迎してよいだろう。古典が俗流古代主義に牛耳られると、読み手の意図を隠れ蓑にする民俗的な感性がウルトラ化し、蒼ざめたイデオロギーが顔を出すからだ。これは怖い。

わたしたちは、本当の意味、本当の解釈はなにかという問題意識から、なかなか抜け出せない。こうした発想を逆転して、テクストの複数性ということが言われるが、これには注意すべき点がある。注釈の本文化は、テクストの複数化をもたらし、ふたたび多義性の概念で掬い取られかねないからだ。そもそも、多義性と一義性はおなじ概念の裏と表である。それは解釈と呼ばれてきた。つたない比喩を用いていえば、解釈というのは、出来上がった料理を食べることである。材料を調理し味付けをして一品を作る過程は、その範疇からはずされている。〈読む〉という行為についても、おおむね、食べることの範疇で考えられてきた。どちらも味わうと言うのがその証拠だ。注釈は味付けを吟味する舌の機能にかかわる。舌が過敏であれば、それだけたくさんの味を味わえるので、多義的な読みは感性に快楽をもたらす。けれども、解釈の快楽はいたって贅沢な読み方であり、いささか食傷をきたしがちだ。

味わうことによる副作用の段階になると、料理とテクストは相いれないベクトルを描き出す。テクストを味わうことは、料理の食文化とはちがった意味で文化的なものの飽食をもたらし、そうしたテクストの浪費が世界像のあり方をも左右するようになる。いずれにせよ、わたしたちは、一定の世界像なしに安定した精神を保つことができない。古典のテクストは、その点で世界像の範型となる貴重な財産である。多義的な読みは、むしろ世界像の輪郭をあいまいにする態度であるが、反面、これはもっとも安定した、というより安定させられた精神がとる態度にもなりうる。なぜなら、それは、テクストの読みが何らかの力で排他的に一義化されようとする危機的な事態を望まないからだ。

古典のテクストを読むとき、注釈は欠かせないが、万能薬ではない。これは、経験上だれでも知っていることがらだ。ならば、注釈の限界はどのように理論化すればよいのか。まとまりのつかない思考をだらしなく記述するこの文面にはそぐわないが、ここでどうしても見ておかなければならないのは、西郷信綱が『古事記注釈』のあとがきで述べている言説である。「〈解釈〉についての覚え書き」というかたちで示されている文章の一段を、とり急ぎ書き出してみる。

まず指摘せねばならぬのは、記伝の解釈は語彙や節あるいはせいぜい文という小単位で完結し、それらを平面的に加算するだけになっており、後続する文から文、話から話へと意味が組みこまれ送りこまれつつそのレヴェルを発展させてゆく過程にたいし、ほとんど関心が向けられていない点である。古事記のなかの奇しく怪しい話をそっくり信じるだけで、どのような意味がそこにあるかを全く問おうとせぬ態度ともそれはかさなる。語彙の理解でしばしば異彩を放つ古事記伝が、全体としてのテキストの読みでは「直毘霊」に見るような途方もないものになってしまうのも、その解釈の射程が文（センテンス）以上のレヴェルにまで到達しないためである。つまり全体という空間では、本人の知らぬ間に「己が私のこゝろ」による独りよがりの読みこみがむしろ大手をふって歩いているわけだ。儒教への拮抗意識がさらにそれを拍車づけた。序ではそのことを経験主義と独断論との奇妙な結合と評したが、部分と全体との間の弁証法的な往復運動に欠けるといいかえることもできる。

わたしたちは、やっと『古事記伝』のおもしから解かれたのかもしれない。ここに述べられている趣旨を、これまでの流れから切り取れば、読みの可能性は注釈の限界によって拓かれるということだ。読みは注釈の終わるところから始まる。だから、用例主義は、それとしてあらためて認定されるし、注釈のもたらす多義性もそのまま容認してよいことになる。ただし、そのためには注釈のおよぶレヴェルを規制しておく必要がある。注釈による一義化は、あくまでも語のレヴェルでしか成り立たないのだ。注釈にこのような限界が与えられると、本腰をいれて取り組まねばならないのは、〈読み〉の概念の変更である。

注釈と本文の関係は、みぎの西郷の言説に照らしてみると、語と文ないし文章の関係から吟味することができる。このばあい、文章とはテクストである。テクストの単位となっているものは文であるが、文はいくつかの語から成り立っている。三者の関係は平面的ではなく立体的であり、しかも構造としては階層的である。テクストは［文章∪文∪語］という階層で組織されているのだ。そのため、語のレヴェルと文のレヴェル、文のレヴェルと文章のレヴェルのあいだには位相差がある。テクストのこうした組織性については、文字化の次元からまず解明されねばならないことだが、右の図式は読みの問題に対してても有効であろう。要するに、語の意味を決めるのはより上位の文レヴェルであり、文の意味を決めるのはより上位の文章レヴェルなのである。文脈という用語は、階層化された［文章∪文∪語］の構造を全体的に包括する視野にたって使われねばならない。すなわち、語の意味は文脈によって決定されるが、そのばあい文脈とは、西郷のいうように語を平面的に加算した連なりではなく、階層的な深みをもった構造体なのである。それが本文の在り方となる。

＊　＊　＊

ここでひとつ、『古事記』のなかから具体例をあげることにしよう。だれでも知っているイナバノシロウサギの話である。原文には「素菟」と書かれている。これはきわめて難解な箇所で、注釈は諸説紛々としている。『記伝』は「さて此菟の白なりしことは、上文に言はずして、此処にしも俄に素菟と云へるは、いさゝか心得ぬ書ざまなり、故思に、素はもしくは裸の菟の義には非じか、若し然もあらば、志呂とは訓むまじく、異訓ありなむ、後人猶考へよ」とするが、後人は異訓を提出することができず、シロウサギと訓まれている。では、なぜ、「白菟」と書かれなかったのか。有力視されているものに、たとえば、白菟とすれば月の異名になるので避けたという説がある（日本古典文学集成）。また、「素菟」と書くことについては、素はシロキヌの義であるから、菟の毛を衣服にみたてた表記とする見方がある（日本古典全書・日本古典文学全集）。その他、十人十色の説が出されていて、どれをとっても興味深いが、ここでは省略する。

『古事記』や『万葉集』のように漢字で書かれいてるテクストでは、注釈が訓と義の両方にかかわるケースが多い。素菟のばあい、素をどう訓むか、その和訓＝和語の意味をどう解釈するか。原文に即するかぎり、これらが注釈の問題となるべきであるが、いったい、なぜ、白の問題が持ち出されているのだろうか。おもうに、それは、注釈者の頭にシロウサギは白菟でなければならない先入観があるからではないか。三つ子の魂百までとはよく言ったものだ。この話は、わたしたち個々人にとってたぶん記憶の一番古い層に属する。そのため、原文の素菟も、無意識のうちに白菟で読んでいるのだろう。それはやむをえないとして、白菟と書かれていないことの疑問が、それだけで取り出され議論されているのは注釈の悪い癖である。

イナバノシロウサギの話で、ウサギの毛の色はまったく問題外だ。この話のウサギは黒菟でも茶菟でもかまわない。話の筋でいえば、このウサギは、宣長の言うように、毛をむしりとられた裸のウサギである。そのような文脈になっているので、素菟は裸のウサギと重ねあわされているはずである。素は色づけしない絹糸を表す字であり、だから色彩でいえば白、和訓もむろんシロだが、字義の核は色をなにも付けない糸、つまり剝き出しの生地である。一方、和語のシロは色彩をいう他に、クロキ＝黒木（皮のついた木）に対するシロ（ラ）キ＝白木、すなわち皮を剝いた木を表すことがある。それで、素菟とされていると考えられる。

白菟とされなかったことにも意図がありそうだ。白鹿・白犬など、白は色彩を表す他に神的な動物をいうことがある。この話には皮を剝がれた哀れなウサギが、「今に菟神と謂ふ」とされ、オホナムチを予祝するおちがつけられているが、菟神はまさに白菟なのである。この文脈には、まぬけな素菟（裸菟）が神聖な白兎（菟神）に変身するという意外性が仕掛けられている。いわば真面目なジョークであるが、これが、はじめから白菟であっては、話のあげどころがなくなってしまう。この文脈で、シロウサギは~~白菟~~であることによって、絶妙なバランスが保たれるのだ。

語レヴェルにおける意味の二重化ないし多義化は、文脈の表層に浮遊する現象にすぎない。注釈が指摘するいくつかの意味は、文脈の仕組みから読みなおしてみるとすぐに無意味化してしまうのだ。前から気になっていたので、ついでに似たパターンをもうひとつあげてみる。やはり、だれでも知っている『竹取物語』の終わりの部分から――。

> 御文、不死の薬の壷ならべて、火をつけて燃やすべきよし仰せ給ふ。そのよしうけたまはりて、つはものどもあまた具して山へ登りけるよりなん、その山を「ふしの山」とは名づけゝる。その煙、いまだ雲のなかへたち上るとぞ、言ひ伝へたる。

地名起源のかたちでしめくくられる「ふしの山」をどう注釈するか。ここでも声と漢字をてこにした洒落が巧みに使われている。つはものをあまた連れて登ったというつながりから「ふしの山」が導き出されるので、富士の意であることは確かだが、これはむしろ付け足しのようなもので、話の本筋は不死の薬を焼くというところにある。それで、おおむね、「ふし」には掛詞的に不死の意も含まれるという理解がなされている。このところ、いわゆる古本系に「その不死の薬を焼きてけるより後は、かの山をばふじの山とは名づける」などの異文をもち、みぎに引いた通行本とはちがって、話の本筋からそれずに一義化されている。注釈上はすっきりしているが、これは後の改作とされ、古本系全般の文献学的な検討から本文としては一般に採用されていない。『竹取物語』の結末部は伝写のあいだに読み方が平板化し、ために、物語全体の主題が見失われてしまったようだ。

　不死から富士へのすり替えは、読者が、不死の薬を焼くから「不死の山」となるのだろうと予測しながら読んできたが、「士どもあまた」だから「富士」なのだと、ひっくり返してみせた（日本古典文学集成）といった解釈が分かりやすい。だが、そのような作者のねらいは、文脈の表現構造においてすでに無意味化されているのではないか。不死の薬を焼いたから「不死の山」なのだというかたちにすると、不死が有意味に機能する。ところが、物語の方は、すぐ前の「逢ふことも涙にうかぶ我が身には死なぬ薬も何にかはせむ」という帝の歌にあるように、不死がもはや無意味になる場面を形成している。このことは『竹取物語』全体の主題に深くかかわるはずである。なぜなら、この物語は、かぐや姫が天上に去った後、地上には、死すべきものとして、哀れな人間どもが取り残される構図を描き出して終わるからだ。かぐや姫という最後の神が去り、もはや不死のない世界だからこそ、そこが〈物語文学〉によって耕されるべき場所になったのである。

「ふしの山」の地名起源を不死で説くのではなく、読み手の期待に背いて、「富士」という真新しい用字に掛けるのは作者の遊びである。その遊びのなかで語られるフシは、~~不死~~であろう。「その煙り、いまだ雲のなかへたち上るとぞ、言ひ伝へたる」とある「その煙り」は、不死の薬を燃やした煙りである。それは現実にそびえる富士山の煙りではない。あくまでもテクストの世界にたなびいている~~不死~~の煙りなのだ。それは、かぐや姫がいなくなった事件の記念碑である。残された者たちは、そこから始まる果てしない世界を、天皇であれだれであれ、みな一様に各自の死を引き受けて生きなければならない。

みぎにあげたふたつのケースが示唆するのは、本当の読みは注釈が終わったところから始まるということである。テクストの読みは注釈にはじまり注釈を超える。

* * *

あるひとつの書き物に注釈が施されたときから、テクストは受容の時代に入る。注釈は享受の一形態にほかならない。注釈が施されるようになるまで、テクストは、なかば口承文芸のように不断に生成を繰り返す。読み手とテクストの距離はゼロであり、読むことはテクストの世界を生身で生きることであった。いま、わたしが村上春樹の作品を読むことは、そのテクストの時空をわたしが体験することである。すべての古典もみなそのようであったろう。『源氏物語』を読むことは、読み手が、おびただしい作中人物に同化し、分化しながらその世界をさ迷い、それを、もうひとつの現実として生きぬくことである。このような読み方が不可能になったとき、読み手とテクストのあいだに注釈者があらわれる。それと引き換えにテクストは不断の生成をやめ、読み手はテクストから隔てられてしまう。その溝を埋めるために、今度は不断に注釈が加えられるようになるが、かえって本文との距離はますます遠くなる。人麻呂の歌一首を読むために、わたしたちは実にたくさんの注釈を読み漁らねばならないのだ。

古典テクストの読みは、今では研究の名を冠せられ、丸腰ではたやすく人を寄せ付けがたいものになっている。これはいたしかたないことだが、もっと注釈を超えた読みがあってもいいのではないか。なにも注釈書を書くのが最高にして最終のよろこびではない。とはいえ、『古事記』が現代作家の小説を読むように読めるはずはない。ひとたび古典の範疇におさまったテクストを、生成するテクストとして読むことは容易なことではない。わたしたちにできるのは、せいぜい〈読み〉の概念を変更することぐらいである。せめて、出来上がった料理を食べるような読み方だけは避けたい。料理を作る読み方が必要だ。

よく知られているように、テクストを読む、というときのテクストにはふたつの面がある。ひとつは意味としてのテクストであり、もうひとつは意味を生み出すものとしてのテクストである。ソシュールの言語学をかりていえば、シニフィエ＝所記としてのテクストとシニフィアン＝能記としてのテクスト、ということになる。常識的には、読むことは、テクストの表現する意味内容を読み取ることである。これは、シニフィエとしてのテクストを読むことであるといってよい。作品という概念は、この側面でのみ成り立つ。作品を解釈したり作者の意図を読み取るのは、テクストのシニフィエ面において行われるのだ。ところが、シニフィアンとしてのテクストを読むというのは、テクストに書かれている事実を読むのではなく、テクストの形式や仕組みを読むことであり、意味が生み出されるシステムを明らかにすることである。作者や書き手は、この方面には意識的に関与できない。なぜなら、それは、個人の意識レヴェルを超えて、より共同的な言語と言語表現の構造にかかわるからだ。平たくいえば、作品は実体（意味）であるが、テクストは現象（意味以前）である。それを意味化するのは、読みの行為をおいてほかにない。

R・バルトが〈作者の死〉を宣告するとき、かれはこの認識に立っていた。それが衝撃的であったため、わたしたちに与えた影響は深刻だった。その後遺症はまだ続いているが、ひどいのは、テクストのシニフィエ面で作者を殺すような論文が平気で書かれていることだ。これは、もうれっきとした犯罪ではないか。バルトの行為は〈読み〉の概念を変更したうえで行われている。だから、それは犯罪のようにみえても作者に対する贖罪なのだ。〈読み〉の行為がシニフィアンの面から企てられると、読み手は作者の無意識を意識化するので、読むことはシニフィエを異化する行為に変質する。

わが国の古典研究が長い年月をかけて鍛え上げてきた、一義化する知としての注釈学は、テクストの意味内容を読み取ることで、第二第三の本文を編み出そうとする果てしない努力であった。しかし、テクストを意味生成の場として読むことについては、まだ、まともに取り組まれていない。ヨーロッパの記号学を借用した論文はかなり頻繁に書かれているが、ほとんどは消化不良をおこしており、しばしば読むにたえない。一番いけないのは、自分のよって立つ前提に無頓着なまま、その前提を何の疑いもなく容認してしまうことだ。注釈が形成した第二第三のテクストは、その前提に向けて解体していくべきである。注釈という知の形式そのものが問いなおされてよいのだ。あたらしい〈読み〉の概念にふさわしい読み方を模索すべきなのである。

＊　＊　＊

注釈の反対は何であろうか。日ごろ、自分自身の行っている行為を反省してみる意味で、つい、このような自問を発してみた。なかなかうまく答えられないが、いまのところ、それらしいとあたりをつけているのは翻訳である。すくなくとも、対照概念にはなりうるのではないか。注釈による歯止めのない解釈の増殖は、どうしようもなく母国語の内部に閉じこめられている。一義性を追求する読みは、母国語の外部に出ることができない。不幸なことに、それは国境の内側で完結する閉じられた知の体系である。注釈学的な世界像は、外部を排除する装置を先天的に内蔵しているとみてよい。『古事記』のような神話テクストにおいて、その装置は、言語の暴力というかたちで作動するばあいがある。他国語に干渉されることを嫌う注釈学の知は、自己を防御するため、ときに外部の言語を憎悪することがあるのだ。あるいは、母国語の原理においてエトスを普遍化し、世界言語になろうとする。この方向は、宣長から篤胤にかけて一度その醜態をさらけ出したが、その後いくどか繰り返されたことは周知の通りだ。

かつて、読みの前提が時代の現実に掬い取られたとき、多くの古典学者は母国語の原理を世界言語としてウルトラ化し、その水準でテクストに高度な注釈をほどこした。けれども、そうした注釈学的な言説は他国を侵略するイデオロギーに加担し、やがて、古典のテクストは無残に破壊された。わたしたちの〈読み〉の行為が、いま見えないところで進行しているこうした閉塞的な潮流に波長を合わせていないかどうか、きびしく自己点検してみる必要があろう。古典が民族的なパトスの源泉になるのはやむをえないとして、それが両刃の剣であることもまた事実だからである。

翻訳というのは、母国語のテクストが、外部の言語にまるごと所有されることである。厳密な翻訳は、厳密な注釈の上になされる。そのため、一見、翻訳は注釈の延長で行われているかにみえるが、翻訳そのものは、どのような意味においても注釈の可能性を根こそぎ引っこ抜いてしまうものだ。外部の言語に所有権が移されてしまったテクストに対して、母国語はもう注釈をほどこすすべをもたない。ひとたび国境を越えたテクストは、その時点から、わたしたちには為しえなかった別の成長をとげていくだろう。古典が真の意味で成長するのは、翻訳を通してである。やがて、わたしたちは、外部の言語に育てられたテクストの姿を離れた位置でながめ、また、その果実を摂取する。こうした逆輸入の利点は、合わせ鏡の比喩で説明すると分かりやすいかもしれない。というのも、外部の言語に所有されたテクストは、注釈学的な読み方では見えない部分を現わし出すからだ。一枚の鏡面がわたしの後ろ姿を見えなくさせるように、母国語のテクストは、わたしたちが体験してきた歴史の背後を写し出さない。それを見るためには、どうしても国境の向こう側に掛けられたもう一枚の鏡面が欠かせないのだ。

先年（平成九年）、ソウルにしばらく滞在したあいだ、わたしは、韓国の文学研究をほぼ全般にわたって主導してきた黄浿江《ファン・ペガン》氏にお会いした。黄氏が長年『古事記』の翻訳に従事されていることを聞いていたので、ぶしつけながら、植民地時代にあれほど韓国の言語と文化を蹂躙した日本の神話を翻訳するのに、どのような意味があるのか、うかがっておきたかったからである。黄氏のお話は、神話は政治に利用されやすいが、神話そのものは人間精神の本質にかかわっており、日本の神話には、そのような要素が他の神話に比べて遜色ないほど含まれている、という趣旨だった。黄氏は、日本の神話を、かつて自国を奪った許しがたい政治神話としてでなく、人間精神の豊かさに貢献する普遍的な財産のひとつとして翻訳している。『古事記』の本文はすでに翻訳を終えたが、それに注釈を施す作業が難渋しているのだという。氏が韓国語の本文に韓国語でどのような注釈を加えているのか、わたしはつよい関心を寄せている。

# 摩耗するパラダイム──作品論とは何であったか

## 1　はじめに

「方法論の検証──古代文字の〈読み〉を保証するもの──」というテーマのもとに、わたしに与えられている課題は「作品論の視点から──その批判的検証を通して」である。本特集（『古代文学』41、二〇〇二年三月）のねらいは、「それぞれの方法が自己目的化して、作品の「読み」が正しくなされているか、作品の本質・意味が正しく読み取られているかの保証に不安がつきまとっている」ので、「具体的な作品に即して、それぞれの方法が何を明らかにしているかを、批判的に検討してみる」ということのようである。思うに、批判すべきことがらの一端はすでにここに現れているのではないだろうか。

むろんこの種の企画は時期をえており、あえてその意義を疑うものではない。ただ、すこしばかり気にかかるのは、「作品の読み取り云々」だとか「作品の本質・意味云々」「具体的な作品に即して云々」等の言い方そのものが、「批判的に検証してみる」ための手ごろな材料になってしまうであろう、ということである。そこでは、作品というものがあたかも無前提に成り立つかのごとく用いられているように見受けられるからだ。いずれにしても、作品論批判というのは、そういった作品の自明性を疑うことから始めなければならない。作品として読み取る前に、作品という概念を成り立たせている根拠を問うこと――これがわたしに与えられている課題であろう。

## 2 作品論の時代

作品からテクストへという標語はひところの輝きを失い、かなり色あせたものになっているが、これが日本文学の研究者に与えたショックは並大抵のものではなかった。学問としての文学研究は作品を対象とすることではじめて成り立つという神話が、テクスト概念の輸入によってまるで一夜のうちにひっくり返ってしまったからである。近現代文学はもとより古典文学の方でも王朝物語を中心にして白熱した論争が交わされたのは当然であった。それが、舶来思想の移入と消費を繰り返してきた日本文学研究の不毛なパターンを、どれほど脱却しえたかは覚束ないにしても……。

ひとたびテクスト論の洗礼を受けてしまえば、文学作品を読む行為は、もはや信頼すべき羅針盤などは望みえなくなる。読み手はまるで不案内な場所に投げ出されてしまい、慣れ親しんできた作品が、まったく別な相貌で立ち現れていることに気付くことになる。こうしたテクスト論の席捲は、ロラン・バルトやジュリア・クリスティヴァなど、ポスト構造主義者の論著が翻訳され出した一九八〇年代以降のことである。この時期、小森陽一の『構造としての語り』（一九八八年）や、三谷邦明の『物語文学の方法Ⅰ・Ⅱ』（一九八九年）などが相次いで刊行され、日本文学の研究は開放的な賑わいをみせたのである。小森や三谷の著作は「国文学界」の旧い縄張りを縦横に踏みにじって新世代の研究者に強いインパクトを与えたのであるが、幸か不幸か、上代文学研究の分野に関して言えば、そうした外来系の思想と対峙した形跡はほとんどみられない。それが幸いしたのは、贅沢な舶来品を飽食した後の空虚とは無縁であったことであるが、しかし、テクスト論の衝撃を免れたことが、結果として「作品」の概念を点検する好機を失したのだとすれば、それはかならずしも手放しで慶べる事態ではないであろう。

いま、上代文学研究の分野では、古事記にしろ万葉集にしろ、アカデミックなスタイルはもとより脱アカデミーを自認する研究でも、主流もしくは基底になっているのは、ほかならぬ作品論である。そして、それの実践形態として尊重されているのが、いうまでもなく読みの問題である。これは単に人麻呂や家持の作品を読むといった素朴なレヴェルから、作品として読むというかたちで、方法論的な自覚に裏打ちされたものまで、その内実は種々様々であるが、ともかく昨今の状況をみると作品研究を志向し、またそれを標榜する論著がやたらと目に付くのである。これは、かならずしもわたしだけの偏見ではないと思う。いまや作品論は文学研究にとって自明のことであり、作品の読みを目指さないような論文は文学研究の名に値しないといった通念が、わたしたちの脳裏に根付いているのではないだろうか。

ところが、明治以降の研究史を振り返ってみると、上代文学の領域において作品論の観点が打ち出されてくるのはそれほど古いことではない。古事記は神話論的な研究が先行し史学や民俗学なども関わりあって、研究の方法に複合的な曲折がみられるが、万葉集のばあいは、近世国学の遺産を引き継いで文献学・注釈学から解釈学的な領域に展開して、それなりに内発的な軌跡をたどったわけであるが、明治・大正期はもとより戦前の研究者においてすら「作品論」というのはまだ未知の領域であった。きちんとした調査をする暇がないので、手っ取り早く分かり易い目安として代表的な研究集成を並べてみよう。

一九三三年（昭8）春陽堂『万葉集講座』
①作者研究篇　②研究方法篇　③言語研究篇　④史的研究篇　⑤万葉美論篇　⑥編纂研究篇

一九五三年（昭28）平凡社『万葉集大成』
①総記　②文献篇　③④訓詁篇　⑤歴史社会篇　⑥言語篇　⑦様式研究篇・比較文学篇　⑧民俗篇　⑨⑩作家研究篇　⑪〜⑭本文篇　⑮〜⑲索引篇　⑳美論篇　㉑風土篇　㉒研究書誌・年表・索引篇

一九七二年（昭47）有精堂『万葉集講座』
①成立と影響　②思想と背景　③言語と表現　④歌体と歌風　⑤⑥作家と作品

それぞれ万葉研究に一時代を画した叢書で、春陽堂講座は佐佐木信綱、平凡社大成は澤瀉久孝を監修代表として刊行されたが、どちらにも「作者・作家研究」はみられるものの、「作品研究」という篇目はまだ設けられていない。これが設けられるのは久松潜一の監修になる有精堂版の講座からである。世に作品論が広まっていくのは、その間のおよそ二十年間であったとみてよいであろう。その点で、有精堂講座の別巻『万葉集事典』が伊藤博・中西進・橋本達雄・渡瀬昌忠らによって編纂されているのはまことに象徴的である。万葉研究に作品論の風潮を定着させたのは、ここに名を連ねた人々の研究であったとみて誤らないからだ。この世代の万葉学者は「大東亜戦争」によって荒廃した万葉学を再建すべく強固な使命感をもっており、万葉集を覆っていた不透明な神話のベールを剝ぎ取って、個々の歌人の生活史を洗い出しながら、かれらの文学活動を実証的に探求したのである。そうしたなかで作品論の優位が確立されていったわけであるが、それの導火線になったのは、おそらく、一九五八年（昭33）に刊行された西郷信綱の『万葉私記』であったろうと思う。

・まず重んずべきは、作品を作品たらしめているモチーフと、作品そのものであり云々
・作品を追体験するとかいうばあい、作品をダシにして自己を語る例が多いようだが、それは邪道だと思う。
・作品のよびかけた同時代の読者や聴衆の立場、ことばのその時代における固有な意味論的約束に忠実でないと、作品を理解できない云々

このように『万葉私記』のなかで、西郷は「作品そのもの」だとか「作品に即して」というフレーズを繰り返している。この著作は万葉集の読み方を一新させたものとして今日でも高い評価を保っているが、その新しさは要するに作品に即して読むということなのである。当然そこでは、注釈的な手法がフルに導入されることになる。それまでの読み方は、乱暴にいえば、たとえば斎藤茂吉の『柿本人麿』（一九三四年、昭9）だとか武田祐吉の『柿本人麻呂攷』（一九四三年、昭18）を想起すれば分かるように、

歌人の生き様を文脈にして歌を解読していくのが主流で、歌の読みとはいってても、それはあくまでも歌人論を優位とするかたちで行われていた。そのことを思えば、西郷の提言は万葉歌の読み方を根本からひっくり返すものであった。戦後の万葉研究における歌人論から作品論へのパラダイム革命は西郷信綱によってもたらされたのである。むろん、その背景には歌人論そのものの変質があった。すなわち、戦後になって勃興した歴史社会学的なアプローチによって歌人は歴史的もしくは社会的な次元で捉えられたため、従来、素朴に表裏一体で捉えられていた歌人と作品が分離されるようになったのである。作品を作品そのものとして捉える下地は、まず、そうした流れのなかで醸成されたわけであるが、万葉集研究にそうした歴史社会学的な観点を導入したのも、ほかならぬ西郷信綱その人なのであった。

そこでもう少しだけ『万葉私記』の方法について触れておくと、西郷は作品の意味を歌人の実人生から切り離したのであるが、歌人の関与をまったく度外視しているというわけではない。なぜなら、作品そのものの分析によって明らかにされるのは表現様式だとか詩的な韻律構造であるが、歌人はそうした種々の技法を駆使することで、表現を生み出す主体として再措定されているからだ。西郷の切りひらいたこの創作主体としての歌人という概念は、人麻呂を問題とするときにより際立った効力を発揮し、「人麻呂における作詩の技術の問題」にしっかりと焦点が定められ、口承と記載、音楽と詩のあいだを往還しながら獲得される人麻呂の創作技術が多面的に論じられている。それらは多くの論者によって引用され、作歌論を補佐する新しいタイプの歌人論としてしかるべき影響を及ぼしたのであった。

ともかく『万葉私記』が刊行されてから作品に即した研究が活発になり、一九六五年（昭40）には、たぶんはじめて「作品研究」を標榜することになる清水克彦『柿本人麻呂―作品研究―』が上梓された。「あとがき」で清水は「本書は、柿本人麻呂の作品を、主としてその作品の言語に即しつつ、分析し、総合することを通して、人麻呂作歌の特質を明らかにしようと意図したものである」と述べている。このあたりが、いわゆる学界的に公認された作品論の共通認識とみてよいであろう。これなどを皮切りにして、昭和四十年代には、伊藤博や中西進・橋本達雄・渡瀬昌忠・稲岡耕二・阿蘇瑞枝などによって万葉集の作品研究を代表する傑作論文が次々に執筆されていったのである。こうした動向は、一九七七年(昭52)から刊行される有斐閣『万葉集を学ぶ』(全八冊)によって一応のピークを迎える。このシリーズは「作品ならびに歌人単位」で項目を設定し、「作品の構成や意図、作品成立の場や歴史的背景、文学史的位相」などを問題としたもので、万葉集の全巻にわたって主要な歌々が作品論の視点から論じられたのは画期的であった。注釈の細密化も手伝って、この時期、万葉研究はまさに作品論の時代を謳歌したのである。

それからおよそ二十年を経た現在、和泉書院『セミナー 万葉の歌人と作品』全十二冊が刊行中である。「はじめに」の冒頭で「本シリーズの企画は、主として昭和四十年代以降の『万葉集』研究を振り返り、その成果を集約するとともに、新しい展開の方向を示そうとすることにある」と記されているように、ちょうど作品論の勃興から現在に至るおよそ四十年間に焦点が合わされており、その方針は、次のように述べられている。

研究の基本はあくまでも作品を読むことにある。作品から遊離し、作品の外で幻想を広げるような議論は意味をもたない。『万葉集』研究が注釈的研究をつねに中心としてきたのは、正道をゆくものであった。その方向を継承して、本シリーズは、「歌人と作品」と題し、歌人ごとに作品を見てゆくかたちで各巻を編成した。作品別研究史を積み上げながら、同時に作者（歌人）論として総括することをめざすものである。

この文章にあらわれているのは作品論の時代を引き継ぎ、それの一層の発展を期する所信であろう。注釈に裏打ちされた作品研究に対する揺るぎない信念が感じられるのであるが、しかし、日本文学研究の他の分野を襲ったテクスト論の衝撃は、本当に上代文学の研究には無縁とみてよいのであろうか。右に「作品から遊離し、作品の外で幻想を広げるような議論は意味をもたない」とあるのは、文字表現として存在する作品を自己完結したもの、閉じられたものとして捉えることであるが、そのような発想は、万葉集の歌を読むときにどれほど有効なのであろうか。

## 3　作品の根拠

作品論を成り立たせる前提はいうまでもなく「作品」という概念である。ところが、上代文学の研究においては、前節に引いた諸論からも分かるように、この用語はほとんど定義らしい定義も与えられないまま用いられているのが実情である。こんなことは、一般的にいって〈学〉を標榜する言説においては珍しいことであるが、じじつとしてそうした風潮が支配しているのは、それなりの事情があってのことだと思う。まず考えられるのは暗黙の了解であろう。要するに常識がまかり通っているわけで、作品はあえて定義づけするまでもない自明の存在とみなされているのだ。

そうした常識の核になっているのは、作品はそれを作り出した歌人（作者）の所有物であるとする見方であろう。これによって、作品の根拠は作者にあるという根強い観念が定着することになる。和泉書院セミナーの「万葉の歌人と作品」という名称が、そうした通念《パラダイム》によりかかっていることはいうまでもない。むろんこれは万葉研究に限ったことではなく、近代文学研究においても、「作品の主題（テーマ）と、そのテーマを必然とした作家の意図（モチーフ）を正確に知悉すること」（三好行雄『作品論の試み』一九六七年）が作品論の理念として公認されていた。そのことがまさに〈作者の死〉を宣告したテクスト論から批判を浴びて、作者と作品をめぐる議論がとめどもなく昏迷していったのであるが、繰り返して言えば、そのような嵐は万葉研究の領域には波及しなかった。しかし、だからといって、万葉集において作者が安定した基盤に支えられているというわけではない。それどころか、すこし考えてみれば分かるように、万葉集ほど作者の問題で頭を悩ます書物はないのである。

その理由はふたつほどある。ひとつは額田王や柿本人麻呂・山部赤人といった著名な万葉歌人を持ち出すまでもなく、作者に関する資料の絶対的な不足であるが、しかし、このことじたいはたんに資料不足という障害以上のことを意味するわけではない。作者の実在に信憑性がもたれているかぎり、作者と作品の因果関係に疑いが挟まれることはないだろう。万葉集において作者の問題が厄介になる理由は、まったく万葉集という書物そのものの性格によるのであって、そもそも、個々の歌をその題詞に書かれている作者のものとして取り出すことが許されるのかどうか、この点にまず疑いがもたれるからである。単純な例をあげてみると、たとえば巻頭歌は題詞に「天皇御製」とあるからといって、この歌が雄略天皇の実作とはとても考えられないが、一方で、二九番歌は「近江の荒たる都を過ぎし時、柿本人麻呂の作れる歌」とある題詞によって人麻呂の実作とみられている。その違いを区別する客観的な基準があるのかといえば、じつのところどこにもない。ごく健全な常識に基づいてそのように判断するわけであるが、このような判断方法はじっさいにはあまり役に立たないし、ばあいによっては有害である。二番歌の「天皇、香具山に登りて望国《くにみ》したまひし時の御歌」は舒明天皇の実作であるのか否か、またそのように判断できる理由はどこにあるのか。あるいは、万葉集に一三首ある額田王の歌のなかで、実作といえるのは何首あるのか。こういった問題は、作品として万葉集を読むばあいのもっとも基本的な問題であるにもかかわらず、根本的なところから論じられるのはまれであり、ほとんどは読み手の常識的な判断に委ねられている。そのため、すぐ後にあげる大伯皇女歌のように、実作か否かで際限のない議論が繰り返されたりすることになる。

　実作を疑問視するときに導入されるのが代作もしくは仮託であるが、そのばあいには歌の評価がひっくり返ってしまうケースが少なくない。作歌主体のゆれが作品の読み取りに大きく影響するわけである。代作説・仮託説とも実際の作り手を別に想定するだけであり、実作説を補完するものにすぎない。いずれも作品の根拠は作者にある、あるいは作品は作者に帰属するといった常識《パラダイム》に支えられているのである。ところが、問題はその作者なのだ。

大津皇子の竊《ひそ》かに伊勢の神宮に下りて上り来ましし時に、大伯皇女の作りませる御歌二首

わが背子を大和へ遣《や》るとさ夜更けて暁《あかとき》露にわが立ち濡れし（2・一〇五）

二人行けど行き難き秋山をいかにか君が一人超ゆらむ（2・一〇六）

この二首は世評が高く、万葉集中の名歌に数えられている。しかし、その理由は歌の表現によるのではない。歌そのものとしては集中どこにあってもおかしくないような平凡な恋歌で、ことさら個性的な表現が取られているわけでもない。にもかかわらず、この二首が名歌である理由はすべて題詞によっている。すなわち、「大津皇子の竊かに伊勢の神宮に下りて上り来ましし時に、大伯皇女の作りませる御歌二首」とある題詞の記述がこの歌を名歌にしているのである。当然、この歌の、作品としての価値もすべて題詞に書かれている作歌事情によっている。このことは、ある特殊な歌群についてのみ当てはまるといったものではなく、原理的にいえば万葉集全体を覆う共通事項なのである。したがって、作品の根拠は作者にあるという一般常識も、万葉集のばあいは、題詞の記述を抜きにしては成り立たないという特殊な事情を抱えていることになろう。

右の題詞の真偽に関しては議論があり、それぞれに言い分があってなかなか決着のつく問題ではないが、ただ、細かくみればこれを真とする立場に客観的な証拠がないのに対して、これを疑う立場にはいくらか有利な材料はある。それは「竊」という用字である。極秘の行為がどうして歌集に載るのかという俗見もさることながら、近隣する歌群に「竊」を用いるふたつの題詞「大津皇子の竊かに石川女郎に婚《あ》ひし時云々」（2・一〇九）・「但馬皇女の高市皇子の宮に在しし時に、竊かに穂積皇子に接《あ》ひて云々」

（2・一一六）が、いずれも虚構の疑いをもたれることから、当該の題詞も事実を記したものとは思われないという意見は、一応筋の通った理由として認められてよいであろう。類歌性の観点から二首目（一〇六）を仮託歌とする見解もあるが、同じ観点から一首目を実作とする確証はえられず、この歌に関しては大伯実作であってほしいという願望が先行しがちである。そのようにして、エンドレスに議論が続くことになる。

題詞を疑うにせよ、そのまま信じるにせよ、基本的に認めなければならないのは、題詞と歌は分離しえないものとして一体になっているというごく簡明な事実である。そして、いつも作者は題詞のなかにいるのだ。作品の根拠とみなされていた作者というのは、あくまでも題詞に書かれたものとして存在するのである。作者はけっして題詞の外に存在しているわけではない。言い換えれば、作者とは歌の作り手その人なのではなく、歌の作り手として記述される存在なのである。その意味において、かれらは題詞の中にしか存在しないのであって、その在り方は、生身をもつものとしてではなく、書きことばとしてしか存在しないのだ。これは歌のばあいとまったく同質である。したがって、題詞もまた作品の一部をなすものというべきであるが、しかし、そう言ってしまったとたんに、その「作品」はじしんの根拠をなくしてしまうであろう。題詞に書かれている作者は、その歌の作り手として作品を外部から支配するのではなく、かれ自身もまた作品を構成する内的要素のひとつにすぎないので、歌の作者がまったく不在の状態になってしまうからである。

おそらく、これまで作品論が勘違いしてきたのは、題詞の作者をあたかも生身の存在であるかのように考え、これを題詞の外に連れ出すことが許されるのだ、と思い込んでしまったことであろう。少し冷静に考えてみれば分かるように、万葉集において、生身の作者というのはわたしたちが生み出した幻にすぎない。この種の幻想は、時々わたしたちにとんでもない指示を出してしまうことがある。題詞の作者を生身の存在とみなして、これが歌の内容と合わない時には「題詞を疑え」というのが、それである。ところが、歌が題詞と分離できない以上、この指示は、じつは「作品を疑え」ということに等しいのだ。こうしたジレンマに気付かないできたところに、作品論の見えざる落とし穴があった。

天皇の、蒲生野に遊猟《みかり》したまひし時に、額田王の作れる歌

あかねさす紫野行き標野《しめの》行き野守は見ずや君が袖振る（1・二〇）

皇太子の答へませる御歌

紫草《むらさき》のにほへる妹を憎くあらば人妻ゆゑにわれ恋ひめやも（1・二一）

古くからこの二首は題詞の記述にしたがって、遊猟の場で、大海人皇子が天智の人妻である額田王に恋慕の情を示す歌とされていたが、現在の万葉研究ではそうした読み方は否定されており、二首は宴の座興の歌として読むべきであるとされている。むろん、そのようなことは題詞のどこにも書かれていない。歌を題詞から分離して読むことになるのであるが、かりに同じ読み手が、先の大伯皇女歌については歌を題詞に即して読み取っているのであれば、ある歌は題詞に即して読み、別の歌は題詞を無視して読むことになる。まことに一貫性を欠いた場当たり的な読み方といわねばならないが、実情は、そういった読み方が細密な注釈に飾られながらまかり通っているのである。

この歌群で題詞が疑われているのは、作者を生身の存在にみようとすることと裏腹であろう。二首を歌い交わすのは生身の額田王であり、大海人皇子であらねばならないという思い込みがまずあって、それに相応しい場が想定されているわけである。けれども、そのような想定は読み手の恣意にすぎない。くどいようだが、やはりはっきり言っておきたいのは、歌の意味を題詞から分離して解釈するのは、〈題詞＋歌〉をひとつのセットとみる立場からすれば、けっして許されるものではないということである。この二首の意味はあくまでも題詞の文脈と連続しており、題詞から切り離して読み取ることはできない。しかも、題詞に記されている作者はいかなる意味においても生身の存在などではないのだ。

ちなみに旧説に関してコメントしておくと、そこでは題詞が尊重され、その内容も素朴に事実そのままのこととして疑われていなかった。だから、題詞の作者は生身の存在として捉えられていたのである。その点、旧説と現行説は、作品の根拠を生身の作者に求めようとすることでは、まったく共通の発想基盤《パラダイム》に立っていたことになるわけである。従来の作品論において、ある歌は、原則的にはその題詞に書かれている生身の作者によって作られたものとされており、この原則がうまく適応できないケースについては代作だとか仮託という観点から補完されてきた。ところが、〈題詞＋歌〉をひとつのセットとみる立場からすれば、そのような在り方を成り立たせているのは、もはや生身の作者などではありえない。それでは、作品が生身の作者に帰属するという幻想が断ち切られたとき、いったいその作品はどこに帰属するのであろうか。すでに述べているように、かりに右の二首が生身の作者によって詠まれた歌であったとしても、題詞がそのことをそのまま記述しているとはかぎらない。事実としていえるのは、

〈題詞＋歌〉のセットを作り上げているのは、わたしたちが目にしている万葉集というテクスト以外にはありえない、ということである。

ここにあえてテクストという用語を使うのは、わたしたちの目にしている対象がさしあたって書き物として存在しているからである。書き物である以上、そこには何かが書き込まれているが、それは作者によって完成され、すでに出来上がったものとして存在しているわけではない。作品論にいうような「作品」と違って、それは、あらかじめある特定の作者なり製作者に統御されているわけではないし、また、それとして完結した意味内容を表現しているわけでもない。書き物は外部から誰かによって所有され、読まれることではじめて意味を形づくるのであって、どんなに価値のある書き物であったとしても、読まれないかぎり、それはただの書記物にすぎないからだ。ようするに、書き物《テクスト》はそれじたい閉じられたものとしてではなく、つねに外部の不特定者（読み手）に開かれたかたちで存在しているのである。

テクストが読み手に向けてとっている構えは問いかけである。テクストとはいわば問いかける存在なのだ。そして、読む行為はテクストの問いかけに応えることに他ならない。そもそもテクストとは何ものかの喩であり、それ以上の何かを読み手に訴えかけようとする習性をもっている。書かれたものを書かれているままに読み取ることなど、じっさいにはありえないのだ。万葉集というテクストを読む行為は、そこに書き込まれている表現内容を疑問形のかたちで受け取ることからはじめられる。誤解を恐れずにいえば、テクストを読むことは書かれていることがらの背後に隠されている書き手の意図を読み解くことである。書かれていることがらは、背後にあるもうひとつの意味の喩としてはたらくのであり、それがテクストのもつ装置というものである。

すると、額田王と大海人皇子の唱和に関しては、題詞の文脈はそれとして読み取りながら、そのように描くテクストの裏の意図を探るという手順になるであろう。それが額田王をめぐる天智・天武の兄弟間の三角関係を描こうとしているのなら、読み手は、そのことをまず率直に読み取るべきなのである。これは、一見すると旧説に逆戻りのようであるが、けっしてそうではない。というのも、その三角関係はなまの現実としてではなく、あくまでも表現された世界、すなわち〈喩〉として成り立っているとみるからである。そのさい、表現された世界とは、原理的にいえば非現実の世界に他ならない。これを分かりやすい言い方で虚構とみるのは、かえって問題の焦点をぼかすことになろう。そうではなくて、そこでは天智と天武の政治的な対立が、恋愛ざたの対立に喩化されて描き出されているとみることで、はじめて事の真相に触れることができる。同じパターンは石川郎女をめぐる大津皇子と草壁皇子の三角関係を語る歌群にもみられる。こちらの方は、万葉集というテクストの仕掛けがより直接的に露呈されているようだ。

大津皇子の石川郎女に贈れる御歌一首

あしひきの山のしづくに妹待つとわが立ち濡れし山のしづくに（2・一〇七）

石川郎女の和《こた》へ奉れる歌一首

吾を待つと君が濡れけむあしひきの山のしづくに成らましものを（2・一〇八）

大津皇子の竊かに石川郎女に婚《あ》ひし時に、津守連通のその事を占《うら》へ露《あら》はすに、皇子の作りませる御歌一首

大船の津守が占《うら》に告《の》らむとはまさしに知りてわが二人宿し（2・一〇九）

日並皇子尊の石川郎女に贈り賜へる御歌一首

大名児を彼方野辺《をちかたのへ》に刈る草《かや》の束《つか》の間《あひだ》もわれ忘れめや（2・一一〇）

この歌群がフィクションである所以については、すでに伊藤博の『萬葉集釋注』などが解き明かしているのでここでは省くが、要するに、大津皇子と日並皇子の皇位をめぐる政治的な事件が、一人の女性をめぐるスキャンダラスな話柄に喩化されているわけである。このような歌群をみれば〈題詞＋歌〉が分離しえないセットとして仕組まれていることが明白であろう。むろん、背後に実作者がいたのは確かである。しかし、かりにその匿名氏が分かったとしても、かれがこれらの歌群の意味形成に関与する余地はもはや残されていないといってよい。なぜなら、かれは作品の所有権を放棄し、自らを不在化することによって、この歌群の意味を読み手の側に解放したからである。これらの歌を読むことで、わたしたちは大津事件が当時の宮廷社会でどのように受け止められていたを思い描くことができるが、そのような想像に根拠を与えているのは、この歌群を作り上げているテクストの仕掛けなのである。

額田王関係歌などもまったく同様なので、たとえば、有名な「三山歌」なども、この歌のモチーフを額田王をめぐる天智・天武の三角関係と絡めないような読み取り方は、万葉集というテクストの読み取りとしては、ほとんど意味をもたないであろう。三山の妻争いはあくまでも喩であり、読み手への問い

かけであって、これに応えようとしない読み方は、どのように周到な注釈を駆使したところで所詮は読み手の作り上げた作品にすぎない。作品論者が作品の根拠は作者にあると言い続けてきたのはウソで、本当は、作品の根拠はいつだって読み手にあったのだ。

## 4　おわりに

「作品論」という言い方には安らぎのようなものが感じられる。わたし自身、その穏やかなトーンが好きであるが、この安心感、居心地のよさはどこから来るのだろうか。わたしたちは、人麻呂なら人麻呂の歌を「作品」と呼ぶことで、その表現の了解困難な部分を、暗黙のうちに柿本人麻呂という生身の存在に委ねているのではないだろうか。

　万葉集は編纂物である。こういうと当たり前のことのように受け取られるので、そもそも書物というものは編纂物であるという大前提を敷いておこう。作者の創造行為をそのまま留めるような書物などは、存在したためしがないのだ。作者の創造したものが作品であるのなら、そのような作品は書物に編纂されたとたんに作者から切り離される。そして、編纂されたそれはもはや作品とは呼べないものになっているのだ。わたしたちが目にしているその書き物《テクスト》は、作者による創造の産物なのではない。それは、作品がモノとして扱われる編纂作業を通して生産されたのである。

　万葉集のばあい、これが編纂物であることは『万葉集』という書名の〈集〉によって表明されている。

集は単純に作品を寄せ集めて成り立っているのではない。集はそれじたいが独自の水準をもっている。集のなかで個々の歌は作者の意図から解き放され、集に固有の文脈でしか成り立たないものになっている。そして、その意味を決定するのは享受者の読みをおいて他にないのだ。そのような書き物をなお「作品」と呼ぶのであれば、作品を生み出すのは読み手であるという別のパラダイムを受け容れるしかないであろう。もっとも、そのためには、作品の基盤だとか成り立ちをめぐる真面目な議論があってしかるべきであろうが。

# テクストとしての《集》——万葉集をどう読むか

## 1　声の歌／文字の歌

　これまで、歌を書くことの和歌史的意義についてはおよそふたつの方向で論じられてきた。ひとつは、五・七音を基本とする定型和歌は文字化によって成立したとするもので、(1)これは、現在でも和歌起源論の基本になっている。もうひとつは、人麻呂歌集の略体歌をもって書く歌の始発とする説であり、(2)歌の文字化は字音ではなくもっぱら訓字主体で始められたとする見方である。

　歌の文字化をめぐる右の二説は融合しにくく、後説では訓字表記の略体歌を媒介にして口誦から記載への展開が説かれるにもかかわらず、その観点からは音数律定型の成立が資料的にも理論的にも説明できないという難点をはらんでいた。折りしも、このところ相次いだ仮名書き木簡の出現によって、この説の根幹をなす「略体＝古体」説はほとんど成り立つ余地がなくなったといってよい。それと同時に、歌の文字化が字音表記から始められた事実が判明したことによって、定型和歌の起源と歌を書くことの関連についても、より実情に即したところから再考しなければならなくなった。和語が字音で表記できる背景には、ことばをヨム（音声連続を分節する）という前提があったはずなので、音数律定型の成立を促すもっとも直接的な契機は文字化なのではなく、歌をヨムことにあると考えなければならないからである。有名なテーゼ「うたはれなくなつてから五七音が定型となつた(3)」にいう「うたはれなく」なるというのは音楽性が排除されることであるから、実態としてはヨムことに他ならない。ここに、ヨムことの根源性が浮かび上がってくるのであるが、しかし、ヨム（詠／読）ことは声と文字の双方に関わるので(4)、声の歌と文字の歌の区別もさほど単純ではない。

いったい、ある歌が文字で書かれたとして、それを無条件に〈文字の歌〉だとか〈書く歌〉と呼べるのだろうか。〈声の歌〉に対比して〈文字の歌〉をいうばあいは、なによりも、それが書かれた歌として自立していなければならないという視点が不可欠であろう。

## 2　柿本人麻呂歌集の略体表記

ならば、声の歌から自立した文字の歌とはどのようなものなのであろうか。これを知るには、やはり、声の歌と文字の歌を具体的なかたちで把握する必要がある。そこで、両者の関係が分かりやすく露出している例を示してみよう。

淑人乃《よきひとの》　良跡吉見而《よしとよくみて》　好常言師《よしといひし》　芳野吉見与《よしのよくみよ》　良人四来三《よきひとよくみ》（1・二七）

これは、題詞と左注から天武八年五月六日に行われたいわゆる「吉野誓約」の時の歌とされている。

天武と皇后が草壁・大津など六人の諸皇子を伴って吉野に赴き、末永い皇統の安泰を誓わせたいわくつきの行幸である。右の一首は、その誓約儀礼を済ませた後の宴席で詠まれたと考えられている。

各句の頭をすべてヨシで揃え、それにミルを絡ませる快活で歯切れのよいリズムは、酒宴の場で誦詠するのに相応しく、声の歌の生態を如実に示している。ところが、それでいて表記の方は、そのヨシを「淑」「良」「吉」「好」「芳」「四来」などに書き分けてみたり、ヨキヒトも「淑人」「良人」と字を変えるなど、ひどく文字の選択にこだわっている。どちらも意図的に巧まれたものであることは間違いなく、言ってみれば、一首のうちに声の歌と文字の歌が、それぞれの特性を際だたせながら同居する恰好になっている。このような趣向は、いったいどのように理解すればよいのであろうか。

とりあえず、もっとも基本的なことがらとして、声の歌が耳で聞くことによって享受されるのに対して、文字の歌は目で見ることを通して享受される、という点を認識しておく必要がある。右の歌に限らず一般的に歌が宴席で誦詠されるとき、それは言うまでもなく耳で聞く声の歌として存在している。これが文字と関わりをもつのは、宴の場で即興的に作られた歌が文字で書き留められ、手控えとして記録されるばあいである。このケースでは、じっさいにその歌が享受されるのは、あくまでも声の歌としてであり、文字化された記録なり手控えは、それ自体が公に発表されることを目的にしているわけではない。したがって、その表記も字音表記だとか簡便な音訓交用であったり、ようするに歌の音形が復元できさえすれば、どのような書き方であってもよいであろう。とりたてて文字ことばとして自立しなければならない理由はない。

歌が文字ことばとして自立するのは、その記録されたものが、音声で享受される場から切り離され、目で見るものになった時である。右にあげた二七番歌に関していえば、ヨシ・ヨキヒトをいちいち書き分ける表記は、声の歌として聴覚的に享受されるかぎり何の意味ももたない。これが意味をもつのは、目で見るものとして享受されるときである。そのような視覚的対象とは、書き物（テクスト）に他ならない。歌のばあい一首だけで書き物を成すのは考えにくいので、多くの歌が集められ、巻子本などの体裁に仕立てられたはずである。いうまでもなく、それは〈歌集〉と呼ばれる。二七番歌の表記は歌集というテクストの中でしか意味をもたず、その過剰な視覚性は明らかに文字テクストのための趣向である。歌集もまた歌の成立する場なのであって、書く歌が声の歌から自立するのも歌集という新たな場を得た時なのである。万葉集のなかでことさら視覚性を追求する表記は、やはり人麻呂歌集の略体歌であろう。

是量《かくばかり》　恋物《こひむものそと》　知者《しらませば》　遠可見《とほくみべくも》　有物《あらましものを》　（11・二三七二）
君恋《きみにこひ》　浦経居《うらぶれをれば》　悔《くやしくも》　我裏紐《わがしたひもの》　結手徒《ゆふていたづらに》　（11・二四〇九）

二百首ほどある略体歌の大半は恋歌である。それらは、このように字音表記を排除した訓字主体の書法で書かれており、助詞・助動詞の表記率がきわめて低く、判じ物めいた書き方になっているが、その割には難訓歌が少ない。その理由は、すべての略体歌が音数律定型のうえに成り立っていて、しかも恋歌としてかなり類型的な表現をとっているからである。[5] 略体歌群を若き人麻呂の創作歌とする向きもあるが、基本的には天武持統朝の大宮人らに親しまれた流行和歌（ヒットソング）とみるべきである。[6] 表記者が人麻呂であることは間違いないが、声の歌として長らく人口に膾炙し、歌の音形が周知されていたので、訓字を羅列した暗示的な表記でもよかったわけである。

ただし、人麻呂は単なる記録だとか自身の好みで、そのような衒学的な書法に泥んだわけではない。流行和歌の採集と筆録は、あくまでも歌集の編纂として行われたのである。いわゆる『柿本人麻呂歌集』の略体歌篇は、世上に流布する歌々を文字に収集して後世に伝授するために制作されたのであるが、それは、声の歌を文字の歌に転換する作業でもあった。そのさい、人麻呂が気づいたのは、たとえば、カクバカリを「是量」（許が一般的）と書くことで、声の歌が表す心情の分量を表示できること、あるいは、ウラブレヲレバを「浦経居」（触が一般的）と書くことで、恋い慕ってうらぶれることの時間的な経過を表示できることの不思議さであったろう。それは、〈歌集〉というものが歌の成立する新たな場であって、そこでは歌の聴覚的な本性が消去され、まったく視覚的な対象物に転換してしまうことの不思議さにほかならなかった。人麻呂は、歌を書くことが、もうひとつの可能性を秘めた創造行為であることを、十分すぎるほど証明してみせたのである。

人麻呂歌集の略体歌は〈書く歌〉の独自性を実現しているが、それを可能にしたのは、それらの歌がもっとも典型的に声の歌であったからだ。略体歌の表記は文字のもつ不思議な力をてこにするが、文字の作用は声の歌と共鳴することではじめてその効果を発揮することができる。書く歌の自立は、けっして声の歌を破棄することなのではない。歌を書くことは、声の歌を文字表記のなかに含み入れ、内在化することであり、表記の様式は、聴覚の作用を視覚の形式に組み替える仕掛けなのである。そのような集システムは、目で読むものとしての歌集を成り立たせるもっとも基本的な原理である。

## 3　人麻呂作歌の異文と本文

なんらかのかたちで歌を書くことは、定型の成立当初から行われていた。むろん、字音表記・音訓交用・訓字羅列など、多様な書き方がなされていたであろう。〈集〉の成立に先だって歌の文字化がさほど珍しくなかったことは、ナニハツ歌の木簡や古事記の歌謡表記などに照らして、十分に推測しうる根拠がある。(7)

そうしたなかで、とりわけ注目すべきはやはり人麻呂の作歌方法である。人麻呂が天武朝に略体歌群を創作したというのは信じられないとしても、かれの作歌活動が天武朝から始められていたのは、巻九の非略体歌（一六八二～一七〇九）や巻十の七夕歌（一九九六～二〇三三）などからみて疑う余地はない。(8)しかも、初めから書くことで歌を創作していたことも、ほぼ間違いのないところである。ところが、一方において人麻呂は作歌活動の初期はもとより、持統朝に次々と大作を発表するようになっても、一貫して声の歌人でありつづけた。かれの宮廷歌人としての名声は、ひとえに聴衆を前にして自作を誦詠することで獲得されたのである。人麻呂の作品はすべて〈声の歌〉として享受されたので、当然、その表現も耳で聞くに相応しいかたちが追求されたはずである。

人麻呂作歌が文字と関わりをもつのは発表の段階ではなくて、創作の現場においてであろうと思われる。たとえば、高市皇子挽歌などの長大な作品が誦詠の場で即興的に詠出されるは、いくら人麻呂が天才であったとしても考えられない。あらかじめ想を練り、推敲に推敲を重ねて完成されたはずであるが、そうした作業は書くことなしにはけっして為しえるものではない。むしろ、文字の力を駆使したからこそ、あのような作品が生み出されたのである。人麻呂の創作活動は文字と不可分であった。声の歌として発表されたのは確かであるが、その作品は書くことを通して生み出されたのである。そして、書くことによる創作は推敲と不可分であった。

人麻呂の作品が多くの異文をもつことはよく知られている。現在の通説によれば、異文は未定稿の初案もしくは最初の発表であり、それを推敲し再度の発表が行われて本文が成立したとされている。[9] けれども、推敲が異文のある箇所のみに限られるというのは腑に落ちないし、人麻呂の作品がどれも二度の誦詠機会をもったことを証明するのも難しい。おそらく、この通説は誤りであろう。詳しくは別稿[10]に譲るが、人麻呂作歌の異文および「或本歌」を本文と比較してみると、文体と発想の面で次のような違いが認められる。

[A] 文体面では、異文系は誦詠体(声でヨム)、本文系は書記体(文字でヨム)の性格をもつ。

[B] 発想の面でも、異文系は誦詠の場に即して現実的・状況的であるが、本文系は時間的にも空間的にも誦詠の場から離れて、文字テクストにおいて自己完結する傾向をもつ。

小さな事例を示せば、石見相聞歌の「勿散乱曽《なちりまがひそ》(本文)/知里勿乱曽《ちりなまがひそ》(異文)」(2・一三七)のばあい、複合語チリマガフの禁止形としては異文のチリナマガヒソが一般的で、本文の方は漢文の禁止形である。異文は和語の声の表現であるが、本文は漢文の句型を借りた書記体になっている。また、河島皇子挽歌

「夜床も荒良無《あるらむ》／阿礼奈牟《あれなむ》」（2・一九四）・明日香皇女挽歌「明日谷《だに》／左倍《さへ》」（2・一九八）などのように、異文の表現が時間的に本文に先行するケースもある。これは通説にいうような再度の誦詠による前後差なのではなく、異文の表現で誦詠されたものが、後に誦詠の場から離れたところで、文字テクスト用に書き換えられたことを示すものである。

その文字テクストは、たとえば原万葉のような歌集の体裁をとる書き物であった可能性が強い。異文系は誦詠用に制作された作品であり、本文系はそれを〈集〉のために改訂したものと思われる。異文系に認められる口頭語的な要素は、その表現が耳で聞くことで享受されるべきものだったからである。たとえそれが書くことで生み出されたとしても、その文字テクストは手控えの類いであるから、書きことばとして自立する必然性はなかった。定型和歌が文字言語の形態で自立するためには、歌集というものの出現が決定的な契機になったのである。そして、誦詠された異文系の表現は〈集〉のレヴェルで意味づけ直され、改訂されることになる。それはまた、歌の表現が現実の場から引き離されて、文字テクストのレヴェルで自己完結することでもあった。

たとえば、近江荒都歌の第二反歌（1・三二）の異文「楽浪の比良乃大和太《ひらのおほわだ》」が、本文では「楽浪の志賀能大和太《しがのおほわだ》」になっているが、このばあい、琵琶湖の大わだとしては「比良の大わだ」の方が実在し、「志賀の大わだ」と呼ばれる地形は実際には存在しなかった。異文の「比良の大わだ」が「志賀の大わだ」になるのは、第一反歌「楽浪の思賀乃辛崎《しがのからさき》」（1・三〇）に揃えて、書き換えられたからである。文字テクストの水準で地名が統一され、整合化されるわけである。吉備津采女挽歌の第一反歌「楽浪の志我乃津之子我《しがのつのこが》／志我津子等何《しがつのこらが》」（2・二一八）もこれに類するケースで、異文「志我ノ津ノ子」が本文で「志我津子」になるのは、題詞の「吉備津采女」に整合されたためである。その結果、「志我津子」と「吉備津采女」はあたかも同一人物のようになってしまったが、異文の「志我ノ津ノ子」は志賀の津氏の乙女という意味であり、長歌の主題も、異文をベースにして理解しなければならない（詳しくは前掲拙論を参照されたい）。

人麻呂作歌の異文と本文は推敲過程を示すのではなく、声の歌が文字の歌に自立していく様を示すものである。しかも、それは歌集の編纂に直結するのだ。すなわち、本文系の成立は〈集《テクスト》〉の成立そのものなのである。

## 4　集レベルにおける意味

万葉集は歌集として編纂されているので、個々の歌は基本的には集《テクスト》のレヴェルで意味づけられている。この原則からすれば、どのような歌であっても、それを個別的に集の文脈から引き離して読み取ることは許されない、ということになろう。

天皇、蒲生野に遊猟《みかり》したまひし時に、額田王の作れる歌

あかねさす紫野行き標野行き野守は見ずや君が袖振る（1・二〇）

皇太子の答へませる御歌

紫草のにほへる妹を憎くあらば人妻ゆゑにわれ恋ひめやも（1・二一）

かつて、この二首は額田王をめぐる天智と大海人皇子の三角関係を語る歌として読まれてきたが、今はそのような背景は疑問視され、遊猟の宴で詠まれた座興の歌とされている。題詞に記されている状況が否定され、読み手の側から別の文脈が設定されるわけである。しかし、そのような処置は読み手の恣意に過ぎない。題詞はテクストのレヴェルを示す標識であり、歌を意味づける文脈になっている。読み手はその文脈で個々の歌を読み取るべきであろう。すると、右の二首はまさに恋の三角関係を語る歌になる。要するに、集のレヴェルでは、そのようにしか読みようがないものとして配列されているのである。旧説はそれを現実のレヴェルで読み取ったのであるが、これもまた、別のかたちの恣意であろう。なぜなら、集のレヴェルは、表現された世界として、それ自体が自立した構造をもっており、いかなる点においても、現実の次元とは無縁だからである。

万葉集に収録されている額田王関連歌は、基本的には天智・天武兄弟との三角関係の話型に収められ、いわば説話的にセッティングされているとみてよい(11)。その説話をどう読むかは、作品の読み取りというよりは、むしろ集システムの解読の問題である。石川郎女をめぐる大津・草壁の三角関係（2・一〇七～一一〇）もまったく同様であり、これらの歌群は、現実レヴェルにおける政治的な対立関係を、恋いの対立に置き換えて表現していることになる。すなわち、集のレヴェルにあるのは〈喩〉であって、そうした二重の意味を表出できる仕掛けが、テクストのシステムにほかならない。だから、たとえば三山歌（1・一三）にしても、これを額田王をめぐる天智・天武の三角関係と無関係なものとみるのは、まったく読み手の空想に過ぎない。だいいち、これほど味気ない読み方もないであろう。万葉集は、一首々々の歌にもっと深い意味を込めているのである。

そうした集レヴェルにおける意味の喩化は、声で詠まれる歌はもとより、単に声の歌を筆録する手控えの類いでも不可能なことである。歌の意味の多重化は、声の歌を内在化することで成立する〈書く歌〉の自立によってはじめて可能になったといってよい。万葉集の歌はすべてこのレヴェルで成り立っているのである。集システムのはたらきを考慮しないような解釈は、読み手が生み出す空想でしかない。恣意的な文脈をでっち上げるよりも、万葉集そのものに組み込まれている文脈を発見することに労力を注ぐべきであろう。

# II

# 声と文字を、どう考えるか?

# 〈ナ〉と〈ナをーヨム〉こと——声と文字の干渉

いったい、文字の観念をまったくもたない人々にとって、漢字はどのようなものとして受け止められたのであろうか。

## 1　はじめに

今のところ、日本最古の文字とされるのは、種子島の広田遺跡から発見された「山」という漢字である。この遺跡は弥生時代の墓地とみられているが、文字は貝の首飾りに刻まれており、かなり整った隷書体になっている。首飾りはおそらく船載の装飾品であり、文字もすでに刻まれていたのであろう。これとは別に倭人の手で書かれたとみられる最古の文字が、二世紀前半の大城遺跡（三重県）から出土している。この文字は高坏の脚部とみられる破片に刻まれていて、文字としていかにも稚拙で判読が難しく、「奉」「幸」「年」などのいずれかと見られている。(1)

一方、中国の記録をみると、周知のように、建武中元二年（五七）、光武帝が倭の奴国に金印（志賀島出土「漢委奴国王」）を与えたことが『後漢書』（倭伝）に記されている。以後、卑弥呼に与えたられた景初

広田遺跡出土文字。弥生時代。大修館『図説 日本の漢字』より転載。（金関恕氏保管）

大城遺跡出土文字。二世紀前半。大修館『図説 日本の漢字』より転載。

三年「親魏倭王」（二三九）の称号と（『魏志』倭人伝）、その時期に下賜されたとみられる三角縁神獣鏡に鋳られたいくつかの文字、下って倭の武王が献上した上表文（四七八年）などがあり（『宋書』倭国伝）、五～六世紀になると、「辛亥年」（四七一年？）の銘記をもつ稲荷山古墳出土鉄剣銘文、これと同時期に比定される江田船山古墳出土大刀銘文、「癸未年」（五〇三年？）の隅田八幡宮人物画像鏡銘文などの金石文が遺されている。

このように、弥生時代の後半あたりから列島に漢字が持ち込まれていたことは確実であり、古墳時代になると倭国はすでにしっかりと漢字文化圏に組み込まれていた。けれども、土器に書かれた文字などをみると、古いものは図案のように描かれていたり、鏡文字になっていたりしているため、文字は、最初はマジカルな記号のようなものとして受け取られていたであろうと考えられている。

## 2 「ナ」としての受容

よく、文字は思考のシステムを変えるといわれる(2)。漢字との出合いが衝撃的であるゆえんは、それが思考を形成する母語（声のことば）を根元から解体してしまうためである。それは、音声言語と文字言語がぶつかり合って生じる一種の化学反応にも似ている。倭人が漢字の衝撃をまともに受けたとき、かれらの母語はどのように反応したのか。そのことを窺い知る糸口は、「ナ」という和語である。

古くから、文字は「ナ」といわれていた。平安時代の文献で、「ナ（字）」は「仮名」「真名」のように「名」の字が宛てられるが、このばあい「名」はいうまでもなく文字を意味する。上代で文字のことを「ナ」と称した確かな例は見当たらないが、「山字　也末《やま》奈《な》」（高山寺本『倭名鈔』上野国多胡郡郷名）などからすると、かなり古くからの慣習であったらしい。この地名表記からも分かるように、「字」という漢字は「奈」と訓まれていた。「山字」の「山」が「ヤマ（也末）」という和訓をもつように、「字」という漢字の和訓は「ナ」であった。だから、「文を敷き、句を構ふること、字に於きて即ち難し」（記序）や「新字」（天武紀十一年）、「字、羽の黒きに随ひて既に識る者なし」（敏達紀元年）などの「字」は、訓読されるときには「ナ」といわれたはずである。「字」を「ナ」と訓むのは、文字というものが〈ナ〉の観念において受け止められたことを示している。いったいなぜ、文字は「ナ」として受け止められたのであろうか。

倭人が文字をもたなかったことは、そもそも、かれらが文字というものを指すことばをもたなかったことを意味する。倭人がはじめて漢字と出会ったとき、漢字は名付けようのないものであったろう。やがて、かれらはそれを「ナ」という既存のことばで代用するようになったのである。そこには、倭人が漢字という未知の実体とどのようにして出合ったのか、その受容のかたちが刻み込まれているとみてよい。

「字」という漢字には名（名称＝アザナ）の意味もあり、これがむしろ本義であった。そこで、一説として、中国においても文字を意味する「字」はアザナとしての「字」の転義であるから、「字」が「ナ（名＝アザナ）」とよまれ、そこから文字のことも「ナ」というようになったのだ、と説かれることがある。(3) 文字のことを「ナ」という和語で呼ぶことの必然性はなく、「字」という漢字が名称から文字へ転義するなかで、おのずから文字のことも「ナ」と呼ばれるようになったとみるわけである。一見、合理的な説明のように見えるが、そこでは、そもそも、名称がなぜ「ナ」とされるか、という理由が問われていない。和語の「ナ」の意味は不問に付されているわけである。

いずれにしても、文字が「ナ」であることの本当の理由はよく分かっていないのだ。こうした不透明さは「字」という漢字と「ナ」という和語の結合が、よほど古くからの慣習であったことを暗示するものである。文字のことを「ナ」と呼ぶのは、おそらく、倭人が漢字と出会った当初からの慣習であろう。しかし、それは、種子島の広田遺跡を形成した弥生人が、貝殻に刻み込まれた「山」という漢字を目にしたときにまで溯るのであろうか。そのあたりの経緯は、「ナ」ということばそのものに隠されているはずである。

和語の「ナ」は、さしあたり事物や人、あるいは土地などの固有名であり、呼び名のことである。それらの「ナ」は、その名で呼ばれるものを他と区別するために設けられた記号であるが、たんに事物を差異化するための印ではなく、そのもの(実体)を意味づける機能を帯びており、あくまでも実体の内性と結びついた表象である。表象であるから「ナ」は非実在である。しかし、ひろくプリミティヴな思惟様式においては、呼び名と、その名で示されるものが分離せず、そのため、表象された非実在の「ナ」は、それが指し示す実在の事物と融け合うかたちで、呪術的に認識されていた。未開社会によくみられる名のタブーなどは、もっぱらこの角度から捉えられ、たとえば、自分の名前を知られることは他人に丸ごと所有されてしまうことなので、みだりに名を明かすのを避けるのである、などと説明される。人の名のタブーに関していえば、名（ナ）というものが単なる差異化の記号ではなく、実体そのものと等価にみられていことは確かであろう。

けれども、「ナ」を事物の名称の意とするのはかなり抽象的な見方であって、具体的にいえば、事物の名はつねにことばにおいて表象されるものである。そのため、ことばにおいて表出される「ナ」とはじつは音声そのものにほかならなかった。だから「ナ」は、「音《おと》のみも名《な》のみも絶えず」（万2・一九六）のように、オト（音）と重ね合わせて用いられることもあったのである。このばあいの「音＝名」は、辞書的にいえば世間の評判だとか噂を意味するが、評判や噂の類いは人々の口から発せられる音声のことである。

「ナ」が噂だとか名声の意をもつことができるのは、それが巷に流布する多くの人々の声だったからである。固有名としての事物の名称も、人々のあいだに共有されてこそ意味をもつものであった。『名義抄』で「声」の和訓のひとつに「ナ」があげられているのは、漢字の「声」がやはり名声や風評を意味することがあるので、そのような文脈で現れる和訓であろう。これなども、「ナ」が音声言語そのものを指したことの例証とみてよい。「ナ」は、名称の意で抽象する前に肉声として現象するものであることを、ここに確かめることができる。そのばあいの肉声は、意味を表象するものとしての音声であって、要するにことばそのもののことなのである。

通常、名称と実体を融合したり人の名をタブー視する観念は、ことばのもつ呪術的なはたらきとして説明される。しかし、そのような作用は、ことばが声に出されることではじめて発現されるものである。それは、おそらく肉声そのものがもつ根元的な機能であろう。あらゆる事物は、そのもの自体においては認識の対象となりえず、ことばによって表象されることで、言い換えれば「ナ」として発語されることではじめて、そこに存在するものとして把握することができるからだ。そこにそのものが他と区別されたものとしてある（存在する）という個別性は、それがことばによって名づけられ、表象されているということなのである。

そのばあい、表象することは、そのものをあらしめる（存在させる）ことであるから、表象が声によってなされるとき、そのような声は存在をもたらすこと、すなわち、あるものを出現させることに他ならないわけである。名のタブーだとか名称と実体の一致といった思惟様式を、呪術の範疇から解き放ち、ひとつの現象として記述すれば、そのようなことになる。すべてはことばのはたらきに帰せられるが、ことばとは声の現象以外の何物でもない。結局のところ、「ナ」とは〈なにかを、存在（あるもの）として個別化し表象する声（ことば）〉なのである。

それでは、なぜ、また、どのようにして、文字は「ナ」と呼ばれたのであろうか。例の広田遺跡を形成した弥生人が、漢字についての知識をまったくもっていなかったとしよう。そのばあい、かれらにとって、貝の首飾りに刻まれている「山」という文字は、さしあたり視覚的な図形として実在するであろう。かれらは、それがただの線画でないことくらいは知り得たかもしれない。それはきっと何かを表しており、なんらかの意味がこめられた線画であって、だからこそ首飾りという装飾品に刻みつけられているのであろう、と。しかし、その線画の意味するところをまだ知らないときに、かれらがそれを「ナ」と呼ぶことはなかったはずである。なぜなら、音声言語の世界を生きるかれらにとって、意味は抽象化された概念ではなく、肉声から発せられる音によって表される何かであり、そして「ナ」とは声として表象される言語そのものであったからだ。

「山」という線画がヤマを意味することを知ってはじめて、かれらは、それを「ナ」として認識したのである。すなわち、ひとつの線画がある特定の音声言語と結合し、眼前にはない非実在のものがそれによって表象されるようになった瞬間、線画は〈文字＝ナ〉となるのである。かりに、「山」がただの線画であれば、それは何も意味しないし、どのような音声とも結合せず、したがっていかなる表象も生まないであろう。それは「ナ」として呼びようがないわけである。「山」という線画が「ナ」でありうるのは、それが〈意味〉と〈肉声〉を内に秘めたものであることに気づいたときであり、まさに文字が文字として認識されたときであった。それ以前にあって、線画としての「山」はモノ（名づけようのないもの）の類いであったろう。広田遺跡の弥生人は、おそらくまだ文字をモノの類いとしてしか認識していなかったのではないか。貝殻の首飾りが神秘的であるように、そこに刻まれた「山」という文字も、なにか得体の知れない線図であったろう。

文字を「ナ」と呼ぶのは、それなりに高級な知性の産物であったことを知るべきである。しかし、もっと知らねばならないのは、その知性があくまでも音声言語の世界に属していたことである。倭人にとって、文字（ナ）はどこまでも声によって発せられるべきものであり、音声言語と分離して文字（ナ）

は存在しえなかったのである。この慣習は、かれらが文字の使用に習熟した後になってもずっと継続され、極端にいえば、今のわたしたちにまで続いているのである。

## 3 〈ナを―ヨム〉ことの構造

その慣わしは、文字をヨムという言い方のなかにあらわれている。文字をもたなかった倭人は文字を示すことばをもたず、「ナ」でそれを代用したが、文字を解する行為を示す語も所有しなかったので、これを「ヨム」で代用したのである。すなわち、文字言語は〈ナを―ヨム〉という観念において受容されたことになるわけである。

「ヨム」ことと文字との関わりは、言語現象の面からいえば、「ヨム」という和語と、これに結合している「読」「誦」「詠」「訓」「数」などの漢字との関係として捉えることができる。これらの漢字に結合した「ヨム」という和語は、ごく当たり前に和訓といわれている。ところが、この和訓こそが、和語と漢字の出会いに他ならないのだ。「字」と「ナ」の結合も和訓の角度から分析すべきであったが、和訓の成立（和語と漢字の出会い）を捉えるには、なによりもまず「ヨム」と「訓」の結合に注目する必要がある。というのも、それは、文字を「ヨム」ことの起源的な構造そのものを示しているからだ。和訓を可能にさせるシステムとはどのようなものであろうか。

和訓はある漢字に結合している和語のことである。双方を結合させるのは、その漢字の訓であるが、ここにいう「訓」と、和訓の「訓」は意味が異なる。本来の「訓」はその漢字の字義（意味）であるが、和訓の「訓」は、本来の「訓」に対応する和語のことである。このように「訓」という漢字については、まず字義としての「訓」があり、そしてその「訓」をてこにして結合される和訓の「訓」がある。[4]少し話がややこしくなるので、念のため和訓の原理をざっと復習しておくことにしたい。

先ほど、弥生人の目に触れた「山」という文字のことを述べたが、「山」の和訓は「ヤマ」である。これは、「山」という漢字の字義＝訓（平地から高く隆起した地形）にほぼ対応するのがヤマなので、和語の「ヤマ」を漢字の「山」に対応させたものである。一般にこれを「山」の和訓という。漢字（漢語）と和語の意味がまったく等しいことは稀であるが、おおよそ意味が共通していれば和訓が成立する。そして、その和訓を担う漢字は、和語を表記する文字としても機能できるようになっているのである。

さて、「訓」の和訓のひとつに「ヨム」がある。和語の表語文字として「ヨム／訓」は、「ヨム／読・誦・詠」ほどではないにしろ、一般にもかなり安定した慣用になっている。これを、右に述べた和訓の原則に照らして捉えてみると、どのようになるであろうか。漢字の「訓」と和語の「ヨム」の意味を明らかにする必要があるが、まず「訓」の方から調べてみることにしよう。

「訓」の字義をざっと並べてみると、「説」「釈」「教」「誨」「道」「導」「誡」「順」などの訓詁例があげられる（大漢和辞典による）。これらの漢字に対応する和訓は「トク（説・釈）」「オシエル（教・誨）」「ミチビク（道・導）」「イマシメル（誡）」「シタガウ（順）」といったところであろう。これらは唐土で行われている訓詁であるが、注意しなければならないのは、「訓」という漢字には「読」の訓詁例が見当たらないことである。すると、字義の面からは、漢字の「訓」が和語の「ヨム」と出会う契機はないとみなければならない。日本側の辞書でも、『類聚名義抄』(観智院本)に「ヲシフ・ミチヒク・シタフ・シタカフ・イマシム」、もっとも多くの和訓を連ねる『字鏡集』でも「ミチビク・ス丶ム・サトル・ヲシフ・シタフ・イマシム・シタガフ・シタフ」となっていて、やはり「ヨム」が見られない。これらは、漢籍仏典で正用される漢字の和訓を寄せ集めたものである。中国の文献に「訓」が「読」の義で用いられないのだから、「ヨム」を欠くのは当然といえば当然であろう。「訓」を「ヨム」とするケースは、次のようなものである。

①訓高下天、云阿麻(『古事記』上巻)

②至貴曰尊、自余曰命。並、訓美挙等也(『日本書紀』巻第一)

③誉　訓呆牟(『日本霊異記』上巻)

いずれも和書の注にあらわれて、ある特定の漢字の和訓を示している。①「高の下の天を訓みて、阿麻と云ふ」は、「天」という文字が「アマ」であることを指示するが、このばあい「訓高下天」の「訓」は漢字本来の用法ではなく、あくまでも和訓のことである。つまり、和訓の意味の「訓」に「ヨム」が当てられているわけである。②と③も同様で、それぞれ「訓は美挙等なり/美挙等と訓むなり」、「訓は呆牟/呆牟と訓む」のいずれにも訓めるが、どちらであっても「訓」は和訓のことである。この点は注意すべきで、要するに、漢語としての「訓」が「ヨム」とよまれるわけではない。

それでは、いったいなぜ、和訓の意の「訓」は「ヨム」でなければならないのか。先に、和訓とは漢字の字義に対応する和語のことばであるといったが、和語のことばというのは、ヤマならヤマという音形を指している。メタ言語的にいえば、和訓の訓とは和語の音形なのである。(5) すると、「訓／ヨム」の対応関係は、「和語の音形(和訓)」が「ヨム」に結合する一般的な言語現象に基づいているのだ、ということになる。それは、「山／ヤマ」において、「山」の字義である平地から高く隆起した地形が、一般的に和語の「ヤマ」に対応しているのとまったく同じ関係である。分かりやすくいえば、〈平地から高く隆起した地形＝ヤマ〉という等式が成り立っているのと同じく、〈和語の音形（和訓）＝ヨム〉という等式がすでに成り立っており、この関係式によって、和訓を意味する「訓」が「ヨム」と結合しているわけである。このような関係は、いったい何を意味するのであろうか。

実例に即して、たとえば先の「天を阿麻と訓む」で考えてみると、この注は「天」の和訓が「アマ」という和語であることを記すだけでなく、その「天」は和語で「アマ」と発語されるべき文字である、ということを指示している。あえて「アマ」とするのは、「アメ」と発語されることを避けてのことであろうが(別の見方もある)、この点はいまは問わないことにしよう。それよりも、この注記は、和訓を担って書かれた漢字(和訓字)はその和訓の音形で「ヨム」べきである、と指示していることの方が問題であろう。なぜなら、古事記の文章はおおむね和訓を担う文字(和訓字)で書かれているが、その文字列はすべて「ヨム」べきことを前提にして書かれていることになるからである。ここで問題となるのは、いうまでもなく「ヨム」の意味である。「ヨム」の意味に関して現在でも広く受け入れられているのは、次に引く宣長説である(『石上私淑言』巻一)。

すべて「余牟」といふ言の意を按ずるに、まづ、「書をよむ」「経をよむ」などいふ、常のことなれど、これらは書籍わたりて後のことなり。もとは、あるいは歌にもあれ祝詞のたぐひにもあれ、本より定まりてあるところの辞を、今まねびて口にいふを、「余牟」といふ。それも、声を長めてうたふをば「余牟」とはいはず、ただよみにつぶつぶとまねびいふを、しかいふなり。(中略)さて後に書籍わたりては、それに向ひて文の詞をまねびいふをも、同じく「余牟」といふなり。さてまた物の数を数ふるをも「余牟」といふこと古語なり。

宣長は、文字を「ヨム」というのは本義の転用であることをまず指摘し、その上で「ヨム」の本義を「走りつつ読み度らむ」(神代記)や「月日よみつつ」(万17・三九八二)などによって、数える意の「ヨム」で捉えるべきであって、「本定まりてある辞を口にまねびていひ連ぬるも、物の数を数ふるに似たれば、その意同じことなり」とする。この説のポイントは、「ヨム」の語義が「カゾフ」によって説明されることである。けれども、ふたつの語はまったく同義とはいえないだろう。「ヨム」と「カゾフ」が類語であるにしても、「ヨム」は数を数えることだけを意味するわけではない。ふたつの語の差異を捉えれば、「ヨム」の意味はより厳密に捉えることができるはずである。「ヨム」の本義をもっともよく留めるのは「日月をヨム」の類いであろう。万葉集でも「月・日をヨム」という表現がみられる。集中の「ヨム」(全十例)と「カゾフ」(全五例)の用例をいくつかあげてみる。

① 白栲《しろたへ》の袖解きかへて帰り来む月日を数みて行きて来ましを(4・五一〇)
② 伏越ゆ行かましものをまもらふにうち濡らさえぬ波数まずして(7・一三八七)

③　時守の打ち鳴《な》す鼓数みみれば時にはなりぬ逢はなくも怪し（11・二六四一）
④　ぬばたまの夜渡る月を幾夜経と余美つつ妹は我待つらむそ（18・四〇七二）
⑤　月よめばいまだ冬なりしかすがに霞たなびく春立つらしも（20・四四九二）
⑥　春花の移ろふまでに相見ねば月日余美つつ妹待つらむそ（17・三九八二）
⑦　出でて行きし日を可俗閇つつ今日今日と我を待たすらむ父母らはも（5・八九〇）
⑧　秋の野に咲きたる花を指《および》折りかき数ふれば七種《ななくさ》の花（8・一五三七）

①〜⑥が「ヨム」、⑦⑧が「カゾフ」の用例である。このうち⑥「月日よみつつ」と⑦「日を数へつつ」は月日を指折り数えることで、ほぼ同義とみてよい。「カゾフ」は一つ一つ数量を数えることである。これに対して①〜⑤の「ヨム」は単に数量を数えるのみではなく、③や⑤に端的に示されるように、何かを確かめたり判断するために数えることである。「ヨム」というのは数えて確かめることであって、判断と認識の行為であることがわかる。その内容は、①では都の妻に会って戻ってくる日程、②では衣服を濡らさずに済む波の間合い、③では会うべき時間、④では夫の帰ってくる時期、⑤では月齢上の季節である。それらは何かを「ヨム」ことであるが、いずれのばあいも意識的で反省的な行為として行われる。これらの用例からみると、「ヨム」の本義は〈一つ一つ確かめながら辿り、何かを認識し意識化する〉ということになりそうである。

ちなみに、語源に関する一説として「吉《ヨ》ム」があるが[6]、これでは右の万葉歌は解けない。私見を示せば、「ヨム」の「ヨ」は「節《ヨ》」であると考えられる。「歯《ハ》ム（食）」「秀《ホ》ム（褒）」「巣《ス》ム（棲）」「感動《エ》ム

(笑)」「斎ム《イ》(忌)」「腹ム《ハラ》(妊)」「咎ム《トガ》(咎)」など、語根名詞に「ム」が付いて動詞化される語がいくつかあるが、(7)「ヨム」もこの類いで、語源は「節ム《ヨ》」であろう。竹の節と節の間を「ヨ」というのは、「ヨ」が区切られたものの一つ一つを指す語であったからである。「世」「代」の「ヨ」も「節《ヨ》」と同語とされるが(岩波古語辞典)、それは、時間の推移を世代や治世によって区切るからであろう。

　このように、「ヨム」ことは諸々の事象に区切れをつけて分節することであった。「日月をヨム」というのは、日月の変化を観察して時の流れを分節することであるし、「数をヨム」ことも事物のかたまりを数量で分節することである。「ヨム」ことは、諸々の事象を分節することなのである。

　先に触れたように、「ヨム」に当てられる主要字は「数」の他に「読」「誦」「詠」「訓」などがあった。すべてことばにかかわっているが、これらの漢字はもともと別語である。それぞれの字義を簡略に示せば、「読」は文字に即して発語すること、「誦」は文字を見ないで発語すること、「詠」は音を長く引いて発声することである。このうち「読」と「誦」、「誦」と「詠」はそれぞれ類語とみてよいが、「読」と「詠」はさほど近い関係をもたない。にもかかわらず、これらの漢字が同じひとつの和訓で括られるのは、「ヨム」という和語の本義で結びつけられたからである。「読」に「ヨム」の和訓が与えられるのは、文字を一つ一つ辿るからであり、「誦」は詞章をそらんじつつ一語一語を辿るので「ヨム」ことの本義にかなう。「詠」も一音一音を長く引きながら発声するので、「誦」に重なる面をもつのである。

　ここで注意したいのは、これらがすべてことばを発声する行為であることだ。「ヨム」の本義には発声の意は含まれていない。にもかかわらず、いずれのばあいも「ヨム」とされるのは、それらの発声行為が、肉声の連なりを、なんらかのかたちで分節することだからである。肉声を分節する点で、「ヨム」の本義にかなうわけである。ところが漢語の「訓」に関しては、こうした本義とは接点をもたないのである。

すでに触れたように、「訓」が「ヨム」と結合するのは「和訓」の意味の「訓」に限られている。そして、和訓というのはある漢字の字義に対応する和語の音形のことであった。和訓はあくまでも漢字に相関しており、文字から離れて機能することはない。そのような「訓」が「読」や「誦」「詠」などと同じように「ヨム」という和訓をもつのは、そもそも、和訓というものが文字との出会いによって成立した経緯があったからに他ならない。文字は「ナ」として受容されたのであるが、先に述べたように、「ナ」とは〈なにかを、そこにあるものとして個別化し表象する音声（ことば）〉であったからだ。

文字が「ナ」として受容されるのは、それが単なる無意味な線画ではなく、〈声〉と〈意味〉を内蔵したものであることが認識されたときであった。文字を理解することは、その意味をみずからの声で表象することであるが、この行為は、肉声の連なりに区切りを意識しながら発語することなので、実際には「ヨム」こととして実現されることになるのである。

## 4　おわりに

文字の意味を理解していく営みのなかで和訓が成立するわけであるが、それは、具体的には〈ナを―

ヨム〉という言語行為において実践されたのである。「ヨム」の語義は、ひと連なりのものを分節する意であるから、〈ナを－ヨム〉ことは、その漢字に対応する和語のことばを一つ一つ区切ること、すなわち、切れ目なく連なっている声の現象を、一つ一つの音節を意識しながら発語する行為として実現されるのである。

　このように、文字を「ヨム」ことは、肉声の連なりを音節の単位で区切りながら発語していくことである。そしてそれは、意識に溶け合う肉声の隠された構造を露出させ、母語を反省的に対象化することを促すものである。〈文字《ナ》を－訓《ヨ》ム〉ことの成立は、漢字をてこしていわば和語そのものを客体化していくことに他ならなかった。和訓を担う漢字は書かれた文字であるが、だからといって、それは声と別ものであったり対立する性質のものであったわけではない。なぜなら、漢字が〈ナを－ヨム〉ことにおいて受容されたとき、すでに、文字と声は互いに分離しえない関係を成して結合されていたからである。

# 韻律と文字――ウタをヨムことの起源

## 1　はじめに

五七五七七の定型和歌は、書くことによって成立したといわれる。この見方は武田祐吉や久松潜一などが論じて以来、和歌史の通説としてひろく定着するようになったものである[1]。しかし、文字の力がどのようにして声の歌を定型化させたのか、その具体的な経緯に関しては必ずしもはっきりと解明されているわけではない。

通説によれば書くことは定型和歌の成立に直接かかわるだけに、ことはすこぶる重大である。けれども、定型化をもたらす音数律の形成は、ウタウことからヨムことへの展開のなかでまず生じたと考えられる[2]。すなわち〈ウタを－ヨム〉ことのなかに、定型化を促すもっとも起源的な契機が見て取れるのである。この最初の契機をそのまま定型和歌の成立とみなしうるのかどうかの判断によって、書くことの意義についての評価もおのずから異なってくるであろう。

そのような角度から、ここでは定型和歌の成立を明らかにするための予備的な作業として、韻律と文字の問題を考えてみたい。もとより韻律は定型の根幹をなすものといってよい。一般論としても韻律は詩の根本にかかわっており、意味と形式を不可分なものとして捉えるためのもっとも基本的な概念である。音数律定型を歌学の閉鎖性から解き放し、詩学の普遍的な俎上にのせるためには、とりあえず韻律の問題に注目しなければならない。文字化の問題も、韻律との関連から考えるべきであろう。

さて、韻律について考えようとするとき、突端からつまずくのは〈そもそも韻律とはなにか〉という問題である。ここで定義のことを云々するつもりはないが、それにしても韻律というものに対する理解があいまいなままでは、文字化の問題をきちんと捉えることは望みがたい。すくなくとも、恣意的な前提から出発することだけは避けたいと思う。

## 2 リズムの生態

そこで、とりあえず手元の辞典で「韻律」の項を開いてみると、「詩の音声的な形式。音声の長・短、子音または母音、またはアクセントの排列の仕方によってあらわすものと、和歌・俳句のように音数の形式からなるものとがある」（広辞苑）、あるいは「言語表現に接して感得される音響的・旋律的な性格。いわば、ことばの音楽である。韻は音響的な側面、律は律動・音律。ことばのリズム」（日本語百科大事典）といった記述が目につく。

前者にいう「音声の長・短、子音または母音、またはアクセントの排列の仕方」というのは、西欧の詩法にいうmetreのことで、「韻律」という語は、このmetreの訳語として用いられることもある。一方、後者の「韻は音響的な側面、律は律動・音律」というのは、漢字語の「韻律」に即した説明になっているが、このばあいの「律」はmetreの内実に近く、「韻」の方はrhyme（脚韻）と重なるところがある。「言語表現に接して感得される音響的・旋律的な性格」というのは、韻律が客観的なものではなく、心的な体験として現象することを述べたものと思われるが、それを「ことばの音楽」とするのはひとつの比喩であり、韻律現象そのものの説明としてはやや明快さに欠ける嫌いがある。それよりも詩法（prosody）の一般概念に立ち戻って、さしあたり、韻律とは詩歌の音声的な形成であり、ことばのリズムであるといったごく常識的な理解を、ここではまず確認しておくことにしたい。

むろん、詩法はそれぞれの国語（Langue）のリズム的な特性に規制されて成立するものであるから、音声の長短ないし強弱のリズムに基づくmetreやrhymeが、そのまま日本の詩歌に適応できるわけではない。韻律という用語を和歌に特有な詩法を指すものとして用いようとするなら、日本語のリズムは等時的拍音を基本とするので、(3) 先の辞典でも言われているように、和歌の韻律とは「音数の形式」であるという認識がまずは不可欠であるが、音数のリズム形式とは、すなわち音数律のことである。要するに、和歌の韻律は音数律のかたちで実現されるわけである。したがって〈韻律とは何か〉という詩学上の問題は、和歌に関して言えば〈音数律とは何か〉というかたちで置き換えることができる。これを言語構造に即していえば、和歌の韻律＝音数律とは、等時的な拍音形式によって生み出されることばのリズムである、ということになろう。つまるところ、〈韻律とはことばのリズムである〉という単純な命題に集約されるわけである。堂々めぐりの感もなくはないが、このあたりまでが用語の整理ということになる。

次に、具体的な分析の対象についても明確にしておくことにしよう。ここで、日本語の詩歌として俎上に乗せようとしているのは古代の歌謡であり、和歌である。歌謡から和歌への展開において韻律の問題を捉えようとするのが、当面のねらいである。歌謡と和歌の質的な違いを韻律の面から捉えることが眼目になるのであるが、そのさい、歌謡がたんにことばのみでなく、むしろ身体表現をより本質とする点に留意する必要があろう(4)。そうした歌謡を母胎として和歌が生み出されるわけである。つまり、歌謡から和歌への展開は、身体表現からことばの表現が分離し、自律していく過程として捉えることができるのである。この間の経緯については、まずリズムの観点からアプローチするのが筋道であろう。なぜなら、韻律とリズムは切り離せない関係にありながら、「韻律とは言葉の中にのみあり、リズムは身体の動きの中にある」とされており、「どの韻律もリズムをもつが、すべてのリズムが韻律をもつ訳ではない(5)」からである。つまり、自然のリズム、生活のリズムといった言い方から分るように、リズムの現象は森羅万象にわたるので、韻律とリズムを不用意に混同してはならない。

その点からいえば、〈韻律とはことばのリズムである〉という命題はさほど単純なものではないというべきである。この命題は詩歌の韻律をリズム性一般に解消してしまうのではなく、それをことばの表現において捉えるべきことを指示する。その点が、歌謡と区別された和歌の韻律を捉えるもっとも肝心なところであろう。なぜなら、歌謡の表現が身体的であるならば、そのリズムは身体表現の面から捉えることができるが、和歌のリズムは、ことばの自律的な表現としての韻律を通してしか実現されないからである。韻律がことばのリズムであることの意義はそこにある。これをさらにつき詰めていくなら、和歌の韻律は、ことばのリズムが歌謡の身体的なリズムから分離したときに成立することが見えてくる。とりあえず、リズムの本性を歌謡の表現に即して確認しておくことにしたい。

①あはれ
あな　おもしろ
あな　たのし
あな　さやけ
おけ

②今はよ　今はよ
ああ　しやよ
今だにも　吾子よ
今だにも　吾子よ

右は、文字化された歌謡のなかから、考え得るかぎり始原的とみられるサンプルを抜き出したものである。①は『古語拾遺』の岩戸神話の文脈に置かれ、アマテラス大神が再生したのを歓喜したときに諸神が「手を伸《の》して歌ひ舞ふ」とされている。この地の文が示すように、身体の所作を伴った歌舞である。②は書紀が伝える来目歌で、「今来目部《くめべ》が舞ひて後に大きに哂《わら》ふは、是其の縁《もと》なり」といった但し書きが添えられている。

これらはいわば歌謡の原型とでもいうべきものである。その原型的な生態は「ウタ」という語の本義からも捉えることができるかと思う。ウタの語源は、ウタタやウタガフのウタで、その原義は〈感情を直接的に表し出すこと〉であるとされ、ウタク(動物が吼える)のウタも、これと同根であるらしい。[6] すると、ウタの原型は感情をそのまま直に表出する感動詞的な表現になるので、①などは、それを神話的に起源化したものとみることができる。②も何か意味のある叙述をなすわけではなく、感情の昂まりをストレートに発声したかたちである。これらが身体の所作を伴って表現されているのは、そもそも感情というものが身体と分かちがたく結合し、むしろ身体感覚そのものであったからだ。ウタは、もともと言語表現と身体表現を融合させていたのである。始原的な歌謡が身体の律動に合わせて歌われたであろうことは、風土記の歌垣関係の記事などに「歌舞」と書かれることからも、たやすく想像されるところである。

歌謡の基本的な生態は、所作を伴った集団の歌舞(ウタ—マヒ)である。[7] むろん、歌謡がすべて歌舞であったとは考えられず、ばあいによっては器楽を伴っていたり、あるいは肉声だけで歌われることもあったであろうが、和歌と比較して確実にいえるのは、いずれのばあいも、歌謡は旋律や節回しをつけて集団的に唱歌されたということだ。それは音数律以前の形態であって、ことばのリズムは身体感覚に溶け合い、それ自体として自律したものではなかった。韻律をことばのリズムとして捉えようとするばあい、この点には特に注意しなければならない。ウタにとって、ことばのリズムは、けっして始めから自明なものではなかったからだ。感情の直接的な表出が身体感覚のリズムを振り切ることなしに、ことばのリズムはそれ自体として自律しえなかったのである。韻律の問題に目を向ける前に、身体のリズムに溶け合ったことばの表現というものについて、少し考えておくことにしよう。

歌謡が〈ウタ―マヒ〉のかたちをとる身体表現であるとすれば、感情の表現は身体感覚の表出として行われるはずである。そのさい、歌詞の表す意味内容は、いわば歌い手の身体によって体験される現実ということになろう。そして、過去の体験が意識（記憶）の次元にあるのと対比すれば、現在の体験はいつも身体によって担われる。その点で歌謡の表現は現在形であって、歌詞の表すことがらは、〈歌うことで、今、生起する出来事〉として、歌い手自らによって生きられる現実そのものなのである。このことは原則的にすべての歌謡にあてはまるといってよい。ひとつだけ典型例を示してみよう。

宇陀の　高城《たかき》に　鴫罠《しぎわな》はる
我が待つや　鴫は障《さや》らず
いすくはし　鯨《くぢら》障る
前妻《こなみ》が　菜乞《なこ》はさば　たちそばの　実の無けくを　こきしひえね
後妻《うはなり》が　菜乞はさば　いちさかき　実の多けくを　こきだひえね
ええしやこしや（こはいのごふぞ）

ああしやこしや（こはあざわらふぞ）

この歌は、記紀では初代天皇イハレビコの戦闘場面で歌われたことになっている。しかし、もともとは宇陀地方の民間歌謡であり、それが中央の歌舞所に徴集されて来目歌の名で呼ばれたと考えられる。「ええしやこしや」「ああしやこしや」といった囃子詞には、共同体の祭りの酒盛りで歌われたときの雰囲気が残されていよう。歌舞所の楽人らによって歌われるときも、歌詞の原形はおおかた継承されたと思われる。記紀のかたちは文字化された歌詞であるが、民間で歌われていたときは集団的な歌舞のかたちをとったであろう。歌詞の内容はことばだけの架空の表現ではなく、歌い手らの身体が生み出す現実であり、かれらによって生きられる世界にほかならなかった。

歌謡のリズムは身体の律動で肉付けされ、その歌詞は肉声の旋律によって身体のリズムに溶け合うが、しかし、リズムの問題はそのように外部から捉えて済ませられるわけではない。なぜなら、リズムは何らかの実体ではなく、あくまでも感覚的な現象であって、それゆえ、歌い手によって感知される心的な体験としてしか説明しえないからである。先のことを繰り返せば、リズムはいわば歌い手の身体が感覚する体験そのものであり、リズムによって生み出される現実はつねに歌い手の生きる〈現在〉なのである。リズムはそのつどそのつど現在を更新し、歌い手の身体感覚を新鮮なものにする。そのようにして、〈ウタ—マヒ〉のリズムは閉ざされた気分を開放し、感性を生き生きとさせて、人々の生きる現在に快感をもたらすのである。(8) それが歌謡の主たる機能であった。

ウタの根源は〈感情＝身体感覚をストレートに表出する〉ということであり、そしてそれは、ウタのもつ快感機能と不可分のものといってよい。〈ウターマヒ〉としての歌謡がことばの表現であることはいうまでもないが、しかし、歌謡のことばは身体感覚に溶け合っており、ことばの表現そのものとして自律する契機をもちえていない。ことばの表現は、身体の律動が生み出すリズムの現在性に収束されることで成り立っているのである。

さて、ここで韻律の問題に立ち返ってみよう。たとえば「歌謡の韻律はどのようになっているのか」といった問い方は、さほど不自然でないように思われる。ところが、韻律がことばそのもののリズムであるとするなら、歌謡の表現から韻律を分析するのは、歌謡の生態に背くことであると考えねばならない。たしかに、記紀のテクストに書き出された文字面をみると、歌謡のことばにもそれなりの韻律性があるようにみえるが、書かれた歌謡は、実際に歌われたものとはまったくの別物、というよりも、それは生きた歌謡の脱け殻であり、死骸にすぎない。

たとえ書かれた歌謡の表現からことばのリズムを抽出したとしても、それはけっして歌謡の韻律と呼びうるようなものではない。生きた歌謡において、ことばのリズムは、そのつど、より根源的な身体感覚のなかに解消されているとみるべきだからである。韻律の問題については、もうすこし突っ込んだ検討が必要であろう。

## 3　韻律と像

先に述べたように、韻律とはことばのリズムである。そして、ことばのリズムは音数律としてあらわれた。これを簡略にいえば〈韻律＝ことばのリズム＝音数律〉という関係になるわけである。

このような図式はそれなりに整合的であるが、しかし、これらの用語を用いて具体的な対象に接する段になると、とたんに、等式の要をなす〈ことばのリズム〉がさほど自明でなくなってしまうことに注意すべきである。〈音数律〉についても、たとえ日本語のリズム構造から解き明かされたとしても、そのこと自体は、なんら〈韻律〉の説明にはなりえないであろう。なぜなら、ここで説明しなければならないのは概念ではなく、ひとつの現象だからである。歌謡にしろ、和歌にしろ、それらが実際に歌われたり詠まれたりする生態に目を向けなければならないのだ。

ことばのリズムとしての韻律は、あくまでも歌謡から和歌への展開において捉えねばならない。そして、その具体的な在り方のなかで、身体感覚の現在性に回収される〈ウタ－マヒ〉のリズムが、いかにしてことばのリズムとして自律していくのかを見るべきである。先には〈ウタ－マヒ〉の身体性に注目したが、ここではその音楽性に焦点を合わせてみることにしよう。身体表現としての〈ウタ－マヒ〉から、かりにことばの表現としての〈ウタ〉を取り出すとすれば、それは旋律のある発声、すなわち音楽ということになる。あえて古典的な学説をあげれば、ことばと音楽と舞踊の三位一体が、歌謡のトータルな在り方なのである。[9] 先の来目歌なども、ことばの表現として取り出すときは、まず音楽的に歌われることばの発声をイメージしなければならない。こうした音楽性の観点に立って歌謡から和歌への展開を捉えたのが、音楽史家の田辺尚雄であった。

歌謡は元来音楽から起こつたものであつて、古代歌謡は旋律とリヅムとの二要素を備へて居た。即ち元来此の二要素が備つていなければ歌謡とは称しなかつたのである。然るに之れが音楽的歌謡から脱して文学的歌謡になると第一に音楽的要素の最も中心となるべき旋律を失つて来る。言ひ換へれば旋律的要素を失ふといふことが即ち音楽的形式を脱する第一歩である。斯くして和歌が現はれて来た。[10]

〈ウターマヒ〉の音楽性を成り立たせている旋律とリズムは、音声のうえではむろん一体である。けれども、リズムが身体の律動に根源をもつのだとすれば、旋律もおのずからそうした身体的なリズムに溶け合っているであろう。これを、ことばの面で捉えてみると〈ウタウ（歌）〉という発声様式になる。旋律による歌い方は、音声に長短のメロディーや抑揚をつけて発声することであり、そうした肉声のリズムが身体感覚とも融合するのである。歌謡は歌われるもの、ということの意味は、要するにそれが旋律とリズムによって発声されるということなのである。この点からいえば、定型和歌はけっして歌われるものではなかった。和歌史の通念として、「うたはれなくなつてから五七音が定型となつた[11]」といわれるゆえんである。

右に引いた田辺の見解も、おおむねそういった趣旨を述べたものであるが、ウタウことの音楽性がはっきりと指摘されているので、問題の在りかがいっそう見えやすくなっている。歌謡から和歌への展開は、すなわち音楽から詩への展開にほかならず、その間の経緯は具体的には旋律的要素の脱落として捉えることができるわけである。しかし、田辺の所見では、旋律が脱落していく要因が検討されていなかった。この点を補って言うと、旋律が歌われることに結合しているのであれば、旋律の脱落は、歌われなくなること、つまりヨムことへと変化していくなかで生じているはずである。通説によれば、この変化が文字で書くこととの関連で捉えられるわけであるが、しかし、〈ウタをヨム〉ことは歌謡の段階ですでに生じていたようである。そのことは、書紀に来目歌を歌うことが「ウタヨミ」といわれていたり、また、允恭記の「読歌」などの曲名によって窺うことができる。次に引くのは二首の組歌になっている「読歌」の第一首目である。

隠国《こもりく》の　泊瀬《はつせ》の山の　5・7
大峡《おほを》には　幡《はた》張り立て　5・6
さ小峡《をを》には　幡張り立て　5・6
大峡にし　汝がさだめる　思ひ妻あはれ　5・6・8
槻弓《つくゆみ》の　伏《こや》る伏りも　5・7
梓弓《あづさゆみ》　立てり立てりも　5・7
後も取り見る　思ひ妻あはれ　7・8

この歌はきっちりと五音七音の音数律をなしていないが、かなりそれらしい形式になっている。「読歌」という曲名は、音数のリズムに接近した歌謡の歌い方を指していると考えられる。このような歌謡は、もはや音楽的な旋律にのせてウタウものではなく、ヨムような調子で歌われたのであろう。ヨムという語の本義は〈節《ヨ》ム〉こと、つまりひとつながりのものに区切りを入れて分節することである。[12]〈ウタを—ヨム〉ことは、ひとつながりの音声連続として現象するウタのことばを、一音一音に区切りながら発声することであった。ヨムという発声様式のなかで、日本語に潜在している等時的拍音のリズム構造が意識されるようになるのだ。それにともなって音楽的な旋律のリズムが後退するので、おのずからことば（日本語）そのもののリズムが優勢になっていくわけである。

　このように、旋律の脱落はウタウ歌からヨム歌への転換のなかで生じており、そのことが音数律を促すもっとも直接的な契機になっていると考えられるのである。音数律とは、身体感覚に溶け合っていた母語のリズム構造が、等時的拍音の形式に組織し直された姿なのである。韻律がことばのリズムであるとするなら、歌の韻律はまさにヨムことによって成立したといえる。言い換えれば、ウタをヨムことの実質的な機能は、ことばのリズムを顕在化させ、それによって韻律の成立を促したことにある。そして、そのことが和歌の成立にほかならなかったのである。

　このように、ヨムことの観点を導入すれば、歌謡から和歌への展開が〈韻律の成立〉として、リズムの次元から内在的に捉えることができる。ヨムことの機能は、韻律の構造を明らかにするうえでも重要な視点を提供するであろう。というのも、ヨムことは、ひと連なりの音声を一音一音に区切って発語することなので、それは、音声のみにかかわるのではなく、必然的に意味への自覚を促すことになるからである。歌を歌うとき、ひとはことばの意味よりも旋律の快適さに酔い、その快感に浸るであろう。しかし、ヨムことはそうした忘我的な快楽を醒まし、その代わりにことばの意味性に目覚めさせるのである。

したがって、韻律がリズムの一種であるとしても、それはもはやたんなる音楽的なリズムではありえない。韻律とは意味が生み出すリズムなのであり、もっと端的にいえば、意味そのもののリズムなのである。こうして、身体のリズムから意味のリズムへの転換のなかで、韻律という形式が成立することになる。けれども、先に述べたように、リズムはあくまでも心的な現象であった。それゆえ具体的な体験においてあらわれるので、身体のリズムから意味のリズムへの変化は、リズム体験の変化として捉えなければならない。身体的リズムについてはすでに述べているので、ここではそれと対比して、意味のリズムについて考えてみよう。

意味のリズムというのは、ことばの意味が生み出すリズムのことであるが、こうした言い方はかなり概念的なものである。意味のリズムも、リズムの生態にしたがって〈ウタを－ヨム〉行為に即して捉えるべきであろう。意味のことが表面化するのは、ヨムことが、ことばの意味への自覚を促すからであった。そのさい、ウタの意味はヨムという行為のなかであらわれているので、それは語彙的に抽象された意味ではなく、いわばヨムことにおいて体験される意味であり、具体的には、詠み手の脳裏にあらわれるイメージ（映像・想像）のことである。体験される意味は、抽象的に記述される概念ではなく、あくまでも具体的に想起されるイメージであり、像的なものの生動である。ヨムことによるリズム現象は、ことばが描き出す心象世界のなかで体験されるのであって、その点で、歌い手の身体感覚に溶け合い、そのつど身体感覚の現在性に回収される歌謡のリズムとは異質なものになっているのだ。

ヨムことによる意味のリズムは、人々を身体感覚の即時性から解放することによって、かれらが、過去だとか将来、あるいは非現実の場所など、時間的にも空間的にも不在な現実をひとつのイメージ体験として生きることを可能にさせる。そのようにして、ことばのリズムとしての韻律は、イメージという不在性を表出する機能を獲得するわけである。このような作用は、身体感覚＝感情の直接表出である〈ウターマヒ〉のリズムには原理的に困難なことであった。「読歌」の曲名をもつ二首目の歌は、そのことを象徴的に示しているのではないだろうか。

隠国の　泊瀬の川の　5・7
上つ瀬に　斎杙《いくひ》を打ち　5・6
下つ瀬に　真杙を打ち　5・6
斎杙には　鏡をかけ　5・6
真杙には　真玉をかけ　5・6
真玉なす　吾が思《も》ふ妹　5・6
鏡なす　吾が思ふ妻　5・6
在りと　いはばこそよ　3・6
家にも行かめ　国をも偲《しの》はめ　7・8

この歌は和歌的な定型ではないが、ほぼ五音六音の音数律で安定する形態に落ち着いている。一首目の歌と同様、旋律のリズムは背後に退き、ことばそのもののリズムが表面に露出している。それで「読歌」と呼ばれたのであろうが、それはそれとして、ひとつ注意しなければならないのは、この歌では「妹（妻）」の不在が表現されていることである。地の文で、「読歌」二首は軽太子が自分を追ってきた衣通王を「待ち懐《おも》ひて」歌ったとされ、右の歌を歌ってから二人は「共に自ら死にたまひき」とある。これによれば、妻（衣通王）が死ぬ前の歌になるが、歌のなかでは「吾が思ふ妻／在りといはばこそよ（生きているのなら）」となっており、実際にはもう生きていないことを前提にして詠まれている。地の文とは食い違っているが、歌そのものとしては、妻の不在を表現していると解するしかない。(13)

この歌がヨムかたちで歌われるのは、モチーフの面からみれば不在が表現されるからであろう。不在性はことばのイメージがもつ喚起力によってしか表出できないものである。それは、身体感覚の現在に回収されないことばの独自性によってのみ成り立つ〈像的な世界〉なのである。その点で「読歌」の韻律は聴覚ばかりでなく、むしろそれにも増して視覚に訴えかける性格をもっている。韻律がことばのリズムである以上、それは聴覚的な音声をベースにしているが、ことばのリズムは、心的に喚起されるイメージを生成して視覚の作用に結びつけられている。韻律はヨムことで形成されることばのリズムであって、それはまた、意味の像化をもたらすのである。

## 4　ヨムこと／書くこと

このように、ヨムことによる意味の韻律は、ことばのリズムを聴覚から視覚、音声からイメージの次元に転換して、〈ウターマヒ〉の生態とは異なる歌の在り方を形成することになる。

こうしたヨムことのリズムは、文字化の問題とも不可分であろう。なぜなら、ヨムことは声のことばにかかわると同時に、文字をヨムというかたちで書きことばにも通い合っているからだ。ヨムことを介して声と文字は連続するのである。韻律が文字と出会い、たがいに干渉し合うのは、おそらくヨムことにおいてである。このことを具体的に検証するには、まず、歌の文字化がどのような状況下において始められたのか、そしてまた、それがヨムことどのような内的連関をもったのか、という点を押さえておく必要がある。

従来、歌の文字化についてはいくつかの説が唱えられているが、おおむね訓字を主体とする表記であったろうとみられている。たとえば、古事記のヲケ王の名告り詞章に例があるように前宣命体の音訓交用で書かれるか、万葉集に一般的な宣命大書体の書法が採用されるか、さもなくば人麻呂歌集の略体表記のように訓字を和語のシンタックスに沿って羅列するか、これらのいずれかであろうというのが、ごく一般的な見方であった。とりわけ、人麻呂歌集の略体表記を非略体に先行させる立場から、稲岡耕二は、歌の文字化が略体表記のような訓字を羅列する書き方から始まったとする説を提唱した(14)。工藤力男はこれを批判して、歌の文字化はむしろ字音表記で始められたであろうと主張したが、はっきりした根拠に乏しく、「確かに仮名書きした七世紀の木簡が一枚出土したら決着する問題なのだか、それまではなお思案を重ねなくてはなるまい[15]」と述べざるをえない状況であった。

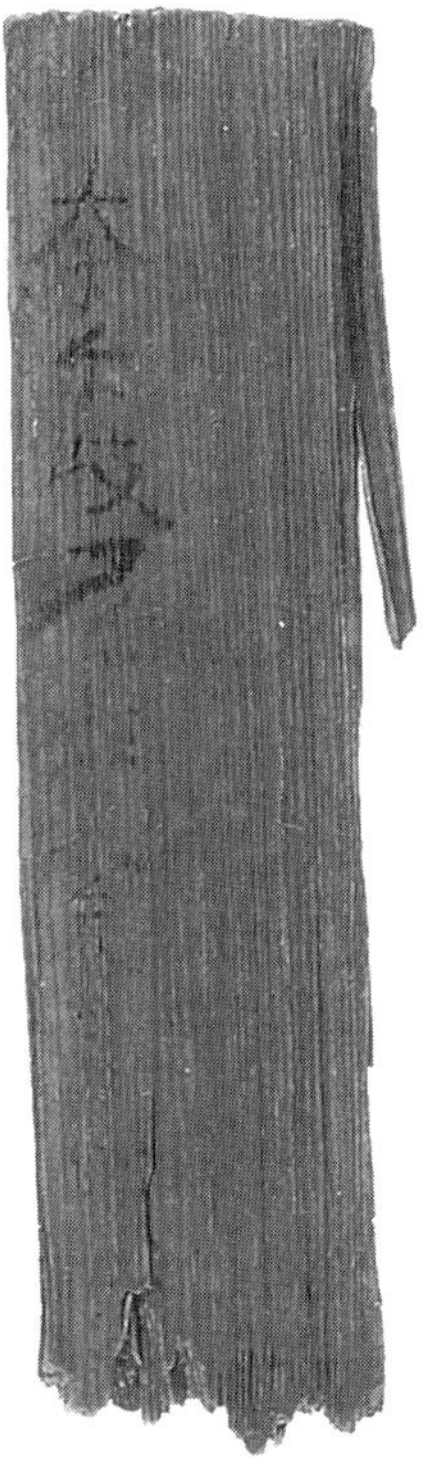

ナニハツ歌木簡。「奈尓波ツ尓作久矢己乃波奈」と記されている。（徳島県立埋蔵文化財総合センター提供）

ところが、長屋王家木簡や飛鳥池木簡など、その後のめざましい考古学上の成果によって稲岡の主張する略体＝古体説の論拠はほとんどなくなってしまった。そして、奇しくも工藤の予告した通り七世紀の天武朝代に仮名書きされたナニハツ歌の木簡が、徳島県の観音寺遺跡から出土したのである。この字音木簡は、同じく天武朝代に作成されたと考えられる古事記の歌謡表記とも呼応しており、歌の文字化が一字一音式の表記から始められたらしいことがほぼ確実になってきた。工藤がこうした事態を予見しえたのは、古くから行われていた固有名詞の字音表記は一般語彙にも適用が可能なはずである、という認識に基づいていたからであった。歌の文字化に関しては次のように述べられている。

固有名詞以外の日本語の表音表記は、いかなる時に求められたか。従来言われてきたように、呪言・枕詞のたぐい、そして歌である。これらは言葉の形こそ命だから、音形そのままに書き留められる必要があった。（中略）よほどのことがない限り、歌を書き留めることはなく、多くのばあい音声によって相手に届けば消えてもよかったのであろう。大切な歌は、音数律と枕詞・序詞を手がかりに記憶されたに違いなく、あえて文字に記録する必要を認めなかったのだが、人麻呂以前にも、歌を表音表記しようとすればできただろうと思う。

歌は内容よりも音形が命であるから、固有名詞と同じく一字一音式に表音表記されたであろうというのは理に叶った考え方であろう。また、歌はもともと即興的に声で歌われてたもので、「よほどのことがない限り」文字化されることはなかったであろうというのも、大筋としては承認してよい。しかし、「よほどのこと」とはいったい何であったのか。憶測を含まない範囲でいえば、その何かは、口誦文芸としての歌謡が文字化される根本的な要因であったはずだ。この度あらたに出土したナニハツ歌の木簡は、この問題に対してなにか手掛かりを与えてくれるであろうか。

とりあえず、ナニハツ歌に即して少し具体的に考えてみることにしよう。まず認識しなければならないのは、この「難波津に咲くやこの花冬ごもり今は春べと咲くやこの花」という歌は、もともと難波地方に流布していた集団歌謡であったらしいことだ。「咲くやこの花」の「花」は桜の花か、あるいは梅の花であろう。いずれにしても、満開の花に触発されて春の到来を慶ぶ歌であり、実際に咲き誇る花を見ながら即境的に歌われたはずである。そのような歌が宮廷人のあいだに知られるようになったのは、おそらく、大化改新後の孝徳朝に都が難波に置かれたことによるのであろう。ナニハツ歌は、難波に都が置かれたときに宮廷人らの耳に触れ、やがて、新都の華やかな繁栄を予祝する歌として、かれらに愛唱されていったのであろうと思われる(16)。

木簡に書かれたナニハツ歌が、後々そうであったように、はじめから歌を学ぶ手習い歌として広まったものかどうかは定かでない。ただ、ひとつだけはっきりしているのは、ともかく宮廷人らのあいだに流行した時点で、この歌は、それがもともと歌われていた共同体の場から切り離されてしまったことである。天武朝のナニハツ歌の木簡は、難波の地から懸け離れた徳島の観音寺遺跡から出土した。どのような事情で書かれたかは別にして、文字化された「難波津に咲くやこの花」はもはや即境の歌ではありえず、したがって「この花」という表現が指示するものも、もはや現実のものではなく、イメージの世界に咲き誇る花になっている。

歌謡が歌謡として共同体の場で歌われているかぎり、文字化への契機はいかなるかたちでも訪れないであろう。工藤のいう「よほどのこと」というのは、根生いの歌がなんらかのかたちで本来の場から切り離されてしまうことである。歌謡の根づく土壌は、共同体の集団的な歌の場であり、その表現性は歌われる場の現在性と集団の共通感情に回収されるべきものであった。そのような即境的な歌謡が本来の場から切り離されてしまうと、歌の表現はことばの意味によってしか支えられなくなってしまう。歌の表現が意味性への傾きを強めるなかで、ウタウ歌はヨム歌へと変化していくわけであるが、そのことが文字化への契機になると思われるのである。どのような歌も、現実の場に密着して即境的に歌われるかぎり、文字化される必然性をもたない。文字化の前提をなすのは、歌謡がヨムという発声様式をとることであって、そのばあい、文字化のかたちは一字一音式の表記以外にはありえなかったのである。なぜなら、ヨムことは旋律的に連続している歌のことばを一音一音の区切りを自覚しながら発声することだったからだ。ヨムことと一字一音表記は切り離せない関係にあるわけである。

先の引用で、工藤は、歌はことばの形こそが命であると述べているが、これは細かくいえばヨム歌についてて言えることであり、ウタウ歌には当てはまらないとみるべきであろう。ウタウ歌は音楽の範疇にあるので、そのような歌においては旋律が命なのであって、乱暴にいえばことばなどはどうでもよかった。ことばは、あくまでも音声のリズムや旋律を形成する材料にしか過ぎないからである。卑近な例をあげれば、わたしたちは、まったく意味の分からない外国の歌を聞いても、なんらかの感動を覚えるが、それは、ことばの表す意味に感動するからではない。音声そのものが生み出す旋律やリズムに心を打たれるからである。一方、ヨム歌のばあいはことばの意味が前面に露出してくる。そのとき、リズムは意味の背後に潜在化し、ことばそのものの秩序を支えるものへと後退しているのである。ことばの秩序は、いわば歌のシンタックスともいうべきものであって、具体的には、音数律によって成り立つ歌の形式、すなわち歌体がそれにあたる。そうしたことばの形式が、ヨムという発声様式と表裏一体であったことはいうまでもない。

このように、ヨム歌がことばの表現を一音一音辿りながら、よみ手に意味への自覚を促し、その表現がイメージとして体験されるものだとすれば、そうした像化の作用も、文字化を促す要因としてはたらいたと考えられる。像化は、ヨムことが字音表記を必然化させるのとは別の意味において、書くことへの契機となるはずである。というのも、文字に書くことはことばを自身の肉声から分離し、それを客体的なものとして対象化することであるが、これは聴覚的な音声を視覚的な対象に切り換えることを意味したからである。声のことばを文字のことばに変換することは、声を像化することにほかならない。そして、そうした変換を可能にしているのもまた、ヨムという発声様式であった。文字化されたことばは、一音一音に分節された音韻でヨムことによってはじめて、意味をもつものとして了解することができるわけである。ヨムことができないような文字は、何の意味か分からない単なる線画にすぎないであろう。

このように、歌の文字化を可能にする直接的な契機は、ヨムことの機能によって二重に媒介されていることが分かるのである。ヨムことによってことばのリズムは音数律に向かう契機をえるが、それが音楽性を払拭してより純粋にことばのリズムそのものとして自律していくとき、歌は文字化への飛躍を準備しているのだと考えられる。この間に、歌の韻律性はより強化されていくことになろう。韻律とはことばのリズムにほかならないからである。そのさい、ことばの韻律は書き手の脳裏にイメージされ、かれはその像化された表現をもうひとつの現実として体験することになる。像的なものは、声と文字あるいは音と意味のちょうど中間に成り立っているといってもよい。

歌が文字化される最初の形態である字音表記は、書かれた結果よりも、書かれる過程の方がよほど重要な問題をはらんでいるであろう。ナニハツ歌を一音一音に書き記した宮廷官人は、書かれた結果についてはさほど関心を持続させなかったのではないか。かれらにとって重要なのは、とにかくそれを書くことであり、その体験こそが意味をもっていたのであったろう。というのも、ナニハツ歌の木簡は伝達の用をなしたものではなく、習書や落書の類いであって、書くことそれ自体を目的にして書かれた木簡だったからである。歌を一音一音に文字化する行為は、ヨムことのリズムを感得することであり、その体験を通してことばの韻律を実現していくことを意味したであろう。それはもはやウタウことの体験ではないので、身体感覚としての感情は背後に退いているのであるが、その分だけことばの意味による感情表出がより優位になっている。書くことによってもたらされる意味の像化が、歌の韻律を強化する要因になっているのである。

ここで注意しなければならないのは、ヨムことと書くことを通時的もしくは段階的に捉えるのはきわめて表面的な見方であるということだ。しかし、かといって両者の連続性を指摘することも、さほど原理的な思考とは思われない。なぜなら、ヨムことと書くことは、たがいに別個のものとして対立しているわけではないからだ。書くことはヨムことの地平に成立し、後者が前者を包み込むようなかたちで、いわば入れ子型の階層をなしているとみるべきであろう。ヨムことの根源性に目を向ける必要があるのだ。そのうえで、韻律が文字と結合する内的な契機を捉えなければならない。「いったいなぜ、歌は文字化されるのか」というのはかなり素朴な問い掛けであるが、これに納得のいく説明を施すのは意外に難しい。それを解く鍵になるのは、やはり歌の文字化が字音表記ではじめられたことであろう。この事実によってはじめて、書くこととヨムこととの内的な関連が明らかになるからである。

しばしば書くことの重要性が指摘されるが、書記行為そのものは、ヨムことの上に成り立ち、ヨムことが可能にするひとつの必然として捉えることができる。何度もいうように、より根本的なことはヨムことそのものなのであって、書くことはヨムことの一種にすぎない。書くことが行われるようになっても、それによってヨムことが停止するわけではないのだ。むしろ書くことによってことばの表現が強化されればされるほど、ヨムことの原理もよりいっそうその機能が増幅されることになる。ヨムことの原理は、声と文字の両方にわたって、諸々の言語的な現象を分節することであったが、ことばの表現が独自性を獲得するにつれて、ヨムことによる意味と音声の分節化も、より細密なものにならねばならない。その必然性に後押しされるかたちで文字に書くことが行われ、そして、文字の導入によってヨムことの細密化がさらいっそう推し進められていくことになるわけである。

こうして、ことばのリズムとしての韻律は、ウタウ歌からヨム歌への展開のなかで、書くことへの契機を二重に含みつつ、〈音〉と〈像〉の両面から、より均衡のとれた音数律をめざしてことばの音声的な形式を実現していくのである。そうした成り行きの極致にあるのが五七五七七の短歌形式であった。ヨムことを基盤とする歌の韻律は、この五七五七七の歌体を創出したことによって、もっとも安定したリズム形式を獲得したのである。それは書くことを根源にしてはいないが、文字のはたらきがあって完成されたという点からすれば、書くことにおいて実現される形式であったといって差し支えないであろう。

けれども、忘れてならないのは、書くことによって完成された短歌形式は、あくまでもヨムことの地平においてて実現される韻律であるということだ。それが音数律に基づく韻律であるからには、ヨムという発声行為がなければ成り立ちえないからである。

## 5　おわりに

韻律の概念が〈ことばのリズム〉であるとすれば、和歌の韻律は五七五七七の音数律定型に集約されてしまうのであるが、はじめに断っておいたように、当面のねらいは定型和歌の成立する前提を明らかにすることであった。五七五七七定型そのものについては、引き続き取り組むべき問題として、ここでは他日の課題ということにしたい。

ただし、五七五七七の定型が〈書くこと〉によって成立したという通説に関しては、本稿で検討したところから、いくらか補足を加えることはできる。この通説はけっして誤りではないが、歌が文字と出会うときの構造が問われていなかった。結果として歌は文字で書かれることになるわけであるが、それを可能にする前提は何であったのか。しばしば述べてきたように、それは〈ヨム〉ことにほかならなかったのである。

したがって、韻律や定型の成立といった和歌起源の根幹にかかわる問題は、すべて〈ウタを－ヨム〉ことの観点から取り組まねばならない。定型和歌は、起源の構造そのものによって、文字と声の相互干渉を本質とする文学であった。肉声の機能が継続されたことによって、和歌の韻律は、文字で創出されるようになっても底辺に身体のリズムを維持する形式でありつづけるであろう。そこに和歌のもつ不透明な深さがある。

# 土地の名と文字／ことば——播磨国風土記のトポノミー

## 1　はじめに

平糸は北海道の東端に位置している。ひところ、日本の秘境と呼ばれた知床の連山を遠望する僻寒の地である。ヒライトという呼び方は、アイヌ語のpira（崖）・etu（鼻）に和人が「平」「糸」の漢字を宛てて、日本語風に発音したものであるが、この地は、たしかにアイヌの人々がそう呼ぶにふさわしい特色をもっている。そこは、緩やかな起伏をなして広がる根釧台地が、幾筋かの川によって侵食され、入り組んだ谷をなす一帯のほぼ突端部にあたる。ピラ・エトゥの景観は、まさに「崖の鼻」なのである。アイヌの人々にとって、土地の名というのは、このように、地形によって、そこを他の場所と区別するための標識であった。そこに神秘的ないいわれなどはまったくない。なぜなら、かれらは、自身の母語が刻み出す地勢のなかに棲みついているのだから。土地の名は、そのまま、生活が営まれる世界の肉眼に映ずる通りの景観であった。かれらは、自然が造形した多様性を大地に書き込まれている差異として読み取り、そして、それを、その通りにみずからのことばに写し取った。大地と母語の間には、連続する意味の繋がりが存在していたのである。それは二重に安定した世界であったろう。けれども、この地に生まれ育ったわたしたちが、文字の背後に、もうひとつ別のことばが隠されていることを知った時の淡い驚きは、どちらかといえば、わたしたちを居心地の良くない心持ちにさせるものであったように思う。わたしたちの言語が見知らぬ他者の言語によってうち消され、隠されていた本当の世界が露出してきたとき、わたしたち自身のことばが所属する場所は、もう、どの辺りを探しても見当たらなかったからだ。ひとは意外に深く土地の名に棲みつくものなのである。

土地の名には〈場所の標識〉としての機能と、〈ことばそのもの〉としての語義の二側面がある。しかし、通常、後者の方は前者の背後に隠れているので、その二面性が意識されることはめったにない。柳田国男が言ったように、そもそも地名とは「二人以上の人の間に共同に使用せらるる符号(1)」であるから、地名として機能している限り、それは、他の場所と区別するためのしるしであればよい。文字で表記される語形は、それ自体が符号（記号）であり、その意味するところは、〈他の場所と区別されたそこ〉であるという指示のみである。地名は、〈ことばとしての意味（語義）〉の次元で機能するわけではない。地名が地名として通用しうるためには、むしろ、〈所記《シニフィエ》／能記《シニフィアン》〉の関係から発生する語の意味作用を中断させ、本来の所記（語義）を、〈場所の標識〉の表側から消し去っておく必要がある。漢字は、音（能記）・義（所記）・形（記号）を三位一体で示すという表語性があるために、本来の語義を覆い隠し、それを土地の表示に切り換えるうえでは、たまたま、きわめて好都合な性質をもっている。地名にとって不要となった〈ことばそのもの〉としての意味は、漢字の字義に吸収されるので、地名の語義内容は、文字化された地名表示（符号＝記号）の裏側に隠されて、不要な意味作用が意識されるのを防ぐからである。

しかしながら、そのような仕組みが安定した構造を獲得するのは難かしく、いつでも、語義の側からの揺さぶりに晒される契機をはらんでいる。と言うのも、そこには、土地の名が初めて文字化された際の矛盾が、ずっと未解決のままで温存されているからである。地名の文字化は、初期の段階においては、土地の名のもつ気付かれない二面性を顕在化させるという副作用をともなう。その結果、悠久の無文字期を通じて、記憶の欄外に放置されていた〈地名の語義〉という不要の長物が、不可避的に明るみに出されることになる。いわゆる地名起源説話なるものの発生は、このような事態と密接なかかわりがあるのではないだろうか。その辺りを、播磨国風土記を例にとって考えてみたい。

## 2　地名説明と地名起源説話

播磨国風土記には、二六〇あまりの地名が標出されている。編述者は、そのすべてについて、名称の由来を記す方針で臨んだものと思われる。しかも、実際には、頻繁に異説を併記し、そのうえ、賀古郡「褶墓」条・餝磨郡「英馬野」条・揖保郡「萩原里」条などのように、標目にない複数の地名を説くケースがあるので、その記載総数は、およそ三二〇近くにも上っている。このように地名由来記事を偏重するのは、播磨国風土記のもつ著しい特徴であるが、そのような傾向は、むろん、他の古風土記にもほぼ共通すると言ってよい。在地の伝承を「古老曰」の形にまとめあげてその文藻を誇る常陸国風土記においてさえも、地名由来記事を五〇例ほど掲げており、土地の名の由来は、やはり無視しえないものとなっている。

古風土記に伝えられる夥しい地名由来記事は、上代の伝承文学の宝庫とみられている。地名の由来を記すのは、和銅六年に出された官命の一項に応えたものと考えてよいであろう。この官命は、行政（郡郷名に好字を付ける）・産業（資源・産物を記録し、土地の肥沃状況を記す）・文化（山川原野名の由来、古老が伝える旧聞異事を収録する）の各分野を網羅しており、地方の独自性を丸ごと掌握しようとする目的をもっている。諸国は、それらを適度に勘案して報告文を作成したものと思われる。現存風土記から、その事情を推測するのはさして困難ではないが、それにしても、各国の風土記が、官命の四番目に置かれている地名由来をおしなべて重視した理由は、必ずしも定かでない。これを、地名が、民衆の現実生活と分離しえない本質をもつことによる在地側からの「逸脱」とみる説(2)は、風土記の地方性を第一に尊重しようとする立場に基づいている。地名の由来が、その地に生活を営む民衆と没交渉であったはずはないので、このような解釈は否定できないであろう。

けれども、もっとも問題となるのは、〈なぜ土地の名の由来が語られねばならないのか〉という単純な疑問である。地名を説明しようとする意識が、かりに、ごくありふれた心理だとしても、古風土記、とりわけ播磨国風土記のように、それに過剰な熱意を傾ける書物が存在しているのは、やはり注目に値する事実といわねばならない。アイヌや古琉球の人々が、このように地名由来に固執した形跡は見当たらない。風土記を含めて、我が国の古文献形成に圧倒的な影響を及ぼした漢籍のなかには、地名のいわれを記す事例がかなり見られるようであるが、しかし、播磨国風土記に匹敵するような〈地名由来集〉の存在は知られていない[3]。わたしたちは、ややもすると、土地の名を聖化してその由来を神話的に語る形式が、上古における伝承文学の花形であるかのように考えがちである。しかし、その前に、テキストに記載されている形態を、もっと慎重に観察してみる必要があろう。地名由来譚の占める神聖な地位は、ひょっとして、民衆の生み出す文芸とは無縁な代物ではないのか、という疑いも生じてくるからである。

秋本吉郎の唱えた「作為考案」説[4]は、そのような懐疑を抱く者には歓迎すべき提言であった。けれども、どういうわけか、この説は久しく埋もれたままになっている。地名由来記事が説話研究の資料に供せられるなかで、文献学のお固い本文批判が孤立していくのはやむを得ないとしても、秋本の研究は、風土記のテキストに説話学を導入するときの、もっとも基本的な前提に関わっている。地名由来記事の含む可能性をできるだけ多く引き出すためにも、秋本説は正面から検討しておく必要があろう。実証に終始するその精細な論述を、とり急ぎ骨組みだけで抜き出せば、次のようにまとめることができる。

①まず、地名説明記事の形式的な要件は、〈所以号某……故、号某〉といった冒頭−結尾記述が存するところにあり、とりわけ、結尾形式の存在がもっとも肝心な要件である。

②また、地名説明記事の内容上の要件は、〈いつ・だれが・どこで・何をした〉という構成要素のうちの〈何をした〉の部分に、必ず、説明すべき地名の根拠となりうる語辞を含んでいる。

③ところが、地名説明記事の内容として、最も重要な要件である地名の根拠は、伝承の余説的な部

分で語られ、しかも、かなり付会的に説明されている。

④この事実は、地名説明記事が、ある既存の伝承に縁を求めて、地名の根拠となるべき語辞を語り加え、それを、冒頭―結尾の記述形式で整理することによって、二次的に作為考案されたことを示している。

右の①から③までの指摘は、現存する五種の古風土記すべてを見渡して看取される事実から帰納されたものである。個々の事例に目をやれば、ひと口に「地名説明記事」と言っても、その形式と内容はまちまちであるから、一概には言いにくいが、全体の傾向を捉えるうえでは、ここに指摘されている三点が最も妥当な最大公約数であるといってよい。そこから導き出される④の見解は、したがって、風土記の地名由来記事に対するかなり蓋然性に富んだ性格規定ということになるのである。念のため、播磨国風土記から、具体的な事例を拾い出してみよう（以下、引用は日本古典文学大系『風土記』による。なお、地名に付したルビは、片仮名を音、平仮名を訓とする）。

（印南郡）

A益氣《ヤケ》の里　宅《やけ》と号《なづ》くる所以《ゆゑ》は、大帯日子の命、御宅《みやけ》を此の村に造りたまひき。故、宅の村といふ。

B御方《みかた》の里　御方と号くる所以は、葦原志許乎の命、天の日槍の命と、黒土《くろつち》の志爾嵩《しにだけ》に到りまし、各、黒葛《つづら》三條《みかた》を以ちて、足に着けて投げたまひき。その時、葦原志許乎の命の黒葛は、一條は但馬《たじま》の気多の郡に落ち、一條は夜夫の郡に落ち、一條は此の村に落ちき。故、三條といふ。天の日槍の命の黒葛は、皆、但馬の国に落ちき。故、但馬の伊都志の地を占めて在《いま》しき。一云、大神、

形見と為て、御杖を此の村に植《た》てたまひき。故、御形といふ。（宍禾郡）

さまざまな地名由来記事が入り混じる多様さは、とりあえず、この長短二例の範囲におさめてみることができる。秋本の指摘する①と②の事実については、ことさら言及するまでもない。③に関しては、Aのような簡素な記事からは指摘しにくいが、Bでは、「三條」が話の本筋からはずれた瑣末要素で、ただ、地名のミカタに語呂を合わせるために考案された付会であることが容易にみて取れる。地名と説明語辞との間には、明らかに意味のずれがある。「一云」の、「形見」と「御杖」から「御形」を説くにいたっては、それがいっそう甚だしい。この記事が膨らんだのは、播磨国の西部一帯に伝わる天の日槍の命と葦原志許乎の命の「国占め争い」に枕を置いたためであろう。④の「ある既存の伝承に縁を求めて」というのは、このことにほかならない。そのような事情はAでも変わらないが、ただし、そこでは、既存の伝承から取られた要素が「大帯日子の命」という伝説的な人物だけであり、行為と出来事の伝えは省略されている。ヤケという地名の由来を、「御宅」の「宅」にこじつけるという不自然さが、作為と考案の紛れもない筆跡である。

出雲国風土記が巻頭に記す「老《おきな》、枝葉を細《くは》しく思《かむが》へ、詞《な》の源《もと》を裁《ことは》り定む」という編纂方針には、「詞源」（地名の起源）が、在地の伝承から蒐集されるのではなく、「裁定」（正とするところを裁き定める）されたものであることが明記されている。出雲国風土記に載る郡郷名の由来は、この方針のもとに、大半は編纂作業の机上で裁定されたものであろう。もっとも、材料はその地に伝わる伝承を利用したと思われるので、たとえば、須佐郷条の記事においても、スサノヲが「此の国は小さき国なれども、国処なり。

故、我が御名は石木には著けじ」と言って「大須佐田・小須佐田」を定めたとあるのは、「須佐」の地名を説くための考案であるとしても、それによって、この地とスサノヲのつながりを否定しさる根拠にはならない。出雲国風土記で実施されたこのような「裁定」は、決して、この風土記にのみ関わるのではなく、そもそも、地名由来記事の作成において、避けられないものであったとみるべきであろう。

秋本説は、風土記における地名由来記事と現地伝承の関係を、かなり明確に教えてくれる。地名由来記事というのは、単純に在地の口承伝承とは認められない側面をもつのである。しかし、地名に付会される記述とは無関係な膨らみ（「御方の里」条の「国占め争い」のような）、あるいは神名そのものは、何らかのかたちで、在地の伝承と結びついていると考えてよい。テクストから神名の分布表を作成し、それを、神信仰の実態に重ね合わせる手法は頻繁に試みられているが、むろん、それも有効な分析であろう。秋本説で十分に覆いきれないのは、次のようなケースである。

A菅生《すがふ》の里　右、菅生と称《い》ふは、此処《ここ》に菅原あり。故、菅生と号《なづ》く。（餝磨郡）

B的部《いくはべ》の里　右は、的部等《いくらべら》、此の村に居りき。故、的部の里といふ。（神前郡）

A′船引《ふなひき》山　近江の天皇のみ世、道守臣、此の国の宰《みこともち》と為り、官《みやけ》の船を此の山に造りて、引き下さしめき。故、船引といふ。（讃容郡）

B′豊国《とよくに》の村　豊国と号くる所以は、筑紫の豊国の神、此に在《いま》す。故、豊国の村と号く。（餝磨郡）

C長畝川《ながうね》　長畝川と号くる所以は、昔、此の川に蔣生《まこもお》へりき。時に、賀毛《かも》の郡の長畝の村の人、到来《き》たりて蔣を苅りき。その時、此処の石作連等、奪はんとして相闘ひ、仍《よ》りて其の人を殺し、

即ち此の川に投げ棄てき。故、長畝川と號く。（餝磨郡）

これらは、地名の由来を語る形式的な要件、すなわち、冒頭－結尾記述を備えているので「地名説明記事」であることは間違いない。だが、一読して明らかなように、地名と説明語辞の間にずれがなく、付会的なこじつけは為されていないように見受けられる。これを類別するなら、Aは地勢による命名法であり、Bは居住者による命名法である。播磨国風土記には、このような記事が意外に多い。Aには、自然地形だけでなく、A′のような人文地理的要素も含めることができるであろうし、また、Bの居住者には、現住の人々の他に、B′のような鎮座神を加えてもよい。むろん、所属を決めかねるケースもあり、Cなどはその例として挙げたものである。この記事によれば、「長畝川」は長畝の村人に因んだ地名のようであるが、石作連の殺害事件と結び付けられたために内容が複雑になっている。便宜上、これをA・B類のいずれからも除外しておくが、この種の記事はごくわずかである。A類とB類を合わせた比率は、全体の三割強を占めている。

秋本説で「説話を構成しない地名起源記事」と言われるのは、おおむね、そのような事例を指している。まったくその通りで、これらを説話と呼ぶことはできないであろう。裏返して言えば、秋本が、①から④までの要件を挙げて「地名説明記事」(5)と称したものは、説話と呼びうる性質をもつわけである。そこで、秋本の設定した要件を充たす記事を、かりに「地名起源説話」と呼ぶことにしたい。これに対して、説話を構成しない右のA・B類の類いは、単に「地名説明」と呼ぶべきであろう。播磨国風土記に載る二六〇あまりの地名由来記事は、ほぼ、この二種類に区別できるようである。

一見雑多な様相を見せている播磨国風土記の夥しい記事が、大まかな把握ではあるが、右の二類のタイプで記されているのはいったい何を物語るのであろうか。説話を構成するか否かを問う前に、まず、その二類の性格を問題にする必要があろう。そこで想起されるのが、柳田国男の地名研究である(6)。A類の地勢による命名法は、柳田の言う「利用地名」に当たっており、B類の居住者による命名法は、「占有地名」もしくは「記念地名」に該当すると考えてよい。柳田の地名学は、地名を土地利用の発達段階から発生史的に序列化したところに特徴がある。土地利用が高次に進んだ段階で行われる「分割地名」は、播磨国風土記においては、「上筥《かみはこ》の岡」「下筥《しもはこ》の岡」(揖保郡)・「上鴨《かみかも》の里」「下鴨《しもかも》の里」(賀毛郡)しか例がない。B類の「占有(記念)地名」はやや進んだ命名法と言われるが、これに対して、A類の「利用地名」は、「地形語」に基づく最も源初的な命名段階に位置付けられている。地名の発生という点から見れば、自然的・人文的な地勢語は地名の源初形と考えてよく、その典型例は冒頭にあげた「平糸=ピラ(崖)・エトゥ(鼻)」といったアイヌの地名であるが、漢籍に載る地名由来もこの形で説くものが多い。多種の地誌類を引く『初学記』「地州郡」部から、地名の由来が説かれる記事を挙げてみよう。

A青草　荊州記に曰はく。巴陵の南に、青草湖有り。周迴すること数百里、日月其の中に出没す。湖南に青草山有り。因りて以て名と為す。(巻第七　湖一)

B晋山　後魏輿図風土記に云はく。司馬山、晋城県の北に在り、晋代の祠、此山に有り。因りて以て名と為す。(巻第八　河東道四)

C覆釜　後魏輿図風土記に曰はく。潘城の西北三里に、歴山有り。形、釜を覆へるに似たり。因りて以て名と為す。（同河北道五）

D石台　水經注に曰はく。武陽県の城に、一の石台有り。大城の門外に、又、故台有り。号けて、武陽台と曰ふ。（同右）

古風土記の編者も、これらに類する記述を参照にしていたであろう。しかし、地名を付会的に説く形式はどうであろうか。例えば、「怪山は、琅耶の東武海中の山なり。一夕にして自ずから来たる。百姓之を怪しむ。故に、怪山と曰ふ」（芸文類聚巻九水部下湖）という記述では、「怪山」の由来が説話化されているが、このばあい、「怪山」という地名と、伝説の文脈にある「百姓怪之」の間には意味のずれが認められない。ここで注意すべきは、わが国の古風土記に記載されている同様のケースである。「手以て草を苅り云々」から「手苅丘《てがり》」を（餝磨郡）、「稲種を遣《や》りて此の山に積みき」から「稲種山《いなだね》」を（揖保郡）、あるいは「粳《ぬか》散りて此の岡に飛び到りき」から「粳岡《ぬかおか》」を説くなど（賀毛郡）、播磨国風土記にも、説話中の語辞と地名表記の間に意味のずれがないものが多数ある。けれども、この類似はまったく外見上のことに過ぎない。なぜなら、「怪山」が漢語である限り、原則上、字義と語義が表裏一体であるのに対して、文字化された和語の地名のばあい、「テガリ」の語義と「手苅」の字義がそれと同様であることは、無条件には保証されていないからだ。和語の地名表記においては、宛て字の疑いが常に付きまとうのである。

もっとも、先に引いた「菅生《すがふ》」や「船引原《ふなひきはら》」は、その疑いが少ないといえる。それは、この種の地名が、地形や地勢的環境にほぼ照応しているからである。この事情は、地勢による命名法におおむね共通しており、例えば「鷁住山《さぎすみ》」「塩阜《しほおか》」（揖保郡）、「柏原《かしわばら》」（讃容郡）、「大川内《おほかふち》」「高岡《たかおか》」（神前郡）などは、表記面に示される字義が、そのまま地名の語義と一致しているとみなしてよいと思われる。名の由来も地勢に即しており、地名の説明としては、形式・内実ともに『初学記』から引いた例に等しい。つまり、説話を構成しない地名由来記事というのは、細かく観察すれば、地名の語義と土地の形状が、文字表記の面において結合しているケースなのである。そこでは、地名はその発生段階に引き戻され、土地の名の本義が直に露出している。これに対して、説話化されるのは、表記面に刻まれる字義が、そのままの形では土地の状態や環境を示さないようなケースである。このばあいは、地名の本義は文字表記の背後に隠されており、そして、説話はなんらかのかたちで、見失われた地名の本義を代償する役割を果たしていると考えられる。

したがって、いわゆる「地名起源説話」なるものが形成される要因は、ふたつの異なった契機から考えていくことができる。すなわち、ひとつは、地名の発生にかかわる土地の名の本質であり、いまひとつは、地名の語義にかかわる土地の名の文字化である。

## 3 土地の名と文字の用法

右に述べたふたつの契機のうち、前者は普遍的な性格をもっている。漢籍に「怪山」が説話化される理由も、おそらく、そこにあろう。「怪山」という名称は、直接には土地の形状や環境を示さないので、伝説がそのギャップを埋め合わせているのである。地名の本性に起因するこの種の由来譚は、どこの言語においても形成されうると言ってよい。

ところが、後者の方は、語義と字義の間にずれをもつ言語のみに内蔵される特殊な契機である。古風土記の地名起源説話が、これにかかわって形成されていることは、改めて言及するまでもないであろう。むろん、それは、地名の本質とも不可分に絡まり合っている。結局のところ、播磨国風土記の地名起源説話は、地名の本質と和語の文字化という別次元の問題を抱え込んでいるわけであるが、わが国の特殊事情を考慮するなら、地名の本質もさることながら、和語の文字化の問題が大きな契機となっているであろう。その点で、説話形成の根本契機に〈言語の形式〉を指摘した高木敏雄の見解は、神話学の草創期に埋没してはいるが、注目すべき発言であった。

或時は、漢字の意義に従ってそのままに之を使用し、或時は単にその音を取りて、一種の符号の如くに之を借用し、甚しきに至りては漢字本来の音と訓と意義とを外にして、殆んど謎語的に之を用ゐし場合少なからず。此の如き種々の用法、互ひに相錯雑混淆し、その結果として、他国民の言語史上に、殆んどその例を見出し得ざる甚しき意義不明を来し、無意識的語源論の発達を盛に催進したるのみならず、意識的語源論の発生にも夥多の材料を供給するに至れり。(7)

この説の眼目は、地名の文字化が漢字の借用によって行われたという現実を、単に説話形成の背景に止どめるのではなく、むしろ、そのもっとも直接的な原因とみなすところにある。理論先行型のこの仮説を検証する手だては、未精撰本ないし稿本ともいわれ、編纂途上の作業模様を伝える播磨国風土記には、いくつか見出されるように思われる。

　この風土記がみせる雑然とした多様さは、先に述べたように、まず、叙述の性格によって「地名説明記事」と「地名起源説話」に大別することができる。前者が、「地勢による命名」と「居住者による命名」から成ることは、すでに指摘した通りである。後者についてはどうであろうか。「地名起源説話」と仮称したこの話群は、標目の地名と記事中の説明語辞にずれがあり、地名の由来が付会的に説かれるケースであった。わたしたちは、ごく表面的な観察からも、その付会が、会話中のことばで行われるばあいと、行為中のことばで行われるばあいの二通りがあることを、すぐさま見て取ることが出来る。これには、さして深い訳がないように感じられるのであるが、そこに、文字表記という観点を導入すると、両者は際立った対照を示すのである。

A波加《ハカ》の村　国占めましし時、天の日槍の命、先に此処に到り、伊和の大神、後に到りましき。ここに、大神大きに恠《あやし》みて、のりたまひしく、「度《はか》らざるに先に到りしかも」とのりたまひき。故、波加の村といふ。（宍禾郡）

B麻打《あさうち》山　昔、但馬の国の人、伊頭志の君麻良比、此の山に家居《いへゐ》しき。二《ふたり》の女、夜、麻を打つに、即ち麻を己が胸に置きて死《う》せき。故、麻打山と号く。（揖保郡）

　この二例は、全体の傾向を要約するために示したものである。説話化された地名由来のうち、あるものは会話中のことばで、あるものは行為中のことばで地名の起源が説かれるのであるが、その区別が、一定の明確な基準によって、意図的に行われたと判断するのは無理であろう。ただし、何らかの識別意識はあったと思われる。ともかく、文字表記の面に現れた様相を観察すると、会話中で説かれる地名は、Aのように字音で表記される傾向にあり、行為中で説かれる地名は、Bのように訓字で表記される傾向をもつ。もっとも、それは、あくまでも全体の傾向として看取される事実であって、会話中で説かれる地名が訓表記のものもあるし、反対に、行為中で説かれる地名が音仮名となっているケースもいくつかある。そもそも、播磨国風土記に登録されている二六〇あまりの地名は、その表記形態に注目してみると、数例の音訓混用表記を除いた外は、字音表記と訓字表記が、表面上は、ほとんど無秩序に混淆する様相を見せている。そのような状況を無視して右の二例をピック・アップするのは何の意味もないので、ここに、記事の性格と文字表記の傾向を、全体的に俯瞰してみたいと思う（次頁表）。

掲示した表は、「都太川《ツダ》　衆人《もろびと》、え称《い》はず」（宍禾郡）と「奈具佐山《ナグサ》　其の由を知らず」（神前郡）の二例、および、「長畝川《ながうね》」「馬墓池《うまはか》」「餝磨《シカマ》の御宅《みやけ》」（餝磨郡）・「生野《いくの》」（神前郡）等の所属不明の記事を除いた他のすべてを、出来るだけ二種のいずれかに振り分けて作成してある。見方によっては多少の出入りがあろうが、所属の曖昧なケースはごくわずかなので、全体の傾向を把握する上では、さして影響がないものと判断したい。そこで、記事の種類と文字表記の間に認められる連動関係を読み取ってみると、次の三点が指摘できよう。

①播磨国風土記全体としてみれば、地名は、訓表記される傾向にある。音表記との割合は、「総数」の数値から、大まかに言って二対一の比率とみることが出来る。説明型の「居住者による命名」

| 類型（数） | | 命令語辞（数） | | 表記（数・大略%） | | | 備考 |
|---|---|---|---|---|---|---|---|
| | | | | 音 | 訓 | 音訓 | |
| 地名起源説話 | 165 | 会話 | 39 | 26（67%） | 12（31%） | 1（2%） | 音訓仮名32（82%） 訓字7（18%） |
| | | 行為 | 126 | 32（25%） | 92（73%） | 2（2%） | 音訓仮名37（29%） 訓字89（71%） |
| 地名説明記事 | 85 | 地勢 | 51 | 4（8%） | 47（92%） | 0（0%） | |
| | | 居住者 | 34 | 13（38%） | 21（62%） | 0（0%） | |
| その他 | 10 | | | （音3 訓6 音訓1） | | | |
| 総数（地名由来記事） | 260 | | | 78（30%） | 178（69%） | 4（1%） | |

と、説話型の「行為中の語辞による命名」は、ほぼその傾向に沿っている。

②ところが、説明型の「地勢による命名」は、大半が訓表記となっており、①の傾向を大きく逸脱している。

③また、説話型の「会話中の語辞による命名」も、音・訓の比率が、①の傾向と逆転している。しかも、訓表記のなかに訓仮名的なものが多くあり、仮名（音仮名・訓仮名）と正訓的な表記との比率をとれば、仮名表記が目立って優勢となり、別の意味で①の傾向を大きく逸脱している。

これらの事実は、いったい何を意味するのであろうか。記事の性格と文字表記の連動は、説話型の二種ばかりでなく、説明型の二種においても顕著である。播磨国風土記は、他の風土記に比べて、和銅六年の官命で指示されている「好字」改定の度合が少ないとされ、旧来の地名用字を多く踏襲して、「最も素朴な地名用字のあり方を示している」(8)と言われる。しかし、大局的には、①にみられるように、地名を訓表記する傾きにある古風土記全般の趨勢と歩調を合わせている。播磨国風土記の地名用字に特徴があるとすれば、それは、②と③に対照的に現れた文字使用の在り方であろう。地名の由来を説く形式の背後には、地名が文字化されるときの事情が隠されており、そして、おそらく、その事情の中から「地名起源説話」が生み出されてくるのである。

「地勢による命名」の大半が訓表記になっているのは、先にも述べたように、土地の自然的な景観や人文地理的な環境が、そのまま字義面に刻み出されているためである。この類の地名表記は、ほぼ正訓的な表記とみてよい。追加して例を示せば、「舟引原《ふなひき》」（賀古郡）・「大鳥山《おほとり》」「出水《いづみ》の里」（揖保郡）・「速湍《はやせ》の里」「舟引《ふなひき》山」「塩沼《しほぬま》村」（讃容郡）・「湯川《ゆかわ》」「川辺《かわのべ》の里」（神前郡）・「楢原《ならはら》の郡」「山田《やまだ》の里」「河内《かふち》の里」「川合《かはひ》の里」（賀毛郡）などである。これらの地名表記は、語義とそれが指し示す土地の形状の間に意味のずれがないと思われる。地名が正訓で文字化されるというのは、そのような事情をいうのであり、したがって、一般的な正訓表記とは若干の区別がある。先の表によると、説話型の「行為中の語辞による命名」でも、訓表記の地名は数多くあるが、それは、例えば次のような形をとっている。

A 鈴喫《すずくひ》岡　鈴喫と号《なづ》くる所以《ゆゑ》は、品太《ほむた》の天皇のみ世、此の岡にみ田《かり》したまひしに、鷹の鈴堕落《お》ちて、求むれども得ざりき。故、鈴喫岡と号く。（揖保郡）

B 奪谷《うばひたに》　葦原志許乎の命と天の日槍の命と二はしらの神、此の谷を相奪ひたまひき。故、奪谷といふ。（宍禾郡）

「鈴喫（岡）」や「奪（谷）」は、同じグループに属する「六継《むつぎ》」（賀古郡）や「日女道丘《ひめじおか》」（餝磨郡）などのような訓仮名地名と比べると、語としては、正訓とみなしてよいと思われる。けれども、地名表記として見たばあいは、いわゆる正訓とは認め難い。なぜなら、「鈴喫」や「奪」は、字義通りの意味では、土地の形状や環境を描き出さないからだ。これらは、先に挙げた「手苅《てがり》丘」や「稲種《いなだね》山」と同じく、宛て字とみるべきであろう。要するに、地名表記としては訓仮名なのである。説話型の二グループを通じて、訓字の地名はゆうに百例を超えるが、その大多数は訓仮名（宛て字）であるとみてよい。その点を念頭に置いて、次に、錯綜した様相をみせる説話型の「会話中の語辞による命名」に視線を転じてみよう。

A伊都《イツ》の村　伊都と称《い》ふ所以は、御船の水手《かこ》等のいひしく、「何時《いつ》か此の見ゆるところに到らむ」といひき。故、伊都といふ。（揖保郡）

B伊夜《イヤ》丘は、品太の天皇の狩犬、猪と此の岡に走り上りき。天皇、見たまひて、「射よ」とのりたまひき。故、伊夜岡といふ。（託賀郡）

これらを典型例として、「麻跡《マサキ》の里」「多志《タシ》野」（餝磨郡）・「宇波良《ウハラ》」「伊奈加《イナカ》川」（宍禾郡）・「多駝《タダ》の里」（神前郡）・「支閇《キヘ》丘」「都太岐《ツタキ》」（託賀郡）など、このグループにおいては、全体の傾向に背いて、訓字よりも音仮名表記の地名が目立って多いのであるが、一瞥して看取されるように、それらは語義がはっきりせず、そのため、語としても訓字が当てにくいケースである。意味の判然としない語形を字音表記するのは、和語の文字法として、当時は、むしろごくありふれた用法であった。けれども、ここでは、そのような意味不明の語の由来が、会話中の語によって説かれる傾きを見せるところに問題がある。音訓の別によらず、仮名表記を基準にしてみると、「英馬《アがま》野」（餝磨郡）・「宍禾《しさは》の郡」（宍禾郡）・「端鹿《はじか》野」「小《を》目《め》野」（賀毛郡）などが、訓仮名ないし音訓交用の仮名表記となっている。表の備考に記したように、地名を会話中の語辞で説く類型において、この種の用字は八〇%を占めており、全体の傾向に比べて著しい対照を示している。

行為中の語辞で説く説話型においても、訓字の表記はほとんどが宛て字と考えられるので、語義不明の地名が説話化されるという一般の認識は、むろん否定すべくもない。しかしながら、この通念は、会話中の語辞で説くケースにみられる右の傾向を、はたして、納得のいくように説明できるであろうか。

仮名表記の地名が、会話のことばで起源づけられる遠因は、地名が文字化される初期段階にまで溯るにちがいない。地名の文字化は、おそらく例外なしに仮名表記で開始されたので、仮名で表記される地名の由来記事には、土地の名の文字化がもたらす問題が集約されると考えられるからだ。

## 4　語源学と地名学の間

はじめに引いたように柳田国男は、地名とは「二人以上の人の間に共同に使用せらるる符号」であると述べている。ここに言う「符号」とは、柳田によれば、「社会の暗黙の決議を経ている」名称のことである。柳田は、さらに、土地の名が、ある特定の場所を指示する「地形語」として発生したとする見地に立って、「われわれがはじめて土地に名をつけたときには、名詞の普通・固有の区別などはなかった」とも述べている。土地の名の機能と発生に関しては、これで十分であろう。

しかし、土地の名の符号性と、発生時における「地形語」としての名称は、相入れない対立関係をはらんでいる。柳田は、そこに、〈地名の忘却〉という事態の生じる要因があるとみている。土地の名が忘れられるのは、人々の記憶能力に原因があるからではない。発生時に特定の一地点と結合していた地形語は、時代とともに、その範囲を、より広い地域へと拡張していくが、一方、符号としての地名は、発生形態のままで踏襲されるために、どうしても「命名の本意は埋もれやすい」のである。その埋もれた地名の原義を掘り起こすのが、今日の地名学であると言ってよい。柳田国男がこの分野に力を注いだのは、次のような信念があったからである。

人と天然の関係、人が山川原野に対して、古来いかなる態度をもって臨んでいたかを知ろうとすれば、これに応用せられていた国語の意義、ある言葉をある地形に結びつけた最初の動機を、尋ね究めずにはいられまいと信ずる。(9)

むろん、風土記の時代においても、土地の名の忘却は避けられるものではない。風土記に載せられる数多くの地名起源説話は、紛れもなく〈命名の最初の動機〉を説き明かそうとしているので、当然のことながら、そこに、すでに地名学的な志向が存していたと言ってよいであろう。土地の名の忘却と、土地の名の起源化が無関係であるはずはない。とはいえ、両者を直接的な因果関係でつなげることはできない。名の忘却と説話形成の間には、高木敏雄が述べたように、土地の名の文字化という事態が介在しているからだ。風土記の地名起源説話が、忘れられた「命名の本意」を回復しようとしているのは確かだとしても、それは、必ずしも、今日の地名学と同じ流儀で行われたわけではない。風土記の編述者は、地名の文字化と命名の説話化という古代的な知の地平に立って、彼らなりに独自な方法の発見に迫られていたはずである。

そこで、ひとつ解決しておかねばならないのは、土地の名は、説話的な文脈を下敷きにして文字化されるのか、あるいは、まったく逆に、説話の方が、文字化された地名表記をベースにして形成されるのか、という問題である。説話が先か、それとも、表記が先なのか。この先後関係は、次に掲げるようなケースを見比べて判断すべきであろう。

A邑智《オホチ》の里　品太の天皇、巡り行でましし時、此処に到りて、勅《の》りたまひしく、「吾は狭《と》き地と謂《おも》ひしに、此は乃ち大内なるかも」とのりたまひき。故、大内と号く。（揖保郡）

B伊加麻《イカマ》川　大神、国占めましし時、烏賊《いか》、此の川に在《を》りき。故、烏賊間川といふ。（宍禾郡）

C手苅《てがり》丘と号くる所以は、近き国の神、此処に到り、手以て草を苅りて、食薦《すごも》と爲しき。故、手苅と号く。（餝磨郡）

D稲種《いなだね》山　大汝の命と少日子根の命と二柱の神、神前《かむさき》の郡埴岡《はにをか》の里の生野の岑に在して、此の山を望み見て、のりたまひしく、「彼の山は、稲種を置くべし」とのりたまひて、即ち、稲種を遣りて、此の山に積みましき。山の形も稲積に似たり。故、号けて稲種山といふ。（揖保郡）

右のAとBは、標目の地名表記と、説話中の地名表記が喰い違うケースであり、CとDは、両者が一致するケースである。前者では、説話中に〈故、号○○〉の形式で記される表記が、標目の形と違っているのであるが、なぜそのようになるかは、この二例を見れば理解できるはずである。要するに、「大内」や「烏賊間川」は、説話中の文脈に結合した用字なのである。標目の表記が、仮りに、説話中の文脈に規制されているのであれば、その用字は、当然〈故、号○○〉の部分と一致していなければならない。そうなっていないのは、説話よりも、標目の用字が先行していたからである。風土記の編述者は、仮名表記の標目地名に解釈を加え、そこから説話を作り出しているわけである。標目と説話中の用字が一致するCとDに関しても、これに準じて考えるべきであろう。すなわち、そこでも、「手苅（丘）」だとか「稲種（山）」という文字表記がすでに存したのであり、説話は、その地名を字義通りに解釈して作成されるのである。訓字表記（宛て字）の説話だけに目を奪われていると、うっかり逆の判断をしかねないので注意する必要がある。

このように、標目の用字と説話中の用字が一致しているか否かの区別は、説話形成という点からは、ほとんど見掛け上の相違に過ぎない。いずれのばあいも、説話は、文字化された地名の解釈作業を通して形成されている。説話の形態に種別の差が生じるのは、既存の地名表記に用字上の区別があったことに起因するので、説話の形成に主たる関わりをもつのは、あくまでも、説話に先行する地名の文字表記なのである。そうすると、地名起源説話の形成を問う前に、まず、地名の文字化という問題が問われねばならない。土地の名が文字化されるときに、いったい、どのような事態が発生したのであろうか。

たとえば、テガリと呼ばれる丘がある。このばあい、テガリは土地の名であって、単なるテガリということばなのではない。土地の名というのは、柳田の説を借りて言えば、共時的には符号であるが、通時的にみると、地形を指示する一般のことばに発生した名称である。そして、地名のもつ「拡張性」と「踏襲性」という相入れない二面性のために、その本義は容易に忘れ去られてしまう。けれども、そのこと自体は、地名の役割という方面には少しも支障をきたさないであろう。テガリは、それが土地の名である限りにおいて、その本義がどうであれ、ただ、そのことばが、〈他の場所と区別されたそこ〉を指示しさえすればよいからだ。地名が「社会的な決議を経た符号」であるということの真意は、それが、ある特定の土地を他と区別し、差異化するための記号に他ならないことを意味する。これを通時的に展開してみれば、テガリという地名の発生時点では、アイヌ人と同様に人々は、自然が造形した多様性を、大地に書き込まれている差異として読み取り、そして、それをテガリという語（記号）に写し取ったはずである。

　テガリの原義は不明といか言いようがないが、今日の地名学は、テガリのテガを、ツガやトガと同じく「崖」の意の古語とみている。また、イナダネに関しても、イナは「砂地」を意味するヨナの転、タネは「谷」だとか「棚」の意であるらしい[10]。テガリやイナダネも、元来は地形語であった可能性が強いのだ。しかし、たとえ語源学的に蓋然性の高い分析であっても、それらは、やはり推定の域を脱することはできない。いずれにせよ確かなことは、テガリやイナダネは、地形語としては、かなり早くからすでに化石語になっていたのであり、ただ、土地の名の「踏襲性」によって根強く残存していただけである。だが、たとえその原義が不明であっても、〈そこが他と区別されたテガリ、あるいはイナダネと呼ばれる場所〉を指すという機能がなくならない限り、地名としては十分に生きている。なぜなら、先にも述べたように、ひとたびテガリやイナダネという名称が公認された後になると、発生時における命名の動機は背後に隠れてしまい、それらの符号は、もっぱら、場所の標識としてのみ機能するようになるからである。名として通用しているときは、土地の名は、もはや語義の次元で意味機能を果たしているわけではない。裏返して言えば、地形に根差す命名の動機、すなわち地名の語義というのは、土地の名にとっては、かえって不要の長物なのである。

　ところが、この不要の長物は、土地の名が文字化される際には、不可避的に明るみに晒されることになろう。もっとも、土地の名が字音に表記される初期の段階にあっては、地名の語義は、まだ表立って意識されないが、しかし、風土記の時代ともなると、和訓の体系が全般的に形成されつつあるので、播磨国風土記にも示されている通り、地名の用字には訓表記が優勢になってくる。土地の名が根本的に問いただされるのは、おそらく、それが訓表記される時点においてであろう。地名としてのテガリやイナダネは、意味を担ったことばと言うよりは、土地の標識としてだけ機能する音声記号であるが、訓字に表記されるときには、当然のことながら、語義との照合を強いられることになるからだ。土地の名は、そこで一旦〈ことばそのもの〉の次元に引き戻されるのである。このことは、何を意味するであろうか。

土地の名とは、言うまでもなく固有名である。だから、仮りにそれが普通名に発したとしても、ひとたび固有名として機能し始めると、もはや一般の名称とは異質な性格を帯びるようになる。例えば、普通名としての「菅生《すがふ》」は、言語学にいうように、音形（シニフィアン）と意味（シニフィエ）との間で閉じられる記号であるから、スガフは、心象概念としての「菅生（菅原）」と結合するだけで、現実に存する具体的で個別的な「菅生」、つまり、指向対象（レフェラン）と結合しているわけではない。けれども、固有名としての「菅生」のばあいは、スガフという音形が指示する内実は、意味内容（概念）であるよりも、直接的には〈スガフと呼ばれる場所〉である。このように、地名の言語記号（符号）は、すべて、その指向対象と一義的に対応しているところに特色がある。それが、地名として機能しうるための不可欠な要件であることは言うまでもない。

スガフという地名を「菅生」と記し、かつ、その文字表記が起源的に説話化されることなく、そのまで土地の名として機能しうるのは、文字に示される字義が直に土地の形状を表し、したがって、文字表記もまた土地と結合しているからである。一方、テガリやイナダネが、「手苅」・「稲種」と表記されて、その名が説話的に起源化されるのは、文字化の段階で、地名と場所との一義的な結合関係が断ち切られてしまうことに起因する。土地の名は、表記された字義のために、土地の現実的な環境なり景観から遊離し、〈ことばそのもの〉の次元で一人歩きを始めるのである。そのような名は、何らかのかたちで、再び〈土地の名〉の次元に引き戻しておかねばならない。そこに、名の起源化という方法が採られる必然性があった。

したがって、いわゆる地名起源説話なるものは、地名の〈ことばとしての原義〉を探求していると理解すべきではない。なぜなら、地名の意味が不明であるというのは、厳密にいえば、その語義が不明になっているのではないからだ。他の場所と区別して、なぜ、そこがテガリならテガリと呼ばれるのか、その由来が不明なのである。要するに、場所と名の結合理由が不明になっているわけである。問われているのは、あくまでも名の由来であって、名の原義ではない。すでに確かめているように、説話的に由来が語られるのは、地形語としては、もはや意味が不明になっているケースであった。〈ことば〉の面から土地の名の由来が説けないのであるから、語義による土地への結合は放棄せざるをえない。そこで、それに代わる等価物として見出されてくるのが、その土地に伝わる伝承である。説話の制作者は、土地から遊離した地名を、その土地に伝わる伝承の文脈に組み込むことによって、再び名と土地との一義的な対応関係を回復しようとするのである。秋本吉郎は、地名起源説話が、在地の伝承に縁を求めて形成されると述べていたが、その指摘の妥当性は、ここで改めて確認することができよう。

先の表に示される通り、播磨国風土記は、字音表記の地名が会話中の語辞によって説かれる傾向にあった。その理由は、右の考察から類推すればそれなりに納得がいくはずである。

A「鹿は、既《はや》く彼《そ》の嶋に到り着きぬ」………伊刀嶋（揖保郡）イタリ―→イト
B「何時か此の見ゆるところに到らむ」……伊都村（揖保郡）イツカ―→イツ
C「此の山は、踏めば崩るべし」………久都野（讃容郡）クヅル―→クヅ
D「度らざるに先に到りしかも」………波加村（宍禾郡）ハカラザル―→ハカ
E「於和、我が美岐に等《まも》らむ」………於和村（宍禾郡）オワ―→オワ
F「此の水有味し」………………………都麻里（託賀郡）ミヅウマシ―→ツマ
G「縫へる衣を櫃《ひつ》の底に蔵めるが如し」……伎須美野（賀毛郡）キスメル―→キスミ

ざっとこの種のケースを眺めて、わたしたちは、これらを、付会だとか語呂合わせとみなすだけでよいのであろうか。こじつけと言えば、まさにその通りである。風土記の編纂者のおおらかさが偲ばれるが、そのように見えるのは、わたしたちが、意味的に文脈を辿るからである。けれども、例えば〈ミヅウマシ→ツマ〉などを意味のつながりで読むのは、土台無理な話であろう。これらは、決して意味的な付会を狙ったものではない。ただ単に、音形の類似で結合されているだけである。つまり、この種の「会話による命名」は、語義（シニフェ）の起源を説いているのではないと考えるべきである。あくまでも、その音形（シニフィアン）の由来を説き明かそうとしているのである。再三述べたように、土地の名にとっては、語義というのは不要の長物であって、地名が、土地の標識として通用される際により本質

的に機能するのは、言語記号の音形面に他ならない。字音で表記され、語義との照合が困難な土地の名は、訓表記される地名よりも、かえって地名の本質に直結していよう。そのような名が、会話中の語辞に掛けて起源づけられるのは、発語されることばの方が、よりストレートに、土地の名が音形であるべき本質を示しやすかったためである。

土地の伝承に組み込まれた会話は、「於和、我が美岐に等らむ」のオワに象徴されるように、もっぱら、発語される声の響きで以って読み取らねばならないのだ。

## 5 おわりに

topos（場所）の学としてのtoponomy（地名学）は、古来、厳密な学としての語源学とは無縁であった。そのため、地名の学に言語学の手法が導入されるようになってから、それは、folk-etymology（民間語源説）の名で貶められてきた。しかし、言語学的な地名学が名の原義を明るみに出すのと裏腹に、おそらく、土地の名の本質は見失われたのである。播磨国風土記のトポノミーは、さいわい、そのような弊害から免れているので、わたしたちは、このテクストを読むことによって、土地の名の生きた姿を思い出すことができる。

いずれにしても、古風土記の編述者がもっとも意を注いだのは、土地の名が文字化されるときに添付される余分な〈語義〉を、いかにして、その土地に根付かせるかという厄介な問題であった。その際、在地の伝承は、地名の文字が主張する語義のために、土地の名が〈ことばそのもの〉としてひとり歩きするのを防ぐ役割を担わされる。土地の名の文字化と、地名起源説話の形成は、このように、逆説的な因果関係をもっている。だから、土地の名に「好字」を付けよという中央の官命は、在地の側からすれば、たとえその意図がなかったとしても、地名起源説話の形成を促す通達に他ならなかったのである。

# モノとコトの間――モノガタリの胚胎

## 1　文字の裏側のモノガタリ

青角髪　依網原　人相鴨　石走　淡海県　物語為（7・一二八七）

青みづら依網《よさみ》の原に人も逢はぬかも石走《いしばし》る近江県《あふみあがた》の物語せむ

忘哉　語　意遣　雖過不過　猶恋（12・二八四五）

忘るとやものがたりして意遣《こころや》り過ぐせど過ぎずなほ恋ひにけり

上代におけるモノガタリということばの使用例は、物語論者がしばしば指摘するように、これらの歌に見出される。一首目は人麻呂歌集の旋頭歌、二首目も人麻呂歌集歌で、典型的な略体歌である。日本書紀でも、「談」（神代紀上）・「言談」（雄略即位前紀）・「語話」（皇極紀元年四月）などが、古くからモノガタリあるいはモノガタリゴトと訓まれてきた。一首目の旋頭歌がとりわけ貴重なのは、それが確実にモノガタリと訓める点にあるが、考えてみると、「物語」は生粋の和製熟字である。漢語としては少し異様で、『佩文韻府』はもとより現行の『中文大辞典』にも登録されていない。唐土の人々は、おそらくこのような文字遣いをしたためしがあるまい。一方、「語」「談」「言談」「語話」などはむろんれっきとした漢語である。だからこそ和訓が問題となる。モノガタリの主な語義は、「四方山話・歓談・語らい」、「乳児の片言」、「筋や内容のある話」「物語作品」の四類に分けられている。用例は、「四方山話・歓談・語らい」の意がもっとも多いだろう。「物語作品」の意が主流となるのは中世以降のことであり、それと前後してこの語の本義は、ハナシ（咄・話）という新語に引き継がれていくので、モノガタリとは、すなわちハナシのことであると言ってよい。これを普遍的な用語で言えば、言語行為（parole《パロール》）ということになろう。「物語」に付着しているわたしたちの語感は、しばらく棚上げにした方がよい。右にあげた「語」「談」などの漢語は、ほぼ日常の談話を意味しており、「詔」や「誦」などのように特別な発話行為ではない。それらは、モノガタリと訓むのにさほど不都合はないと思われる。

訓みに疑問の生じない「淡海県物語」は、「物語」という二文字がきわめて問題となる。この表記は上代では孤立して異例である。なぜ漢語で記されなかったのであろうか。不自然なこの熟字は、なんらかのかたちで、意識的に選びとられているのではないか。そこには、正訓表記にはおさまりきらない何かがあったのだろう。文字の裏側にあるモノガタリは、おそらく「物」においてその影を現わしている。この二文字が問題となるのは、そこに、姿を見せたモノの存在が確認できるからである。モノガタリというのは、どのような意味で用いられようとも、すべて、何らかの言語行為にかかわる。そのように呼ばれたことばの体験である。だから、モノガタリということばの意味は、その体験の意味でなければならない。そして、モノガタリとは、モノにおいてある種の特性を帯びるようなことばの体験であった。

「物語」といううぶな文字遣いが、そのことをはっきりと裏付けている。「語」という漢語からはみ出たモノへの自覚が、ことばの体験を、母語の脈絡で表記させたのであろう。

　人麻呂歌集の「物語」を離れて問題とすべきことは、上代におけることばの体験とモノとのかかわりである。言語行為、つまりモノガタリは、どのようなかたちでモノへの自覚を促していったのか。モノの意味は、モノの存在が意識されていく過程に即して明らかにされねばならない。この問題を上代のことばの世界で考えるためには、コトというもうひとつのことばを視野におさめる必要があろう。なぜなら、コトはコトバという語の古代語だからである。ことばの体験は、上代においてはコトの体験であった。コトとのかかわりのなかからモノへの自覚が生じてくる。あるいは逆に、モノへの意識が、コトの体験に反省を強いるようになる。モノガタリがコトの行使であるという二者相即は、それ自体としては、すぐれて上代に特有の現象であるから、モノをコトとの相関においてとらえるのは必然であろう。しかし、そのことは、どちらかといえば問題に接近するための糸口とみるのが正しいように思われる。モノといいモノガタリといい、これらは、いまのわたしたちにとっても決して他人ごとではないからである。問題の核心は、モノの意味の普遍性である。そしてまた、コトという古代語に秘められた言葉の本質である。モノガタリが、文学の形態として超時間的な生命をもちえたいちばんの要因も、おそらくそのあたりに隠されている。

　とはいえ、物語作品は文字の地平に成り立つ構築物である。その裏側にあるモノガタリは、成長し、脱皮を繰り返して、止むことなく変成し続けることばの運動である。それは、つねに生成の相にある。

その持続する活動の根源的要因となっているのは、モノとコトの相克であろう。

## 2　モノの体験と意味

モノということばは、いまでもかなり複雑な性格をもっている。物体を指示して固い輪郭を鎧いながら、「ものがなし」のように、外郭のない溶液にも融けあってしまう。一方は外界の固形物であるし、他方は、こころの深みに蔓延する気分である。どちらが本ものかといった穿鑿は無用で、言うまでもなく、その両方に同じ程度モノの本質は作用していると考えるべきであろう。けれども、モノとは何かという正面きった問いには、なかなか答えにくいものである。答がむずかしいという以前に、まず、答え方に難渋するという面がある。このことは、「ものがなし」のモノには特に言えるので、さし当たり、その辺に注意を向けてみる必要がある。

この類いのモノは、決してある形態をとって対象化されることはない。無形の認識対象は、ふつうには理念や概念、ないしは象徴というかたちで呼ばれるが、しかし、「ものがなし」のモノは、そのような範疇にもあてはまらない。これをどのように説明すればよいのであろうか。接頭語のモノは、はっきりしない、曰く言い難いもの、なんとなく、ばくぜんとしたものである。辞書的な説明は、いつもそのような言い方に終始する。語義としては、そのようにしか説明できないのであろう。あいまいではがゆい思いがするが、それを否定することはできない。「ものがなし」は、なにかばくぜんとした悲しさ

(哀しさ)なのである。当今の物語論者は、このような不確かなモノを嫌って、モノガタリのモノをより確実な、物体としてのモノから解き明かそうとしている。しかし、この点はよほど慎重を期した方がよい。モノガタリのモノが、「ものがなし」のモノと親密であるという直観は、そう簡単には無視できないように思われるからだ。

　ここで少し角度を変えて考えてみると、「ものがなし」のモノがどうにも説明しにくいのは、それが、確かな手触りではとらえられない情動であり、気分だからである。したがって、それは、ただそのように感じるというかたちでしか把握できない。あいまいで、とらえどころはないが、そのような気分としては、曰く言い難いほどに充溢している。それは、反省だとか分析に先立ってあらわれるこころのうごめきである。心的な体験としては押え難く感知されるが、しかし、その何たるかをはっきりと説明することはむずかしい。「ものがなし」のモノとは、このように、体験することによってしか知りえないこころの様態である。それは、すぐれて直接的な体験なのである。モノとは何かという問いに答えにくいのも、そのようなところに原因があろう。何かを問うことは、問う側をその対象から引き離し、一定の距離をへだててそれを注視することであるが、モノは、問いかけるその意識の裏側にへばり着いて、なかなか引き剝れようとしない。「ものがなし」は、意識的な反省を断念して、その体験に浸りきるときにはじめて生々しく感受される。それをありのままに記述すれば、やはり〈ばくぜんとして捉えどころのないもの、なんとなくそのように感じられるもの〉としか言い様がないであろう。説明としては不透明だが、体験から感知される語感は、かえって、そのようなあいまいな記述のなかに掬い取られる。モノの意味を考えるときには、絶えず、この直接体験の世界に立ち帰らねばならない。モノの原義論は、この生の感覚をむりに糊塗しているのではないだろうか。

モノガタリの発生に関する三谷栄一の学説[1]は、現在のところ否定される趨勢にあるといってよい。しかし、モノを神秘的な霊威とみなして、モノガタリが、元来は「精霊《モノ》のカタリ」であったとするその見解は、モノの古代的な体験に即して立論された強みをもっている。「ものがなし」が、「ものの怪《け》」に脅える人々の心的体験であったことは確かであろうし、また、神々が信仰の母胎を失って零落し、それが広く巷間に浮遊して精霊《モノ》となったという図式も、民俗信仰の変遷をとらえるうえで有効である。とは言え、実際の物語作品はどれをとっても、「精霊《モノ》のカタリ」とするには無理がある。三谷説は、肝心の物語文学発生の契機をとらえきれないので、どこかに根本的な弱点をもっている。そのように考えざるをえないが、この点を批判する気鋭の物語論者は、はたして、モノの体験を納得のいくように解き明かしているであろうか。

三谷説への批判は、民俗学との訣別という方向で行われている。そこで論じられているのは、モノの意味を、「存在(物)」との関係において明らかにするというかなり厄介な問題である。モノガタリ論にこの視点をはじめて導入した三谷邦明は、モノが存在物を指すのは、モノということばが、存在する物を対自的・対他的に対象化するはたらきをもつからであるとする。モノ＝ガタリとは、即自的なカタリではなく、対自＝対他的なものとして自立した作品(存在物)であるというのが、その所説の趣旨である。[2]藤井貞和が「モノは、存在を一般的に、非限定的に指示しうる語」であり、モノガタリなるものの深淵は、「存在を指示する機能」に求められるべきであると主張するのも、(3)三谷邦明の視点に立ち、さらに、モノの「一般的・非限定的」な対象化作用を重視した論である。

このような議論の火付け役となったのは、大野晋によるコト／モノの本議論(4)であった。コトは「時間的に推移し、進行していく出来事や行為」を指すが、これに対して、モノは「存在物であり、人間が認識しうる対象のすべてを指す語」であって、その対象は時間的経過に伴う変化がない。新たに物語論の基準となった大野説の特色は、モノの本義を存在物や物体としてのモノに求め、「ものがなし」などのモノは二次的な派生であるとするところにある。つまり、物体としてのモノは不動の確実性をもつので、「一般的普遍的存在」の意に抽象化され、そこから単刀直入のもの言いを避けるために、「一般化して分らないように」対象を指示する接頭語的な用法が生じるとする。これを承けたのが先の藤井説であるが、しかし、モノガタリを、「存在物を一般的・非限定的に対象化する」ことばと考えるのは、どうみても抽象的である。モノガタリの本性は、このように干からびたイメージでしか描き出せないのであろうか。精霊《モノ》説はまだ余命を保っている。物と霊の古代的有縁性を説く高橋亨の見解(5)は、空洞化した議論への自省であろう。大野説は、けっしてそのまま是認し得る性質のものではない。そこで、少し溯って和辻哲郎の次のことばに注目してみたい(6)。

「もの」は意味と物とのすべてを含んだ一般的な、限定せられざる「もの」である。限定せられた何ものでもないとともに、また限定せられたすべてである。究竟の Es であるとともに Alles である。

モノは確かに「存在物」である。しかし、それは、あくまでも意味づけられた限りでの対象である。そして、それがたんにモノと呼ばれるのは、意味づけのもっとも源初的な局面においてである。和辻の言う「一般的な、限定せられざる」モノというのは、先に引用した藤井の言い方と同じであるが、しかし、そのようなモノは「究竟のEsであるとともにAlles」なのである。大野も藤井も、すでに個別化されたEsとしてのモノしか視ていない。むろん、そのようなモノは、いちいち例をあげる必要がないほど日本語としてごく当たり前の用法である。念のため、分かりやすい事例を示してみる。

殺さえし神の身に生《な》れる物は、頭には蚕《こ》生り、二つの目には稲種生り、二つの耳に粟生り、鼻に小豆生り、陰《ほと》に麦生り、尻に大豆《まめ》生りき。（神代記）

将《も》て来る物は、羽太《はふと》の玉一箇・足高の玉一箇・鵜鹿鹿《うかか》の赤石《あかし》の玉一個・出石《いづし》の桙《ほこ》一枝・日の鏡一面・熊の籬《ひもろぎ》一具、幷せて七物《ななくさ》あり。（垂仁紀三年三月）

「殺さえし神の身に生れる物」だとか「将て来る物」のモノとは、それ以下に列挙される具体物の総称である。個別性を捨象しているので、そのようなモノは、当然一般的で非限定的だが、あくまでも個物の一般化であり、非限定化である。この種の用法は、たとえば「机代《つくゑしろ》の物」などとまったく同じで、とりたてて言うほどのものではない。このばあいも、「物」は一般化する語であるが、「机代の」によって個別化されたモノである。これらの「物」は、個別化されたモノの非限定化であるから、Es（個別的に特定されたそれ）か、もしくはそれらの総和でしかない。それならば、和辻の言う「究竟のEsであるとともにAlles」であるようなモノとは、具体的にはどのようなものをいうのであろうか。Es＝Alles

が成り立つのは、そのEsがまだ個別化されていない状態にありつつ、しかも、その全一的なAllesが、〈それ（Es）〉としか呼びようのない在り方で存在するようなばあいであろう。試みに、書紀の用例を点検してみると、そのようなモノは確かに存在するようなのである。

a天地の中に一物生れり。状《かたち》葦牙《あしかび》の如し。（神代紀）

b天地初めて判《わか》るるときに、一物虚空に在り。状貌《かたち》言ひ難し。（同右）

c国の中に物生れり。状葦牙の抽《ぬ》け出たるが如し。（同右）

d皇子、山の上より望《おせ》りて、野の中を瞻《み》たまふに、物有り。其の形廬《いほ》の如し。（仁徳紀六十二年）

e割《さ》きて観《み》れば、腹の中に物有りて水の如し。（雄略紀三年四月）

f蒲生河に物有り。其の形人の如し。（推古紀二十七年四月）

g物有りて罟《あみ》に入る。其の形児の如し。魚にも非ず、人にも非ず。名《なづ》けむ所を知らず。（同右七月）

h物有りて錦の如くにして、難波に零《ふ》れり。（天武紀七年十月）

i物有りて、形、灌頂幡の如くして、火の色あり。（同右十一年八月）

ここに並べたモノが、先に見た類いとどのように違うのかは、少し注意すれば気がつくであろう。これらのモノは、個別化された物体を指すのではない。個別化というのは、その物を他と区別し、差異化することであるから、その弁別されたモノは、それに固有の名を与えられる。個別化されたものは、各々の名において自他を区別する。ところが、右に列挙したモノは、確実に存在するにもかかわらず、「状貌言ひ難し」（b）や「名けむ所を知らず」（g）とある通り、どれも、特定の名において呼ぶことのできないものである。しかも、それらは例外なく「状（形）～の如し」といったように、譬喩的に記されている。つまり、それらは、個別化され名辞化される以前にとらえられる何ものかの隠喩的な現われなのである。その何ものかは、視覚によって感受されているので、喩的にイメージされるしかない。名において確認され、識別される以前に、存在するおおよその物は、そのようなかたちで感受されるのだ。この点において、三谷邦明がモノを「分節化されない混沌とした物質的異質性」[7]（傍点引用者）と看取したのは的を射た見解である。しかし、「混沌とした物質的異質性」という見方は必ずしも十分ではない。すでに述べたように、モノはきわめて源初的に対象化されるので、主客未分の知覚作用の次元でその様相をとらえておかねばならないからである。名づけえぬ隠喩的な全一（Es＝Alles）として感知される存在、それが、混沌としたモノの正体であろう。

　神代紀の冒頭に出現する「物」も、それによって、世界のありとあらゆる構成要素が生み出される最初の「物実《ものざね》」である。それはまさしく分節化以前、差異化以前の全一であり、したがって「Es＝Alles」である。いっさいの名辞を超越した、言わば存在そのものである。とは言え、この類いのモノは、決して形而上学的にとらえるべきではない。なぜなら、それは思考の産物でないからだ。意識的な反省に先立って、わたしたちは、いつも、そのようなかたちで物と出会っている。名において差異化される以前の世界というのは、詩人の直観した如く、「名辞以前の世界」（中原中也『芸術論覚え書』）であり、「言葉以前の世界」（ヴァレリー『レオナルド・ダ・ヴィンチの方法』）である。あるいは、文字通り『名づけえぬもの』（ベケット）といってもよい。このような直接体験の世界は、現象学の用語を借りて言えば「生きられた世界」にほかならず、それは「事象《もの》そのものに帰る」、すなわち「認識に先立つ世界に帰る」ことによってはじめて体験される（メルロ＝ポンティ『知覚の現象学』序文）。名辞以前のモノは、何よりも見られる対象である。存在物は見ることにおける現われとして、主客未分のうちにまず知覚的に体験されている。多くのばあい物との出会いは、すでに名辞化され個別化された次元で行われるので、反省以前の知覚作用は表面に意識されないが、しかし、ひとたび見ず知らずのものに出喰したとたん、先に列挙した書紀の例に示されるように、その深層の体験が露わに晒け出される。それは何も古代の人々に限ったことではない。だからこそ、詩人も「名辞以前にこそ全体性はある」（中原）と発言したのである。「ものがなし」のモノは、右に述べたようなモノの直接体験が、意識の表面に、無分節のまま粘液のようにたち現われるときに感受されるこころの様態である。何ものか説明しがたい名辞以前の内奥の情動であり、要するに気分である。そこでは、モノの本性がもっとも純粋に体験されている。だから「ものがなし」がわけもなく、ばくぜんとそのように感じられるものとしか言い様がないのは、決してあいまいな説明ではない。あいまいなのは、むしろモノの本義論である。接頭語のモノは、決して二義的な派生ではない。派生されるのは、名辞化された個物を一般化する用法である。モノが対象を非限定的に指示しうるのは、モノということばが、はじめから、そのものをそれと限定し差異化する手前の段階で、対象を表象してしまうからである。モノの始源は主客の枠組みを超えている。それは、まず自覚されない無意識の領域で体験される。「ものがなし」のモノは言うに及ばず、「ものの怪」のモノなども、すべて主客未分の識閾下の表象とみるべきであろう。

モノを神秘的な霊威として実体視するのは観念論である。精霊《モノ》は、こころの深層から投影されるモノの倒錯したイメージである。このことは、おそらくオニ（鬼）ということばが解き明かしてくれるはずだ。モノは鬼と記され、オニと訓まれるが、オニの正体は当初からはっきりしていた。「鬼和名於爾、或る説に云ふ隠字音於尓訛也。鬼、物に隠れて形《すがた》を顕はすこと欲りせず、故に俗に呼びて隠と曰ふなり」（和名抄）とある通り、オニの語源は隠《オニ》である。それは、視えないモノの形象であるが、それが視えないのは、いつも意識の裏側に隠れているからである。視えないが、しかし、その気配はいたる処に感じられる。深層におけるモノの充溢は、ユング流に言えば、外界に投影されて「鬼」として幻想される。モノガタリのモノに、仮りに霊威的な意味あいが含まれているとすれば、それも、同じような機制によって生み出されるので、「精霊《モノ》（鬼）が語る」という言い方は、あくまでも、説明の弁法として受け取らねばならない。モノガタリの発生に関する三谷説は、民俗学のヴェールを剥ぎ取ったとき、はじめてその真価を発揮するであろう。豊かな可能性を秘めているが、投影されたモノをひとり歩きさせたとたん、一種の形而上学に陥ってしまう。

ともあれ、モノの体験を通してその意味を見極めていくと、わたしたちは名辞以前の世界に辿り着く。モノの語感は不明瞭に曇りがちである。内に籠って聴きとりにくいその鼻音は、あたかも、こころの深みでうごめく何ものかの擬態語である。モノガタリがそれと共鳴していることは、ほとんど無条件に信じてよいだろう。けれども、モノガタリの発生となると、そこに、どうしても避けて通れない問題が生じてくる。もともと見るべき対象として外界にあったはずのモノは、いつ、どのような事情で、内なる名辞以前に移り変わってしまったのか。外界のモノは、コトによって名づけられる。内なるモノの萌芽も、必ずコトのはたらきとかかわりをもつであろう。この点を明らかにするには、とりあえず、コトそのものを問うてみる必要がある。

## 3　コトの解説と言語

コトの語感は曇りなく明瞭である。その破裂音はむしろ耳に快い。モノとコトの音声的な対照が、その意味上の対立と有縁であると言えば、言語学者の失笑をかうにちがいない。そこまで言うつもりはないが、コトの原義を求めて意味の始源に分け入るにつれて、その破裂する音の響きが、耳で聴くべき言語の本性に、いかにも似つかわしく思われるのは事実である。これは偶然の符合であろうか。

コトの響きも、モノと同じく知覚的な体験にかかわるが、コトの体験というのは、わたしたちの行うコトバの体験とは必ずしも一致しない。コトは、コトハ（言端）を介して間接的にコトバと結びついているため、わたしたちは、もはや直接的にコトを体験することができないからだ。コトバの行使（言語行為）は、わたしたちにとって、おそらくもっとも意識化しにくい深層の体験である。コトハの自覚は、それが、まだ比較的意識の表面近くで行われていた段階に位置する。しかし、その時期に人々は、圧倒的な厚みで深々とコトの体験を生きていたであろう。いまのわたしたちにできるのは、古代人が体験したコトの意味を、その明瞭な響きに耳を傾けて解読することである。

コトという古代語については、しばしば「言」と「事」の関係が問題とされてきた。このふたつの文字は、漢語としてはまったく意味を異にする。それに同じ訓が当てられるところに、和語としてのコトの性格が示されている。こうした〈言＝事〉の観念は言霊信仰の問題として論じられてきたのであるが、ことばの力に対する呪術的な信仰は汎文化的な現象であるから、人麻呂と憶良の歌にみられる「言霊《ことだま》の幸《さき》はふ国」というのは、そのような古代信仰へ反省と考えるべきであろう。それが言語表現の新しい可能性を追求した歌人に意識されたことには、やはり大きな意味がある。コトダマが、国家の確立期に表面化したという含蓄ある指摘(8)と合わせて言えば、言霊信仰とは、日本語という母語（langue）の発見でもあるのだ。母語の胎内で育まれた悠久の前史は、国家の誕生とともに終焉する。この逆説の後に、言語《ラング》は個々人の言語行為《パロール》を通して、意識の表面にその存在を暗示し、ときには自覚的に対象化されるようになる。わが国の個別事情として、そのような母語への覚醒が、文字（漢語）との出会いのなかで行われたことは、ここに改めて触れるまでもない。口頭のコトを、言と事のいずれに書き記すかという選択の意識が、無自覚のうちに行われていたことばの体験に反省を促し、ひいてはコトのはたらきを暴き出す結果となる。コトダマの揚言によって言事の融合を期待するのは、不幸な背理である。それは、もはやありえない理想への憧憬、もしくはありうべき現実への幻想である。

外来の文字を介して、言語の表現が母語から鋭く切り裂かれた後になると、言事の融合は、もはや、非在を在らしめることばの特殊技能者に委ねられるほかない。それほどまでに、文字は母語を細分し、断片化する。コトが言と事に分断されたのと同じ地平で、アマは天と海に隔てられ、ホは火と穂に裁断される。言事の未分化を言うなら、それとまったく同じ意味において、天と海、火と穂も未分化の時代があったと言わなくてはならない。コトが、言事の二義をもつから言霊信仰が存したと説くのは、たぶんに机上の発想であろう。その上に呪術信仰を塗り重ねるのは、古代的なものを呪術のフィルターにかけたがるわたしたちの作意である。大野晋の次の見解、すなわち「古代社会では口に出したコト（言）は、そのままコト（事実、事柄）を意味したし、また、コト（出来事・行為）は、そのままコト（言）として表現されると信じられていた。それで、言と事とは未分化で、両方ともコトという一つの単語で把握された[9]」という説明は、語義に重点が置かれているが、まだ言霊論の延長にある。母語の文字化を企てた人々は、自らのことばの体験を別の角度から、もっと醒めた眼で分析した。最少限の例を引いてみよう。

A月草のうつろひやすく思へかも我が思ふ人の事も告げ来ぬ（4・五八三）

B故郷の奈良思《ならし》の岡のほととぎす言告げ遣りしいかに告げきや（8・一五〇六）

右の「事」と「言」は原文のままであるが、Aはふつうは言の意に解される。このような「事」は、索引に当たればすぐ分かるように万葉集にはかなり見られ、その数は、Bの言の意に解される「言」とほとんど変わらない（約五十例）。反対に、「世間《よのなか》の悔しき言は云々」（3・四二〇）のように、事の意に解される「言」はたった五例しかない。この極端な対照は、言と事が混用されるのは、あくまでも言の意においてであることを示している。そして、その言＝事としてのコトは、おおむね〈口に出されたことば〉という意味範疇におさまる。用例の多い〈噂〉や〈消息〉は、言と事のいずれにも表記されている。

他方、六十例ほどある名詞句を作るコトは、「この川の絶ゆる事なく云々」（1・三六）のように、訓字はほとんど「事」で記され、「言」で記す若干の例外はすべて先に触れた五例に含まれる。ことばに直接かかわらないコトは、おおむね「事」で記す慣用が形成されていたわけである。

これに対して、〈口に出されたことば〉は言でもあり、事でもあった。これは、どちらも正訓的な用法とみるべきであろう。先に例示したAとBのコトは、いずれも〈消息〉と解されているが、それを言と事に書き分けるのは、あくまでも、〈口に出されたことば〉という意味レヴェルで対立し合うことばの二面性による。Aで「事」と記されたのは、消息することばの内容面が意識されたからであり、Bで「言」とされたのは、消息の内容よりも、口に出されたそのことばを重視したためであろう。このように言うのは、コトの二面性を考えていく時に、どうしてもソシュールの定式を避けて通れないからである。〈消息〉という具体物を念頭に置いて、やや抽象的に整理してみると、言としてのコトは、口に出された音声（能記《シニフィアン》＝意味するもの）であり、事としてのコトは、それによって表わされる内容（所記《シニフィエ》＝意味されるもの）である。この点において、コトとはまさしく〈言語〉にほかならない。コトを言と事の二様に記したのは、ことばのはたらきが、その本質的な二方向から反省された結果なのである。

けれども、コトは、言語学者が扱うような普遍的な言語である以前に、かなり特殊な様相を帯びた古代性をもっている。これを、言霊の力を借りずに見極めるためには、コトの能記面と所記面を、その具体的なあらわれに即して観察するしかない。

a 天地の権輿《はじめ》、草木言語《ことと》ひし時、天より降り来し神、み名は普都大神と称《まを》す。（常陸国風土記信太郡）

b皇孫《すめみま》天津彦彦火瓊瓊杵尊を立てて、葦原の中つ国の主とせむと欲す。然も彼の地に、多《さは》に蛍火の光《かがや》く神、及び蠅声《さばへな》す邪《あし》しき神有り。復《また》草木咸《ことごと》く言語《ことと》ふこと有り。(神代紀下)

c葦原の水穂の国は、昼は五月蠅《さばへ》なす水沸《みなわ》き、夜は火瓫《ほべ》なす光《かがや》く神あり。石根木立青水沫も事問《ことと》ひて荒ぶる国なり。(出雲国造神賀詞)

dかく依さしまつりし国中に、荒ぶる神等をば神問《かむと》はしに問はしたまひ、神掃《はら》ひに掃ひたまひて、語《こと》問《と》ひし磐根樹立草の片葉も語止めて云々。(大祓詞)

始源の時には、草木磐根や青水沫もコトトヒをしたという。dにみられるコトヤメは、ヤメが下二段動詞〈止めさせる〉なので、コトムケ(コトを向かせる)[10]と同じく服従させる意をもつ。それ以前の神話時代のコトトヒは、どのように解読すればよいのか。

これらのコトトヒは、荒ぶる神や邪神の暗躍と二重写しにされているので、無秩序な状態を想起させる。しかも、それは、天孫降臨という王化を経てコトヤメしたという。コトトヒからコトヤメへのこの神話は、一般には自然から文化への転換として読み解かれている。しかし、このあたりの文脈は、もう少し深部から掘り起こしてみる必要があろう。コトトヒを荒ぶる神に重ね合わせて、否定的に描き出すのは、天孫降臨という神話文脈が要求する歪みである。コトトヒの無秩序さは、あくまでも王化という基準からの意味づけにすぎない。イデオロギー的な色づけを取り去って、もっと直接的に、コトトヒの実相に迫るべきであろう。古事記では、この情景は「豊葦原の千秋の長五百秋の水穂国は、伊多久《いたく》佐夜藝弖有那理《さやぎてありなり》」と記されている。コトトヒはサヤギであるが、サヤグとはどのような状態なのであろうか。サヤは「冬木のすからが下木のさやさや」(記47)や「門中《となか》の海石《いくり》に振れ立つ漬《ねづ》の木のさやさや」(同74)などに窺われるように、樹木の振れ合う様をいう。サヤグも、「木の葉さやぎぬ風吹かむとす」(記20)だとか「笹の葉はみ山もさやにさやげども云々」(2・一三三)とあるように、草木の一面の葉づれであり、その音であった。それは、騒ぎやざわめきではない。濁りなく透明に感受された神聖状態である。サヤカ・サヤケシは、そのような澄みきった神聖感を表わす。[11]サヤという語には、感覚的に体験される自然の姿が擬態的、かつ擬音的に写しとられている。動きと音は、自然というものが現に生動しているその瑞々しい現われである。サヤグとは、いっさいの思考的なはたらきに先立って、未開の感性が、そのような現象と主客未分のうちに交感して表現される自然の写像《イメージ》である。

王化、もしくは文化による意味づけは、感覚的に体験される自然との充足した交感を曇らせ、これを、ことごとく不協和音のざわめきに変調してしまう。文化が秩序の基準になったとき、自然は無秩序におとしめられる。コトトヒからコトヤメを描く文脈の深部では、感性の産物が、思考と反省によって、否定的に再生産されるという事態が生じている。自然から文化への転換には、感性的なものから思考的なものへ、というもうひとつの転換が隠されている。だから、王化以前のコトトヒを解読するためには、どうしても、未開の感性にたち帰っていかねばならないのだ。止むことなく生成し、それ自体で充溢する自然の活力に生身を晒すとき、はじめて、コトトヒはサヤギとして体得されるであろう。

コトの語源を尋ねていくと、わたしたちの常識に逆うような興味深い問題に出会う。コトがサヤギの音に響き合うのは、いまのわたしたちには理解しにくい。それは、たんなる譬喩なのであろうか。かりにそうであったとしても、事実として、コト（kötö）が音（ötö）であることは否定できない。ここに共通する乙類のト（tö）は、トヨム（töyömu）やトドロク（tödöröku）、あるいは擬声語トド（tödö）のトに同語とみて誤りないだろう。これらのトは、みな自然の音響である。一方、甲類のトをみると、トナフ（tonafu）・トゴフ（togofu）・ノリト（norito）・コトド（kötödo）など、おおむね人間の発語する音声にかかわっている。このように、トの甲乙二類は近似しつつ、かなりはっきりとした差異があるようなので、乙類のトが一様に自然の音響を指すのは、たんなる偶然ではないように思う。人間の音声と自然の音響は、同じ音でも区別して意識されていたのであろう。

コトトヒのトヒはどうであろうか。問フのトが、甲類と乙類の仮名を混用することはすでに指摘されているが(12)、しかし、「真事登波受」「真事登波牟」（垂仁記）をはじめとして、万葉集でもコトトヒ・コトトハヌを仮名表記する九例中、防人歌の一例（20・四三九二　己等刀波牟）を除いて他はすべて、等・騰・登・杼といった乙類の仮名が用いられている。コトトヒのふたつのトは、どちらも自然の音響にかかわる。それらは、人間の音声ではなかったようだ。語源的に接近する限り、コトは、自然の音響とみるべきであろう。だからこそ、それは草木や樹立のサヤギなのであった。そこで、多少の飛躍を恐れつつ言えば、コトの原義は、「木音《コト》（kötö）」に通じていると考えられる。「言問はぬ木」という万葉人の観念は、コトヤメ以後の意識であろう。そうすると、同じ語形をもつ琴（kötö）との関係も、無視できなくなってくる(13)。と言うのも、「言問はぬ木にはありともうるはしき君が手馴れの琴にあるべし」（5・八一一）という歌では、琴はもはや「言問はぬ木」でしかないが、しかし、コトトヒの響きはたしかに琴の音色に共鳴していたからだ。

大后息長帯日売の命は、当時神《そのかみ》を帰《よ》せたまひき。故、天皇筑紫の訶志比宮に坐まして、熊曾国を撃たむとしたまひし時、天皇御琴を控《ひ》かして、建内宿禰大臣沙庭《さには》に居て、神の命を請《こ》ひき。ここに大后神を帰《よ》せたまひき。言教へ覚し詔りたまひしく云々。（仲哀記）

神の言は、琴の音を介してあらわれる。サニハは、その解読者であった。カミのコトと琴《コト》のオトが響き合うのは、それらが、ともに「木音《コト》」だったからであろう。語源的に言っても、カミとコト（木音＝言）は不可分である。カミ（kamï）のカは、カ（蚊・香）だとかカスミ（霞）のカと同語で、目に視えないものを指し、ミは身《ミ》（mï）であるという。[14] その不可視の実質は、自然の万物を生かしめる強大な生成力《エネルギー》（anima あるいは mana）を意味する。未開の感性は、そのような抗しがたいカミの威力に囲繞されている。そして、草木のサヤギとコトトヒは、その視えないカミのあらわれに他ならなかった。自然は、決して無秩序なカオスとして存在するのではない。畏るべき意志を潜ませ、いたるところでその力を誇示する生命現象である。「木音《コト》」のサヤギは、濃厚な意味を帯びたカミのしるしである。空虚な物理音とはちがうので、それは、なんらかのかたちで読み解かれなければならない。琴という楽器は、そのための呪具であり媒体であった。ただし、そのようにしてカミのコトを読み解くサニハの技術が、草木のサヤギに身を晒すコトトヒの世界に深々と根を張っていたことについては、ここに改めて注意を向けておきたいと思う。

いずれにしても、コトの語源は、未開の感性と切り離して考えることができない。コトということばは、たんなる言語の古代語ではない。その語源において示されるコトの古代性は、そのまま、言語の原生的な性格とすべきであろう。言語としてのコトは、その能記面では、自然の威力、すなわちカミの聴覚的な現象であり、その所記面では、畏怖すべき自然の心象的な隠喩《メタファー》である。コトトヒのトヒが、自然音を指す乙類のトになっているのは、たぶん、意味づけの根源である言語が人間の肉声（音声）に起源するのではなく、自然の音響に由来したことを物語っているのだ。これを、神話的な言語観といえばそれまでだが、そこには、未開の感性が体験する言語の本性が刻み込まれている。草木のサヤギが暗示する隠喩は、思考されるまえに、主客未分の無意識的な知覚層で直に感じとられ、シャーマニックな技術を介して意識の世界に明示される。コトの響きは清明であっても、その意味するところは、自然の奥ゆきと寸分たがわず、おそろしく深くて暗い。

コトの語源を切り拓いていくと、再び、名辞以前のモノの体験と似かよったある種のとらえ難さに直面する。どちらも言語的な行為にかかわるので、ゆきつくところは、結局は、モノガタリの問題になるのであろう。そのことは、推察できるが、コトの解読に手間取っているうちに、そのあたりはすっかり視えにくくなってしまった。改めて、モノをコトに関係づけて、問題の焦点を、言語から言語行為《モノガタリ》の方に引き戻していきたいと思う。

## 4　モノとコトの相克

モノとコトは、互いに干渉し合ってはたらく。それらを別々に扱っていたのでは、いくら深く追究したところで、せいぜいのところ半面の真実しかとらえられない。体験されるモノも、解読されるコトも、それが可能となるのは、そのときすでに他方からの交渉と規制があったからである。わたしたちは、コトとのかかわりを抜きにして、モノを体験することはできないし、また、モノと没交渉に、コトのはたらきを考えることもできない。モノを「分節化されない混沌とした物質的異質性」とする三谷邦明は、そのようなモノを分節化し秩序化するのがコトであるという関連のもとに、両者の相克をとらえて、「〈モノ〉という接頭語が付くことで、〈カタリ〉は物象化されたものの、〈コト〉によって分節化される以前の混沌とした物質的異質性を回復する」と論じている。[15] 三谷は、これを、物語文学の「逆説構造」を解析する視座としているが、このような現象は、言語行為《モノガタリ》の本質にも深くかかわっていると思われる。そこで、これまで述べてきたところを、そのようなモノとコトの相克という観点から捉え直してみることにしよう。

再び言うと、モノとは、外界の存在物が視覚にはじめてたち現われる名辞以前の写像《イメージ》であった。これと対照して言えば、コトは、外界の自然が聴覚にたち現われる音声以前の音響である。これらの写像と音響は、意味を帯びた何ものかである点において、どちらも隠喩的である。また、音響としてのコトも、解読にさき立ってすでに純然たる能記である点においては、モノと同じく、差異化を超越した名辞以前の性格をもつといってよい。いずれにせよ、それらは、先にも引いたように「認識に先立つ世界に帰る」(メルロ＝ポンティ) ことによって体験される。モノとコトの原義には、裸の感性が世界と出会うときの衝撃が刻み込まれている。わたしたちは、視ることと聴くことにおいて、まず世界と接触してきたのだ。しかし、このふたつの感覚は、決してばらばらにはたらくのではない。それらは、有機的に組織された知覚作用として、感性に安定と均衡をもたらしている。そうでなければ、正常な生は営まれないだろう。とは言え、未開の感性において、その均衡がコトの圧倒的な優位性のもとに保たれていたのは、否定できないように思う。

国稚《わか》く浮きし脂《あぶら》の如くして、くらげなす漂へる時、葦牙《あしかび》の如く萌《も》え騰《あが》る物によりて成れる神の名は、うましあしかびひこぢの神。(神代記)

天地初発の時に出現した一にして全なるモノは、名を与えられ、それと明示される。名とはコトに他ならない。命名することとは、全一のモノを分節化し差異化して、言語化することである。名辞以前の衝撃は、コトによって克服される。知覚を襲う写像(モノ)は、名(コト)の内実に吸収される。モノは、コトの能記的なはたらきとの相関において所記化され、意味づけられてしまう。この相克関係を、丸山圭三郎は次のように述べている(16)。

人間は、モノに働きかけてこれをコト化する。つまり意味を与える。これは言語を通して行われる根本的な活動であり、言語と認識の問題は、人が言語によって事物に働きかけコト化する行為と離れては論じられない。

言語学的な説明は、おそらくこれに尽きている。問題が生じるのは、コト化されたモノのその後の消長であろう。モノの体験は、コト化によってすべて停止するわけではないからだ。視覚的な写像《イメージ》は、名づけられた瞬間、コトの所記面を充たすようになるので、名辞以前のモノの体験は、そのままコトのヴェールに覆われ、それとして気付かれずに、識閾下で処理されることになる。モノの自覚を喚び起こさない世界は、その分だけ、コトの力が絶対的に信仰される世界でもある。しかし、モノの感受は、存在とのもっとも直接的な出会いであるから、かりにコトの背後に隠されていても、それが体験されないはずはない。未開社会では、言語の力に対する信仰が強いという汎文化的な事実は、言語化しえない存在をひどく畏怖するというもう一方の事実と、つねに裏腹の関係にある。名辞以前のモノは、畏怖の対象として、目に視えないかたちで、コト化された世界をとり囲んでいるわけである。鬼《オニ》と呼ばれるのは、まさにそのような存在であるが、先に触れた通り、オニとは「隠」であった。このようなオニのイメージは、コトの裏側に隠され、識閾下に潜伏したモノからの投影である。「ものの怪」に脅える王朝人は、自らの生み出した無意識の幻影に恐怖したのである。しかし、そのような事態は、コトの絶対性に対する信仰を喪失したことの代償であろう。人々は、かつて、畏怖すべきモノを、コトの力によって克服していたはずである。物部氏は、元来、モノの幻影をコトを武器にして打ち砕く祭祀者集団であったし、それに、「物知人《ものしりびと》」(龍田風神祭祝詞)といわれる人々もいた。モノシリは鬼霊的なモノをことばで制御し、支配する術をいうのであろう。かれらは、コトの力を防壁にして、その内側に侵入してくるモノどもを、意識の下に駆逐する。

ところで、このようにモノを名辞化する絶対的なコトというのは、カミのコト、つまり、草木のサヤギに擬されるコトトヒのコトに他ならないだろう。琴の音に顕現するカミのコトは、秩序の根源的な規範となる。コトが、カミの現われとして起源づけられるのは、それが、何よりも、モノの脅威を克服すべきものだったからであろう。モノとカミは、言語化以前の現象としては、まったく互角の力をもっている。と言うよりも、カミの名で呼ばれる内実は、そもそも、コトの力で名辞化されたモノのことであろう。カミのコトトヒを解読し、その意志に服従することを誓うのが、いわばマツリの原型であるが、それは、同時にカミの名においてモノどもを祓い遣り、モノをコトにおいて克服する目的をも合わせもっている。コトの絶対性はマツリを通して実現されたといってよい。コトトヒの未開は、マツリの場に繰り返し再現されたはずである。ところが、神話の語るところでは、コトトヒの未開はコトヤメによって終息したという。コトヤメの主宰者であるスメミマは、むろん、オホキミの神話化された姿であるから、秩序の根源は自然と宇宙から分離され、オホキミのミコトが、それにとってかわる。「大王の御言かしこみ」という万葉人の通念は、たぶん、コトヤメの神話を背景にしているのであろう。一方、コトヤメの後には、「言問はぬ木」という観念も出現していたのであるが、これらは、コトの認識にかかわって、まったく同一の地平に共存する意識であろう。モノを名辞化するコトの力は、もはや人間の声において自覚されていく。コトトヒのトヒが、人間の音声を意味する甲類のトを混同するのも、おそらく、右の地平においてである。オホキミのミコトに象徴される人間の肉声は、次第に世界を限なく名辞化し、知覚を襲うモノの領域は狭められていく。

しかしながら、そのようなときに、一方で人々は、意識の水面を覆ってくるモノの影を感じとっていた。それは、「もの思ひ」というかたちで体験されている。モノが接頭語として多用されるのは、王朝時代になってからである。「ものがなし」にしても、万葉集では、「春まけてもの悲しきにさ夜更けて云々」(19・四一四一)という家持歌にしか例がなく、「もの憂し」「もの狂ほし」「ものむつかし」といったモノの質感を色濃く滲ませる言い方は、まだみられない。黒人の有名な「旅にしてもの恋しきに云々」(3・二七〇、同句は1・六七歌にも一例ある)も、家持の「もの悲し」と同じく、繊細な感覚がとらえた例外とみなしてよいだろう。ところが、これらと対照して目立つのが、「もの思ひ」の頻出である。「我が大君ものな思ほし云々」(1・七七)をはじめとして、ほぼ全巻にわたって五十例くらいもあり、しかも、その半数は作者未詳歌に集中している。「もの悲し」や「もの恋し」は、特定歌人の例外であったとしても、「もの思ひ」は、万葉人に共有される集合的な心情であった。いくつか例を引いてみよう。

春山の霧に惑《まと》へるうぐひすも我れにまさりて物思はめやも(10・一八九二　人麻呂歌集略体)
敷栲《しきたへ》の枕とよみて寐《い》ねらえず物思ふ今夜《こよひ》早も明けぬかも(11・二五九三　作者未詳)
ぬばたまの寐ねてし宵の物思ひに裂《さ》けにし胸はやむ時もなし(12・二八七八〃)
聞きしより物を思へば我が胸は破《わ》れて砕けて利心《とごころ》もなし(12・二八九四〃)
うらもなく我が行く道に春柳《あおやぎ》の萌《は》りて立てれば物思ひ出つも(14・三四四三　東歌)

防人に行くは誰が背《せ》と問ふ人を見るが羨《とも》しさ物思ひもせず（20・四四二五 防人歌）

「もの思ひ」とは、「ものを思ふ」ことであった。右の四番目にあげた傍点部は、「物乎念者」とヲが表記されている。接頭語的に用いられても、モノは客語として意識されていたのであるが、ともかく、「もの思ひ」というのは、決して、穏やかな憂鬱の気分といったものではない。胸が破れ砕けるほどに激しい煩悶である。それは、まさに「もの狂ほし」の状態であろう。そのようなモノとは、こころの中のモノ、すなわち、内面化された名辞以前である。「名辞以前」の詩人が、狂気の淵を体験せざるをえなかったように、モノを思う万葉人も、「ねもころに物を思へば言はむすべ為むすべもなし」（8・一六二九 家持）という放心状態に襲われ、果ては「物思ひ瘦せぬ」（2・一二二 弓削皇子）」ということにもなる。こころの中に見出されたモノは、王朝人の好んだことばで言えば、「心の闇」ということになろう。意識化し、対象化しえない闇であり、原義的なモノそのものである。「かきくらす心の闇にまどひにき云々」（伊勢物語六十九段）という業平の禁断の恋も、モノに犯されてなせる行為だから、やむをえない面がある。モノを思えば、正常の意識活動は崩れてしまい、分節されない粘液状の情動に操られて、現実的な平衡感覚などはもうなくなってしまうからだ。「ものを思ふ」というかたちで、意識の前面にはっきりととらえられるモノは、対象化するその意識から引き剥れないばかりか、自覚的な意識のはたらきまでも溶解しようとする。このような名状しがたいモノは、いったいどのようなわけで、こころの中に侵入してきたのであろうか。

「もの思ひ」という狂気は、「言問はぬ木」にとり囲まれ、「大王の御言かしこみ」の信念を抱いて生活した人々を襲う症候に他ならなかった。先にも述べたように、コトヤメを主宰するオホキミのミコトは、人間の肉声において世界の隈々からモノどもを追放し、王化の領域を拡張する。しかし、それがどのように力を強めようとも、人々が世界と直に出合う未開の心域だけは、征服することができない。名辞の裏側には、意識の光が射し込まない主客未分の闇が広がっているのだ。ことばの力が絶対的に信じられている限り、その闇は、コト化された世界の外側に投影されているので、それとして自覚されることはない。しかし、コトヤメの時代を過ぎると、コトの力は、いたるところで相対化されていく。人々が「もの思ひ」に悩まされるのは、コトの絶対性を疑ったことの報いであろう。

a忘れ草我が下紐《したひも》につけれども醜《しこ》の醜草言にしありけり（4・七二七）
b夢のわだ言にしありけりうつつにも見て来るものと思ひし思へば（7・一一三二）
c住吉《すみのえ》に行くといふ道に昨日《きのふ》見し恋忘れ貝言にしありけり（7・一一四九）
d名草山言にしありけり我が恋ふる千重の一重も慰めなくに（7・一二一三）

「言にしありけり」という類型句には、コトに対する憚りのない不信が表わされている。しかも、bとdの二首は、そのように不信を抱かれたコトの素性が留められている点で、なかなか興味深い歌である。「夢のわだ」は吉野宮滝あたりの深淵を言うらしいが、「夢のわだ」というのは、いわくありげに聞こえて、地名起源の伝承を呼び込みやすい。「名草山」も、心を慰める意に掛けられて、いかにも起源づけの行われやすい地名である。本当にそのような伝承があったかどうかは、確かめようもないのであるが、それとは別に、表現そのものは、まちがいなく地名起源譚の形式を前提としている。「名草山言にしありけり」のコトは、「名草山」という地名のことでない。「心を慰める山」という由来譚的な意味を、地名の裏から掛詞で浮かび上がらせながら、それを、「言にしありけり」と一蹴するのである。コトは、地名の背後に前提されているなんらかの伝承を指している。地名起源譚は、「古京の時に名づけて雷《いかつち》の岡と為《ひ》ふ。語の本是なり」(霊異記上一)の例をあげるまでもなく、一般にコトノモトと呼ばれる範疇に属するので、[17]「言にしありけり」で一蹴されるそのコトは、名草山の由来であり、現実にそのような伝承がなかったとすれば、コトノモトという伝承様式そのものであるといってよい。事物の起源伝承などは、もうすっかり信じられなくなっているのだ。「夢のわだ」や「忘れ草」「恋忘れ貝」といった仔細ありげの名辞も、たんにことばだけのものになってしまった。

　秩序の規範をなすコトは、かつて、神話的な根拠に支えられ、その神聖さは集団的に伝承されていたのであるが、いつしか、それへの信仰は失われていく。どこの社会でも、いちどは必ず起こったはずの避けられない出来事である。相対化されたコトは、そのなかで、様々にかたちを変えて生き延びたであろう。次にあげるのも、その一例と考えることができる。

言繁《しげ》き里に住まずは今朝鳴きし雁にたぐひて行かましものを(8・一五一五)
人間守《ひとまも》り葦垣越しに我妹子《わぎもこ》を相見しからに言ぞさだ多き(11・二五七六)
川上の根白高がやあやにあやにさ寝さ寝てこそ言に出《で》にしか(14・三四九七)

万葉集の「言」でいちばん目につくのは、このような一群である。これらは、一般に「噂」と訳されている。同じ意味の「人言」も、相当数みられる。人目を忍ぶ恋が、人の噂を気にするのは当然のことで、そのためか、あまり注意を向けられていない。しかし、コトは、どうして「噂」になるのだろうか。この一見余計な疑問は、コトの本性を振り返ってみると、意外に軽視できない問題を含んでいる。「噂」としてのコトは、辞書的に言えば、世間に広がっていることばという程の意であろう。そのような流言は、集団的で、かつ匿名性を旨とする。あえてそのように言うのは、そもそも、コトというのが、コトノモトを引き合いに出せば分かるように、元来、集団的で匿名的な性格をもっていたからである。むろん、コトの集団性と匿名性は、聖なる根拠をもち、権威ある様式によって伝承されるという内実を伴っている。けれども、根拠と権威がなくなってしまえば、集団性や匿名性はそれだけでひとり歩きを始める。そうなると、コトノモトのような語り伝えも、ただの風説にすぎなくなってしまう。伝承的なコトを、「言にしありけり」と一蹴したかわりに、人々は、わけもなく巷に出回っている得体の知れない流言にとらわれる。「噂」としてのコトは、おそらく、それとほとんど区別されずに受け止められたのであろう。

本来のコトは解体され、相対化される。「言にしありけり」のコトや「噂」としてのコトは、相対化されたコトの実際の姿であった。先に触れた「もの思ひ」の煩悶とは、そのように、ひたすら解体を続けるコトの堆積層に根を張る症候にほかならない。亀裂したコトの隙間から滲み出るようにして、こころの中のモノは、意識の表側に少しずつその影を広げていく。しかも、そのような現象は、ほかならぬ言語行為を通して自覚されるのである。人々は、モノとコトの相克を、自身のことばにおいて体験せざるをえない。モノガタリの問題も、そのあたりから考えていくべきなのであろう。

## 5　コトの裏側のモノガタリ

我れのみぞ君には恋ふる我が背子《せこ》が恋ふといふことは言のなぐさぞ（4・六五六）
言のみを後も逢はむとねもころにわれを頼めて逢はざらむかも（4・七四〇）
飛騨人の真木流すといふ丹生《にふ》の川言は通へど舟は通はぬ（7・一一七三）
天の川い向ひ立ちて恋しらに言だに告げむ妻どふまでは（10・二〇一一）
浅茅原刈り標《しめ》さして空言も寄そりし君が言をし待たむ（11・二七五五）
旅といへば言にぞやすきすべなくも苦しき旅も言にまさめやも（15・三七六三）
百千《ももち》たび恋ふと言ふとも諸弟《もろと》らが練《ね》りの言羽は我れは頼まじ（4・七七四）

これらは、強いて訳せば、「消息」だとか「口約束」とされるコトであるが、大方は「言葉」の意で歌意が得られる。万葉集の「言」の用例としては、ごくありふれたものばかりである。けれども、それらは、こころの中のモノと厳しく相克し合っている。これまで述べてきたところからすれば、そのことは、容易に想像できるのではないだろうか。

右にあげた最後の歌にみられる「言羽」は、コトハ（言端）の初出例と思われる。「言のなぐさ」「言だに」「言にぞやすき」などの言い方で、容赦なく突き放されるコトの実態は、どうみても、「言端」としか言いようがないだろう。このコトハという語は、家持が、坂上大嬢に贈った歌で用いたことばであるが、そこには、青年家持の言語感覚が如実に示されているかもしれない。頼むに値しない「練りの言端」は、「空言」にすぎない。それをコトハと言い切るのは、おそらく、意識的にコトから断絶しようとするからである。「空言」としてのコトハは、相対化されたコトのゆきつく果てであるが、しかし、それは、先にあげた「噂」としてのコトとは同一に論じられない面がある。と言うのも、そのようなコトは、例に引いた一群を見れば分かるように、どれもみな、個人が口に出したコトだからである。コトノモトのコトを「言にしありけり」と一蹴したとき、人々は伝承的規範の重みから解き放されるが、それと引き換えに、拠り所をなくした自らの《声》を引き受けなければならない。コトハとしてのコトは、あくまでも、ある特定個人に帰属する。コトの本性から保たれてきた集団性はなく、しかも、匿名性も許されない。たぶん、ひとの口を出る音声がそのようなかたちで放置されたとき、コトハという新しい言い方が生み出されるのだ。それは、自然の音響からもっとも隔たったところで自覚される人間の肉声でもあろう。

　そのように、集団性も匿名性も消え去り、人々の肉声においてあらわれるコトは、まったく当然のことではあるが、個々人のこころの中から発せられる。すなわち、そのようなコトは、何よりも、個々人の内面世界を意味づけ、したがって、それをいわば名辞化すべきなのであるが、再三見てきたように、それは、「空言」に代表される言の端にすぎない。こころの隈々を名辞化する力などは、望むべくもないだろう。だから、「言のなぐさ」に口を吐《つ》くそのコトの裏側には、名辞化されないこころのうごめきがへばり着いている。それこそが、こころの中にたち現われるモノの正体にほかならない。「もの思ひ」

の狂気というのは、個人に帰属して内面化されたコトと、表裏一体の関係にある。しかも、その関係は、少し極端に言うと、個々人がコトを口に発するそのときにしか成り立たない。モノは、たとえ名辞以前であっても、ともかく感知された何ものかなので、それは、コトによる対象化と意味づけへの志向がはたらかない限りは、何ものとしても自覚されないからだ。コトの能記性は、どうしても所記面の充塡を求めるために、その言語本質的な作用は、いやおうなく、こころの中にモノの存在を喚び起こしてしまう。自らの声をなきものにすれば、きっと「もの思ひ」もおさまるのであろうが、そうなると、本物の狂人と区別しにくくなる。

　いずれにしても、モノとコトがこころの中で相克し合うそのような厄介な事態は、コトを行使するその過程で生起するという点において、紛れもなく、言語行為の生々しい様相である。はじめにも触れたように、多義化したモノガタリという語の共通項は、言語行為《パロール》の意で括ることができるのであるが、その普遍概念が、モノガタリというかたちで呼ばれた理由は、万葉人において、言語行為というものが、個々人のこころの中に生起する名辞以前のモノ、すなわち、識閾下の深層から体験されていたからである。一方、カタリは《型《カタ》》を語根にするといわれている[18]。カタリとはカタドル（象る）、つまり、くっきりと輪郭を引いて形を描き出す意であろう。そうすると、モノ・ガタリという複合形は、ある種の自家撞着を含むことが分かる。というのもそのように様態化しえないのが、まさにモノだからである。モノガタリは、自身のその両価性《アンヴィバレンス》を燃焼することによって再生産される。カタリは、「事の語り言」という様式からも窺えるように、集団的なコトに基づく安定した言語行為だったろう。伝承的なコトノモトなどは、カタルにふさわしい様式とモチーフをもっている。けれども、モノガタリのベクトルは、カタリを安定させる要素を、むしろ解体していく方向に向けられている。

このように、モノガタリは、個々人を不安定の淵に誘い出す。しかしながら、同時に人々は、そこでいつも内なる未知の心域に出会うことができる。日常のつれづれを慰めるために、四方山話《モノガタリ》にいそしんだ王朝の女性たちは、自身の内部に、こころを晴らし遣るべき非日常の世界を形成したのであるが、モノガタリのもつそのような効用は、人麻呂の頃にも、すでに発見されていたと考えてよい。冒頭に引いた「忘るとやものがたりして心遣り云々」というのは、その確かな例証である。それならば、もう一首の人麻呂歌集歌「淡海県物語」はどうであろうか。この旋頭歌はかなり難解である。どの一句をとっても、満足のいく解釈は得られない。人恋しさに駆られる依網の原で、せずにはいられない「淡海県物語」とは、どのようなものなのか。具体的な手掛りがないので、何もかも謎めいているが、しかし、わずかに窺えるのは、ここに言うモノガタリは、その場限りの四方山話ではないらしいということである。「淡海県物語」が、「近江県の物語」としかとりようがないのであれば、それは、どう考えてみても、近江県についてのモノガタリであろう。この言い方は、「竹取の物語」や「伊勢の物語」に似ている。とりとめのないお喋りではなさそうだ。もっとも、だからと言って、わたしは「淡海県物語」を、物語文学の発生とみなす勇気はない。ただ、言い回しの類似に気をとめただけであるが、しかし、「淡海県物語」が気晴らしの雑談ではないらしいという点には、少し注意した方がよいのかもしれない。

推測を交えて言うと、「淡海県物語」を、近江県にまつわる地名起源伝承のようなものと考えることには、かすかな根拠があると思われる。「淡海《あふみ》」が、この歌の上句の「人相鴨」と縁語的にはたらいて、「人に逢ふ近江県」というお決まりのかたちが考えられるからであるが、そのように考えてみると、この歌は、先に引いた「夢のわだ」や「名草山」の歌群と意外に似た性質をもつことが分かる。ただし、この旋頭歌では、コトノモト的な伝承が「言にしありけり」と一蹴されるのではなく、それが、モノガタリとして捉え直されている点に注意する必要がある。なぜなら、そのことは、裏を返して言えば、「夢のわだ」にしても「名草山」にしても、「言にしありけり」と退けられたそのコトノモトは、いつでも、モノガタリとして再生しうる余地を残していることを意味するからである。いずれにせよ、「淡海県物語」も、その言い回しから察して、その前身は、かりに地名起源譚でなかったとしても、やはり、何らかの伝承的な語り伝えにかかわりをもつ可能性が強い。

　それは、おそらく集団的なカタリであったはずだが、それが、モノガタリのかたちで語り出されるのは、かつて集団的であった伝承が、個々人のこころの中のモノ、すなわち無意識的な心域に転移されているからである。解体された伝承は、そのようにして、個々人の識閾下に名辞以前のモノとして蓄積される。そのようなモノは、いわば集合的無意識とでも呼ぶ性質をもっている。外では、権威的なコトノモトから解放されても、人々は、自らの内側から集団的なものの拘束をうけることになる。モノガタリというのは、どこまでも個々人の言語行為であるが、しかし、それは、個々人のこころの深層に、モノのかたちで潜勢した集団性の次元から行われることばの実践である。モノとコトの相克が惹き起こす集団性と個人性の相克は、ともどもに絡み合いつつ、個々人のこころの領域を複雑にし、あるいは豊かにもするが、その内面的な体験が外部に放し出され、他者に共有されるのは、主として、モノガタリという言語行為《パロール》を通してである。

そのようなことばの行使は、いつでも「幼児の片言《モノガタリ》」から始められる。生まれたばかりで、意味をなさないそのモノのことばが、ときとばあいによっては、「物語作品《モノガタリ》」にまで成長することもあるのだろう。

# カミの名／不在の喩——記号の地平を超えて

## 1　はじめに

佐太の大神の誕生地として名高い加賀の潜戸《くけど》は、かつては、「髪の毛三本動かす風が吹いても行ってはならぬ」と言われたほど、容易に人を寄せ付けない畏僻の地であった。わたしたちは、太古の伝説に魅せられてその懸崖を訪れ、いまもかわらぬ神秘の洞窟を潜りぬける。けれども、そこでカミに出会う人はいない。

今の人、是《こ》の窟《いはや》の辺《ほとり》を行く時は、必ず、声とどろかして行く。若《も》し、密《ひそ》かに行かば、神現われて、飄風《つむじ》起り、行く船は必ず覆へる。　（出雲国風土記嶋根郡）

わたしたちは、このようなカミの体験から、遠く隔てられている。潜戸という言い方からして、すでに古代的な意味あいはない。たんに、岬の突端を貫通するその奇観によっているだけである。しかし、そこはかつて、風土記に「加賀の神崎」と呼ばれているように、紛れもなく、カミの領有する場所であった。風土記の人々は、カムサキを畏れ、忌避する。各地のカムサキという地名には、「昔、神崎の村に、荒ぶる神ありて、毎《つね》に、行く人の舟を半ば留どめき云々」（播磨国風土記加古郡）といった伝説が、数多く留どめられている。「ちはやぶる神のみ坂に幣《ぬさ》まつり斎《いは》ふ命は母父《おもちち》がため」（20・四四〇二）と歌う防人も、そのような神話を生きる人であった。

通行を妨害する荒ぶるカミは、個々の例を検討するまでもなく、何らかのかたちで交通の難所にかかわっている。生活する圏内にたち現れる困難を、人々は、カミの名において対象化する。古代のテクストには、そのようなカミの体験が書き込まれているのである。加賀の潜戸で、あるいは、海や山や峠のカムサキで、人々は、いったいどのようにしてカミと出会うのか。その体験の真相が読み取れないかぎり、わたしたちは、古代の世界に入ることができない。民俗信仰や神観念の問題は、このさい、二の次に回すべきであろう。いま直面しているのは、「若し、密かに行かば、神現れて、飄風起り云々」という〈カミの現れ〉であり、そしてまた、それに晒される〈なまの体験〉だからである。それらは、説明され、認識される前に、生きられる現実において直視されねばならない。もっ

加賀の神崎。今は潜戸（くけど）と呼ばれている。
（島根県島根町提供）

とも、そのように言ったところで、わたしたちが見失ってしまった遠いカミは、もはや、テクストのことばを通してしか、その身を現わしようがない。カミということばを飛び越えてカミの問題に接近するのは、古代の人々の生を踏みにじって、古代のことばを解読するのにひとしい。生きられる体験というのは、それを肯定するにせよ否定するにせよ、いかなるばあいにおいても、ことばの体験と切り離すことができないのだ。

ことばで書かれたものは、ことばにおいて理解されねばならない。この自閉的なことばへのこだわりは、古来、〈Philos（愛する）＋Logos（ことば）〉としての言語＝文献学（Philologie）と呼ばれている。信仰や崇拝が見失われた後に現れるカミは、あたかも、フィロロギーの悪循環が開始される原因を象徴していよう。それは、どこでも、神なき時代の神学であったからだ。とはいえ、今日のフィロロギーは、ことばによることばの解釈を、いつまでも呑気に循環しているわけにはいかなくなっている。ことばの意味作用が、記号性の根底から洗い直されている現在、フィロロギーの方も、それが、もともと隠しもっていた記号＝文献学の素性を露わにしてもよいのではないだろうか。

いずれにしても、テクストのことばは、意味が生み出されつつあるその現場に引き戻すべきであろうし、書かれた「神」は、発語される「カミ」へと溶解されていくべきである。とはいえ、そのようにして、わたしたちが、再び、自身の《声》にカミの語を呼び戻すには、かなり込み入った回り道をたどらなければならない。

## 2　不在のことば

カミという語の意味を捉えるうえで、さし当たって顧慮すべきは、古典文献にみられる「神」観念が、意外に新しい時代の産物であることを指摘した溝口睦子の研究[1]である。

溝口は、記紀などに一般的な神名語尾の「〜神」が、それ以前の様々な神霊観を統合するために採用された新しい観念であるという認識のもとに、「神」を取り除いた神名の語尾にもとづいて神々を再分類し、より古態の霊格相を掘り起こした。その結果明らかにされたのは、「チ」「ミ」「ヒ」「ネ」「ヒコ・ヒメ」「ヲ・メ」「ヌシ」「タマ」などを語尾にもつ類型の存在である。記載された神名は、これらの多彩な霊格に「神」をかぶせて一元化したものだという。この調査結果は、事実の面だけに関して言っても、かなり重大な問題をはらんでいる。ただし、残念なことに、その新しい「神」を、溝口は、漢語の神（shén）による普遍概念とみており、そのために、古層の霊格群が統合されていく過程は、舶来の新思想によって土着の信仰が再編される経緯に重ね合わされ、つまるところは、六世紀後半の集権的な国家形成のなかに、「神」概念成立の「歴史的必然性」（溝口）が求められている。大筋として、必ずしも誤った認識ではないが、この論の運び方は、少し性急であろう。その前に、基本的な問題があるからだ。神名語尾の「神」が、かりに漢語の意味を帯びていたとしても、それが、カミと訓まれたからには、和語のカミも、古い霊格を再統合するうえで、当然、なんらかの役割を演じたとみなければなるまい。カミが、チ・ミ・ヒの類いを凌駕して、より上位の霊格に超越できたのはなぜか。その理由は、カミということばそのもののなかに求めていくべきであろう。

そもそも、カミとは何か。この問いは、語義に向けられているが、さほど厳密な問い方ではない。そこで、「神はいつも文化という衣裳を身につけてあらわれるが、カミは裸のままあらわれる(2)」という文化人類学者の発言を引用しておこう。当面の問題が、裸のカミであることは言うまでもない。信仰や観念などを含めて、文化という名の衣裳を脱ぎ捨てたとき、カミは、正体不明の見慣れない姿態を、わたしたちの前にさらけ出す。「神」を「カミ」と書き換えたとたん、慣れ親しんでいた意味《シニフイエ》はどこかに消えてしまうので、わたしたちは、いわば純粋に音形《シニフイアン》の面のみで、カミと出会うことになる。裸のカミとは、このように、意味をはぎ取られた肉声である。したがって、カミとは何かという問いによって問いただされているのは、厳密に言えば、語義なのではない。語義を問う前に、カミという音形そのものが何であるのか、まずは、この点を問わなければならないのである。無造作に「カミとは何か」を口にした時、わたしたちは、「カミという語は何か」という不自然な問いのもとに連れ出される。このようなメタ言語的な問い方は、もともと言語学の得意とするところであろう。

カミは、クマの母音交替形であるという説が、国語学者の阪倉篤義によって提唱されている(3)。直接の材料となっているのは、「神代」や「神稲」という地名に、「久万之呂」の訓をつけている和名抄の記載である。これらの地名は、和名抄でも一般にはカムシロと訓まれており、神田（神に供する田）の意を表しているが、それをクマシロとも訓むのは、カムとクマが意味を通わせるためであるという。阪倉はさらに、カミに献ずる稲のことをクマシネとする例（「糈米　久万之祢、精米して神に享する所以なり」和名抄）を引いて、「奠《くま》を奉る」（持統紀二年）や「久真《くま》を懸《か》く」（倭姫命世記）などのクマも、このクマシネの略形とみている。このように、カミがクマであるとすれば、その意味は、「詔《みことのり》していはく、甚《い》と久麻久麻志枳《くまくましき》谷在り、と。故、熊谷と云ふ」（出雲国風土記飯石郡）や「久美度《くみど》に興して生める子」（神代記）などのクマ・クミに準じて考えてよい。クマやクミは、奥まって隠れた場所を言うが、阪倉によれば、これらは、「隠れる」を意味する動詞クムから派生するという。そこで、阪倉は、動詞クムがカムないしカミに変化する経緯を音韻上から跡づけ、カミの原義を「目に見えない隠れたもの」としている。(4)大野晋も、用例を帰納して、カミは姿を見せない不可視の存在であると論じているので、阪倉の見解は新説というわけではないが、もっぱら語形の解析に徹している点で、かえって理解しやすいものになっている。

カミとクマは、テクストの世界でもかなり親密なつながりを見せている。カムサキと同じく、クマノ（熊野）もまた、荒ぶるカミのうしはく場所であった。神武天皇が熊野村で出くわした大熊は、「熊野山の荒ぶる神」（神武記）であったが、古事記の序文では、この大熊が「化熊」、すなわち神の化身とされている。クマノとカミは意味を共鳴して、幽界のイメージをいっそう奥深くする。クマ（熊）という動物名は、クマ（隈）の喩的名称であった。熊が神の化身であるという民俗信仰は、阪倉の分析にもとづいて言えば、カミの語源から発生したのである。氏族名や地名、神社名、あるいは鳥名のカモ、それにクモ（雲・蜘蛛）なども、おそらく、クムに派生するクマと音韻上のつながりをもつ語であろうと思われる。鴨神社の祭神である可茂別雷の命は、火の雷神が丹塗矢に変じて、玉依日売のもとに通って誕生した神であるが、父神の火の雷神は、鳴るカミから発する雷光である。可茂別雷のカモは、明らかにカミの語に通じる。カモ氏とは、要するにカミを祭る氏族のことであろう。鳥の鴨も、カミの化身とみてよい。クモが、蜘蛛と雲に分化するのにも、それなりの理由があるはずだ。蜘蛛の異名と思われるササガネのササは、植物名（笹）であるとともに、神聖語のサを重ねてその気味悪い生態を聖化たものであろうし、クマ（隈）が熊に喩化されるのと同じく、クモという語も、見えないものの現れを象徴する。雲に対する古代観念の発生源も、そこにあるのであろう。雲は見えない霊気の現れであって、その流動しつつ膨張する活動は、〈目に見えない隠れたもの〉としてのカミの喩的な形象にほかならない。

カミが動詞クム（隠）から派生し、その周囲にクマやクモ・カモといった類縁語をもつ状況から判断すれば、カミということばを、カスミ（霞）やカゼ（風）あるいはカ（蚊・香）などのカ、つまり「目に見えないもの」を意味するカと、ミ（身・肉・実）の語で捉える武田祐吉の説も、(5) あながち否定すべき理由はないように思われる。むろん、このような江戸時代の音義説めいた語源解釈は慎しまねばならないが、しかし、カミのミについては、甲類のミと区別すべきことが指摘され、その乙類のミ（mï）は、やはり、身や肉・実などのミ（ム）に同語と考えられているのであるから、カミのカに関しても、意味論的な処置を施して差し支えないように思われる。いずれにしても、動詞クムに派生するカミの意味が、カおよびミの音節が呼び起こす語群と響き合っていることは確かなのである。

ところで、その乙類のミ（ム）であるが、これを、身や肉・実に結び付けるだけでは不十分であろう。

さらに、一歩踏み込んで考えてみると、身＝肉＝実としてのミとは、たんなる物体ではなく、あくまでも、血肉の通った生きて成長する生命体を指しているからだ。そこで、より具体的に言えば、カミとは〈目に見えない生命体〉であり、視界の背後に身を隠した生きもののことである。それは、人間が外界をとらえるときのイメージである。したがって、宗教民族学がアニミズム、ないしはアニマティズムと呼んだ未開的な思惟様式は、カミということばにも反映されていると考えることができる。一般に、未開人の思惟において、外的自然は、生きて活動する生命体として捉えられていると言われる。しかしながら、そのような通念は、未開人のことばが描き出す観念を前提としており、そのことばにおいて、世界がいかなるかたちで意味付けられているのかといった、いわば〈前提そのもの〉への問いかけを欠いていた。未開人の思惟様式と思われていたものは、実のところ、ことばの意味構造から投射される喩的な映像に過ぎない。未開人の体験は、ことばの意味構造においてとらえるべきであり、思惟様式の古代性は、言語《ランガージュ》活動の共時相で解読されるべきである。カミということばは、そのパラダイム変換の糸口となる語であろう。

　カミの語義は、〈見えない（カ）＝生命体（ミ）〉である。この語には、人間が外界と交流するときの構造が隠されている。人々は、生きて活動する生命界のなかにいるが、しかし、それは、目には見えない。つまり、生命界は、見ることにおける不在のうちに体験されているのである。カミということばが分節する意味は、そのような体験の構造にほかならない。裏返して言えば、カミということばが成立していく過程において、活動する生命界は視界から見失われていくのである。外界が、カミの名においてとらえられたとたん、生命的現象の質量は、不在のなかに身を隠す。そして、外界との生命的接触は、もはや、見ることにおける不在としてしか、体験されなくなってしまう。これが、カミということばのもつ隠された意味である。別の角度からみると、カミが誕生する前提には、何よりもまず、〈見ること〉の優位性が形づくられているのである。生命界は、見ることで不在化し、カミ体験の背後に隠されてしまう。それゆえ、カムサキやクマノに出没する荒ぶるカミは、視界の欄外から不意に人々に襲いかかる正体不明の存在なのであった。

　このように、カミということばの意味構造を、見ることとの優位性のうちにとらえてみると、それが占める独自の位相がはっきりしてくる。もっとも、見ることにおける不在は、不在性という点に関してのみ言えば、それは言語表現のもつ普遍性にも符合するので、なんら特殊なことではない。一般に、記号（言語）は、その記号表現《シニフィアン》の示す記号内容《シニフィエ》を、眼前における不在のうちに表象すると言われている[6]。この公式に当てはめて言えば、カミということばは、その意味される内実がまさに不在のうちに、これを表象する。カミの名で呼ばれるものは、眼前には存在しないのである。しかしながら、そのばあいの不在とは、あくまでも、〈見えーない〉という構造における不在であって、それが見えないのは、見るという知覚作用が、外界と交流する根源的な体験を覆い隠しているためである。そこで、カミの意味構造をさらに深いところから掘り起こそうとすれば、不在化し、見えなくなった生命体が何であったのかということ、および、その何ものかが、カミということばの背後に、いかなるかたちで身を隠しているのかという不在の構造、この二点が明らかにされなければならない。後者は〈喩〉の問題にかかわり、前者は、ことば以前の問題にかかわっている。どちらも、少なからず、言語活動《ランガージュ》の本質に触れる問題であると言ってよい。

むろん、それらは「ことばは神なりき」(ヨハネ書)という超越的な立場とは縁もゆかりもないが、そのような絶対信仰の衣裳をすっかり脱ぎ捨てても、なお、わたしたちは、カミがことばの本性に密着しているという事実からだけは、決して目を背けることができないのである。

### 3 見ることの手前で

おぼろげながら、問題の所在が見え始めてきたところで、考察の矛先を、再び文献上の事実に引き戻すことにしよう。神名語尾の「神」が、古層の霊格群を統合するために採用された新しい用法であるという溝口睦子の見解は、「神」を「カミ」と書き改めることによって、別の問題をわたしたちに投げかけてくる。

「神」を語尾に据える呼び方は、「某＝ノ＝カミ」というかたちをとる神名形式である。ところが、この形式のなかには、もうひとつの神名形式を隠すケースがみられる。たとえば、「野槌神」は「ノッチ＝ノ＝カミ」であるが、このばあい、「ノッチ」のツも所有の連体格助詞であるから、「ノッチ」は「ノーツーチ」となって、「某＝ノ＝カミ」と同じ形式をとっている。カミもチも、ともに霊格語尾と言われるゆえんであるが、いずれにしても、「ノツチノカミ」は、神名形式を重複させた言い方である。

しかし、たんなる畳語的な並置ではなく、「(ノーツーチ)＝ノ＝カミ」というかたちで、立体的な入れ子型の構造になっている点に注意しなければならない。つまり、「某＝ノ＝カミ」という形式が採用されたとき、「ノーツーチ」という呼び方は、神名形式としての内実を消し取られ、より上位の神名形式のなかに隠されるという仕組みが出来上がっているのである。「山津見神」(「ヤマツミ」ノカミ)、「禍津日神」(「マガツヒ」ノカミ)のように、ミやヒを語尾にもつ類型にもこの形をとるものがあるが、量的にみれば、「迦具土神」(「カグツチ」ノカミ)、「雷神」(「イカツチ」ノカミ)、「塩椎神」(「シホツチ」ノカミ)など、チを語尾にもつものが目立って多い。むろん、ツは古格の助詞であるから、隠された方の神名形式がより古態であることは言うまでもない。そのうえ、チの類型では、「野槌」だとか「迦具土」「塩椎」など、どれをとってみても、文字表記の面で「某ーツーチ」という音節形態が、表向き消し去られていることからすれば、この形式が、すでに意味機能を果たさなくなっていたことは、十分に推察できよう。

　しかしながら、この類型は、溝口も「語例が自然界の各分野に広くわたっており、これはミ以下の類型にはみられない特徴である」と述べているように、かつてはもっとも優勢な神名形式であった可能性が強い。まして「ヲ(峰)ーローチ」のように、ほとんど化石化した助詞(ロはツと同じ「〜の」の意)が用いられるケースも確認されるので、その古さの度合いも相当なものである。ヲロチは「ヲロチノカミ」とは呼ばれず、カミとはされなかったものの、大方のチ類は、入れ子型の新形式に吸収されていったはずである。カミを語尾とする神名形式は、チを語尾にもつ神名形式の自律性を奪い取って、これを、カミの意味構造に組み換えていったのである。この間に、チの類いの実質は、カミの名に覆い隠されることになる。先に述べたように、カミとは、見ることにおける不在を意味する語であって、かつ、そこで不在化したものは、身＝肉＝実としての生命体であったが、そうすると、そのミは、何らかのかたちで、隠された神名形式の喩的な現れとなっているはずである。「ノッチ＝ノカミ」という形式は、ノッチを〈見えない（カ）＝生命体（ミ）〉という意味にのみ限定するので、ノッチとミとの間には、意味上のギャップがあるからだ。見ることの優位性のもとで、ノッチの内実は見失われてしまうが、しかし、それは、ミという語において変容し、隠蔽構造をもつ新しい神名形式のなかで、見えないかたちで息づき、かろうじてその余命を保っている。わたしたちは、その本性を、カミの支配が及ぶ以前の局面で、つまり、見ることの手前でとらえねばならない。

ここでも、与えられている直接の手掛かりは、チということばである。チは一般に「霊」の意とされているが、これを、血や乳・風（暴風《ハヤチ》、東風《コチ》など）のチに結びつけて論じたのは、松岡静雄であった。[7] 松村武雄は、これを宗教民族学的な角度から普遍化して、マナ（mana）の観念に通じる「非人格的・非人態的な神秘的勢能」を表す語とした。[8] 現在の通念は、この松村説に由来する。けれども、いまのわたしたちは、このように通時的な見方に安住するわけにはいかない。カミのばあいと同じく、チについても、ことばの意味構造を探りながら、これを、共時的な言語活動の相のもとに照らし出さねばならないからだ。

チが血や乳・風などを意味し、かつ、何らかの霊的な現象を表すのはなぜであろうか。これらは、たんに多義性とするだけでは問題の解決にならないし、また、宗教民族学的に神秘化することも避けねばならない。血としてのチは、体内を循環する物質としての血液ではなく、そのはたらきにかかわるチなのであり、要するに、それは、生きた生命体の活動源を意味している。乳としてのチも、全く同様であり、したがって、チ｜カラやイノ｜チのチが、それらと同じことばであることも、ほとんど疑いがない。チとは力であり生命であって、その点では、確かにマナの観念に通じるところがあるが、それを「神秘的勢能」と認識するまえに、それと同じものが、わたしたち自身の体内にも流れていることにまず気付くべきであろう。しかしながら、それは物質ではない。あくまでも、無形で非物質的なはたらきそのものであり、そのはたらきがあればこそ、わたしたちの身体は、生きて生気ある活動を行うことができる。チは生命の活動源であるから、その存在は、生きているというわたし自身の実感においてしか、とらえることができない性質のものである。わたしのこの肉体に限なく浸透し、生きていることの潤いをもたらす熱い源泉、それがチとよばれるものである。そのようなチは、見られるもの、視覚の対象ではありえない。視覚は、かえって障害でさえある。わたしたちは、眼を閉じて、深く静かに、自身の体内に入っていくときにはじめて、充溢するチの盛んな活動に触れることができるのだ。

　このように、チのはたらきは、見ることの手前でみずからの全身を感じとり、わたしたちの意識が、生きているこの身体に溶け合っていくときに、ようやく感知されるものである。それは、視覚以外の、体性感覚ないしは共通感覚[9]（コモン・センス）においてとらえられる。わたしたちは、生きているというあまりにも当たり前の、いわば根源的な自明性を忘れ去って生きるが、見ることの手前に留まる人々は、この自明性のただなかに身を晒し、自身の生をひとつの衝撃として受け止める。そのとき、世界は、目も眩むばかりの近さで身体と接触しており、生きているわたし自身の生と切れ目なく連続している。見ることとの手前では、世界もまた感じとられるしかないので、チの意味は、内部生命にだけ閉塞されるはずはなく、外部生命の方にも蔓延することになる。チが風を指すのも、そのようなところに由来するのであろう。風は空気の流動であり、それは、見ることとの手前で肌に触れてくる生きた外界である。のみならず、そのチは、気息となって体内にも出入し、絶えず、マクロコスモスの息吹を、ミクロコスモスに注ぎ込む。

ヌアーの人々は、神霊は「風や空気のようなもの」であるという[10]。宇宙に遍在する生命を、空気において感知する観念は人間の文化とともに古く、漢語の「気」や、ラテン語のspirare（息をする）に由来するspirit（神霊）なども、そのあらわれである。これを、アニミズムだとかアニマティイズム（animaは生命の意）の名で呼ぶのは、いかにも近代風であるが、その合理主義的な知の地平は、共通感覚による世界との直接的な接触を覆い隠してしまったのである。デカルトに逆らって、言語文献学を提唱したジャンバティスタ・ヴィーコは、「人は知らぬ間にまず感覚し」、かつ、その反省し、認識する以前の段階で、人は「全面的に感覚に浸りきり、情念にのしかかられ、肉体のなかに没しきっていた[11]」と述べている。この非合理主義的なフィロロギー（言語学＝文献学）は、ルソーやヘルダーの言語起源論を迂回し、そして「事象そのものに帰る」現象学に至って、ようやく、その根拠が与えられる。メルロ＝ポンティが、主客未分の生ける体験を統括する「感覚作用の原初的地層」を掘り起こし、ミンコフスキーが「現実との生命的接触」を発見したのも、言ってみれば、宗教民族学が窒息死させた人間の始源的な実存を救済するためであった。[12]「現実との生命的な接触」が見失われると、わたしたちは、自身と外界に対する生きた感覚を断ち切られ、無表情で、いっさいの生気を欠いた鉱物質の世界におののかざるをえない。このように、生きているという根源的な自明性が損なわれ、分裂病と呼ばれる狂気の影に戦慄してはじめて、わたしたちは、「人は知らぬ間にまず感覚し」というヴィーコの何気ないことばが、いかに重大な意味をもっていたかを理解するのである。

近年の共通感覚論は、西欧の近代に形成された〈視覚の神話〉を打ち破り、あらたに、触覚や体性感覚などを基軸にして〈五感の組み換え〉をなしつつある。[13]だが、視覚の独走は、決して、近代における一回的な出来事であったわけではない。佐竹昭広が、万葉集に多用されながら勅撰集に衰退する「見ゆ」の分析を通して、その背後では「存在を視覚によって把握した古代的思考」が強力にはたらいていたと述べるように、[14]万葉人は、見ることによる和歌表現を、執拗に志向している。そのような傾向が、王朝期に途絶えたとすれば、それは、確かに古代的な思考様式といってよいであろう。ただし、「見ゆ」によって視覚の優位性を志向するのは、それ自体が、紛れもない五感の組み換えにほかならず、したがって、その裏では、他の感覚作用の抑圧が行われていたはずである。

そこで、当面の問題にたち戻ってみると、神名語尾をカミが独占し、その裏にチが隠されていく状況は、表面的には「見ゆ」の問題とつながらないように見えるが、〈ことばの体験〉の地下水脈において、両者は、分かち難く連動していると考えなければならない。カミは、「見ゆ」ということばの地平に、〈見えない（カ）＝生命体（ミ）〉というかたちで、逆説的に現れる。それが見えないのは、〈視覚の神話〉が形成されるにつれて、「見ゆ」の手前で感受されていた世界の全体が、ことごとく身を隠してしまったからである。そもそも、「見ゆ」という語彙の多用は、宮廷化された歌謡や和歌に著しい傾向であり独詠性が強く、歌謡の始源である集団的な歌垣関係の歌には、あまり例がない。ウタの本性は、その身体的な表現性にあると考えられるので、それは、むしろ共通感覚に根ざしていると言ってよい。「見ゆ」の世界は、それを詠む和歌様式がそうであるように、明らかに、身体性を脱した地平に姿を現すのである。

「見ゆ」へのこだわりは、視界のただ中に不在化し、肉体のどこかに姿をくらました自身に属する生き、も、の、への、ほとんど本能的な退行である。万葉人は、「見ゆ」ということばで歌うことによって、危うい境目に立つ「現実との生命的接触」(ミンコフスキー)をかろうじて回復しようとする。同じことは、神名形式の再編に際しても言えるはずである。それらは、見かけほどかけ離れてはいない。「某＝ノ＝カミ」の形式が優位となる過程で必然的に生起する不在性が、なんらかのかたちで埋め合わされないとしたら、人々は、外界との生きた交感を停止せざるをえないからだ。

## 4　名の喩法

カミは、名において現れる。というよりも、カミとは、名そのものではないだろうか。
なぜなら、名とは、そのものが眼前に不在であっても、そのものと等価な内実をもち、いつでも、そのものの代わりをする〈記号〉にほかならないので、カミということばが、視覚の優位性によって身を隠し、不在化したものを、それにもかかわらず、〈カ（見え-ない）＝ミ（生命体）〉なる語形で示すとすれば、それは、眼前における欠如のうちにそのものを指示する〈記号＝名〉のはたらきと、ぴったり同じ構造をとっているからである。このように奇妙な性格をもつことばは、少なくとも日本語においては、カミという語しかない。カミの名については、細心の注意を払う必要があろう。カミの意味構造は、いわば、それ自体が〈名〉なのである。

先に触れた神名形式の問題は、ここで、名（記号）の構造とのかねあいから、もう少し立ち入った検討を試みる余地が生じてくる。再び、あの「（ノーツーチ）＝ノ＝カミ」という入れ子型の神名形式を振り返ってみよう。このなかには、「某ツチ」と「某ノカミ」というふたつの命名法が含まれていた。それらは、むろん、同一平面上で調和しているわけではなく、次元をずらして層位化されている。これを動態的に解析すれば、次のようになろう。すなわち、「ノツチ」が「ノツチノカミ」と呼び直されていくさ中に、ふたつの名は対立をきたし、「某ツチ」という命名法は機能を奪われ、したがって、チの意味構造は、カミということばの意味構造のなかに、すばやく組み換えられてしまうのである。名と名の間に生じるこのような化学反応は、ことばの意味作用の面から言えば、喩（メタファー）と呼ぶべき現象であろう。ただし、それは修辞学的な意味での隠喩ではなく、あくまでも、原義的なレヴェルにおける「meta（超えて）＋pherein（運ぶ）＝別のところへの移行」としてのmetaphor、訳し換えれば、意味のずれ、ないし移行としての〈喩〉である（漢語「喩」も「輸」に通じ、その字義は「移行する」ということ）。

「ノッチ」から「ノッチノカミ」への変化は、大まかに言えば、言語表現にみられる意味の喩化（ずれ）であるが、しかし、この現象は、記号（名）ということばの本質部にかかわって発生しているという点において、はるかに、修辞学の範囲を超えた問題をはらんでいる。

「ノッチ」から「ノッチノカミ」への移行を、改めて、喩化の面から洗い直してみたい。ノッチという存在は、無定形のままに変容し、つねに流動してやまないチの原義に浸りきっているので、わたしたちは、この名から、個々に輪郭をもって区別されたかたちをイメージするのは困難であろう。ノッチの霊威は、空間を遍く満たす、気体とも、液体とも言いかねるエーテル状の何ものかである。物体というよりは存在そのものであり、もしくは、一切の存在を可能とさせる根源的なエネルギーである。それは、決して見るべき対象ではないが、かと言って、思考したり、認識したりする対象とはおよそかけ離れている。わたしたちは、これを、ただ感じ取るしかないのである。ことばによる捕捉は、どんなに努力してももどかしく、それよりも、チというたったひとつの音の響きが、生ける世界の隈々に浸透する。チによる名付け方は、生ける固形体の外郭をとりはずし、それらの内部を充たしている液質を溶かしあわせて、この生きられる世界を、未分割で、全一なる生命界（コスモス）の相においてとらえようとする命名法である。チの意味が支配している時間帯で、固形物は、まだ、潜在的な可能態のうちに深く眠り沈んでいる。そのようなとき、わたしたちは、意識のまどろみに身を委ねつつ、ただぼんやりと世界に受肉しているのだ。視覚に映しだされる前に、世界は少しも光の侵害を受けず、コスモスはあたかも夜の時間帯にあるので、個物は輪郭のない様態状の次元に引き戻され、見ることの手前で、ひたすら感知されるべき在り方に留どまっている。チの意味構造は、このように、世界を未分節の次元に溶解しようとする。だから、そのままでは、言語学の公理には当てはめにくいのである。しかしながら、それもまた、れっきとしたことばであることには違いがない。とりあえず、わたしたちは、チの意味がカミの名に組み換えられていく構造に注目しつつ、ことばがことば自体を生み出していくその局面に、目を向けていくほかないであろう。

チの様態性と対照して言えば、カミの方は、形態においてイメージされるという性格をもっている。ところが、再三述べてきた通り、カミとは、視覚によってとらえられるべき形態が、まさに不在であるところに、その本質がある。そもそも、見るべきものでありながら〈見え－ない〉というのが、カミの存在様式にほかならなかった。見ることにおける不在というのは、それだけを取り出してみれば、意味論的には自己矛盾と言うべきである。にもかかわらず、カミという語が、神名形式として機能しえているのは、構造面におけるその背理が、なんらかのかたちで解消されているからであろう。カミによる名付け方は、感覚の支配する次元で充溢する様態状の存在（コスモス）を、見ることの地平に移し換えることによって、その全一的な流動体を分割し、形態化しようとする方法であると言ってよい。ようするに、それは、言語学的な意味でのことば（名＝記号）が、まさにそう認定するにふさわしい内実と機能をもって生まれ出ようとする、ちょうどその途上に位置するのである。一方、チという単音節語は、それとは異なり、おそらくもっとも原始的な言語であって、他の単音節語の感嘆詞——ア！・ヤ！・ヨ！などに似て、いわばランガージュそのものの直接的な露出である。それらは、世界に受肉して叫び出される最初の声であろう。

カミということばは、そのような未明の残響を分節し、光の世界に目覚めていかざるをえないわたしたちの生に、ひとつの新しい可能性を刻み込む。人々は、カミということばを発語しつつ、不在の世界にみずからを連れ出すが、ひとたびそこで目覚めることを余儀なくされたからには、もはや、その不在を埋め合わすべき新たな能力を鍛え上げていくしかないのである。ホモ・ロクエンス（homo loquens＝ことばをもつヒト）の核心にかかわるこの種の問題は、古くから、言語学者のもっとも関心を注ぐところであった。

語によって、人間はその知覚領野を拡張し、知覚に現実に与えられていないさまざまの事物を操作することができる。語によって、人間は、過去や未来に「生きる」ことができる。要するに、語によって、人間は「不在なるもの」を操作することができる。人間が、その体験的実存の世界から距離をとり、経験の混沌とした流動のなかにさまざまの要素を区別し、そのようにしておのれ自身を、みずからの経験対象を越えるものとして経験するのは、まさに言語の使用によるわけである。(15)

こういった認識は、ひょっとして、もう陳腐なものになりつつあるのかもしれない。もしそうだとすれば、その責任の一端は、言語学者も負うべきではないだろうか。「思想は、それだけ取ってみると、星雲のようなものであって、そのなかでは必然的に区切られているものは一つもない。予定観念などというものはなく、言語が現れないうちは、なに一つ分明なものはない(16)」というソシュールの有名なメッセージは、言語道具説を超えて、ことばを意味生成の根源にまで引き戻し、世に記号学の誕生を告げたマニフェストであった。けれども、このテーゼは、いまは、裏側から読み解かれるべき理由が生じている。と言うのも、わたしたちは、「なに一つ分明なものはない」という言語以前の「星雲」のなかで、みずからの生を営まねばならぬ事態に、しばしば迫られるからだ。言語とともに現れる「分明なもの」は、一般に、表象（representation）と呼ばれている。現前（presence）の不在は、ことばとともに再－現前（re-presentation）され、「不在なるもの」は、表象界において再びその姿を現すのだ。この記号学的な転生構造は、そのまま、チからカミへの喩化構造に重ね合わすことができる。カミということばに刻印される新しい可能性とは、ほかならぬことば（記号）によるこの表象能力である。したがって、カミの意味構造にもとづく命名法は、すべて表象界の構成に直結していると言ってよい。しかも、そのようにして形成される表象界は、その地平の背後に、見失われた生命界を隠しもっているのである。カミの名は、ことばの表現として、埋没したその生命的体験を、どのようなかたちで恢復しようとするのであろうか。喩の機能は、ひとえに、その点にかかっている。

喩化というのは、別次元への移行であり、そのずれの間から不在を表象していくことである。チとカミの関係でとらえれば、チの名は、カミの名に移されることによって身を隠し、そして、カミの名は、不在化したチの内実を表象するというかたちで、名（記号）の機能を更新しようとする。喩の問題が、意味生成の根源に関与し、言語の本質と切っても切れない関係をとり結ぶのは、まさに、このような記号の再生という局面においてである。しかも、その再生は、表象的なものの出現と時を同じくしている。カミを名にもつ神格が、チの喩化によって誕生するという形式面の仕組みは、チの意味構造に即してとらえてみると、未分節で様態状の生命現象が、ことばの次元で、形態化され個別化された生命体として新生していくプロセスでもある。すなわち、喩化とは、様態を形態化するひとつの変形作用であり、また、別の面から言えば、意味の解体であると同時に、意味の増殖でもある。このような二律背反的な経過が、一定の秩序を保ちながらとり行われるのは、その喩化が、重層するふたつの次元の間で生じるダイナミックな現象だからである。矛盾は、より上位の次元で止揚され、解消されるのだ。つまり、新しい次元の出現によって、もとの次元にある意味構造は、姿を隠しつつ、潜在的なかたちで、新しい意味構造の形成に関与するのである。

不在化したチの内実は、そこで意味作用を停止したわけではなく、ものを見る眼差しの裏側に忍び込んで、視覚にたち現れる欠如が、まさに生きている不在であることを感知させるようにしむける。カミは、見えないながらも、生きた生命体なのであって、それは、眼前における欠如を表象する〈名＝記号〉の衣裳をまとって、すぐにでも形態化されるべく準備されている。むろん、それは、あくまでも、表象されることによってのみ生存しうるのであるから、わたしたちがその存在と出会うためには、どうしても、ことばのフィルターを経由しなくてはならない。しかしながら、言語以前の星雲状の生命体は、そのまま連続的に、ことばの次元で分節されるわけではない。それらは、いちど全面的に不在化し、別の生成機構において変形し、再生することなしには、いかなる意味作用をも果たさないからだ。チからカミへの喩化は、生きられる言語以前の直接性が、ことばの次元に転生しつつ新しい意味構造を作り出し、そして、その地平において、無定形の星雲が分節化され、個別的な形態をとって表象されていくプロセスである。このような経緯は、ことば（記号）の一般的なはたらきが成り立つもっとも基本的な前提であると言ってよい。その点において、カミの名が形成されるプロセスは、わたしたちが気付かないままに、意識の底で行っているランガージュの在り方を示すものであろう。いずれにしても、カミの問題は、言語学のきり拓く領領の地中に深々と根を張っているのである。

そして、ひとたび〈名＝記号〉の地平が形成されてしまうと、それが逆らい難い自明性としてはたらくために、ことば以前の星雲は、はっきりと気付かれないまま意識の欄外に放置され、自律した本来の意味作用は、ことごとく、その地平の背後に隠されることになる。

## 5　おわりに

カミの名は、このように、ことばの地平がまさに形成されようとする境界をなして、一切の表象的な世界の土台をなすべく機能する。カミの名は、それ自体が記号でありつつ、しかも、記号的なものの前提ともなっているのである。

ところで、カミの名が、そのようなきわめて特異な機能を発揮するのは、ひとえに、発語されることを通してである。というのも、そもそも、名というものが、発語されない限りは名たりえないという性質をもっているからだ。このことは、名のタブーという汎文化的現象が、裏側からはっきりと証明するところである。よく話題にされる人名のタブーというのは、それが、現に声に出されることに対するタブーであって、声に出されない段階では、名というものは、まだ存在しないに等しい。それが声に出されてはじめて、名は、現に存在することになるので、名に対する忌避は、決して理念的なものではなく、あくまでも言語行為にかかわる観念である。タブー視されるのは、名そのものというよりは、それを声に出す行為である。神名についても、そのような事例は、フレーザーの『金枝篇』をはじめとして、いちいち例を引くまでもなく、民族誌の資料に数多く記述されている。

しかしながら、人名と同じく、神名のばあいも、名のタブーはつねに破られる。男と女は、名のタブーを犯し合うことで結合するが、カミは、名のタブーが犯されることによって、はじめて現出することができる。もともと、tabu というポリネシア語は、「神聖」だとか「非日常」の意というが[17]（ta＝特に区別して印を付ける・bu＝過度に。tabu の反対語は「通常の」を意味するノア noa）、この土着の本義に即して言えば、神名がタブー視されるのは、それが非日常的な性格を帯びているため、発語されたとたんに、日常世界の秩序が解体の危機に瀕してしまうからである。カミの名は、発語されることによって日常の安定を破壊し、その裏側に隠されている日常ならざるものを流出させる。カミの名によって形成される表象界とは、このように、日常性の背後に閉塞されている非現実である。したがって、名の喩化も、すべてそのような反日常的な文脈において生起するのである。

名の喩法は、カミの名を発語する行為のなかで実現される。人々は、みずからの声を外部に響き放つことによって、内側で充溢する生命感覚（コモン・センス）に、それ特有の形態を与える。けれども、カミの名で表象されるそのような喩的生命は、日常の世界に生きることは決してありえない。ただ、声のことばのみが可能とする〈反‐現実〉の世界にだけしか存在できないのだ。わたしたちが目にしている文字テクストには、たぶん、そのように過剰で名付けえぬモノとしての生命体が書き込まれているはずである。それと同じたぐいの異形な生き物は、わたしたち自身の声のなかにも、まだ、棲息し続けているのではないだろうか。

# 用語の病──アポリアは克服できるか

古事記や日本書紀を扱う者にとって神話ということばは、なかなか厄介な代物である。その上わたしのばあいは、もともとプルーストやフォークナーなどにかぶれて神話に興味をもつようになったこともあって、神話に対する過度な思い入れはいまだに抜けきらない。

レヴィ＝ストロースの『野生の思考』で印象に残るのは、その主論が「再び見出だされた時」という表題で締めくくられていることである。これは、プルーストのあの長々しい小説『失われた時を求めて』の旅が「見出された時」にたどり着いてようやく幕を下ろすことと重なりあっている。レヴィ＝ストロースがプルーストの熱心な読者であったことについて、学生のころわたしは、レヴィ＝ストロースを講じた仏文学者の室淳介教授からたびたび聞かされたものである。サント＝ブーヴからバタイユあたりのフランス近代批評を専門にする室教授は『悲しき南回帰線』（講談社文庫）の訳者であり、ソシュールの言語学についてもむろん造詣がふかく、数名の学生しか出席しない教室はもの寂しかったが、この授業を受講した二年間のあいだに、翻訳小説のただの愛読者はすっかり神話学のとりこになってしまった。神話に対する思い入れも強まる一方であった。国文学とは縁もゆかりもなかった学生が、いつの間にか記紀に取り組むはめになってしまったのも、そうした思い入れのせいであったと思う。

ところが、記紀に書かれている神々の話を神話として読み解く作業は、まともに取り組めば取り組むほど、まるで掛け違えたボタンのように収拾がつかなくなる。「神話として読む」という言い方は、わたしにとっては捨てきれない自身の偏見にたち戻ることなので、ひそかに愛着は禁じえないものの、あまり居心地のよいものではない。「神話」ということばが翻訳語であり、そのため、神話に対するイメージがいつも輸入品でしかないという事実を、いったいどのように受け止めればよいのか。海外で生まれ育った概念の翻訳語を用いて思考せざるをえないのは、粗っぽく言えばわが国の避けがたい宿命のようなものである。聖徳太子の時代からこの国の知識人は、ずっとそのようにして物事を考えてきた。いつだって日本の知識人は辺境の学問を営んできたのだ。すくなくとも神話ないし神話学に関しては、西欧に対する辺境性をてこにして自己を形成した明治の精神から切り離して考えることはできないだろう。そこには、すでに、いずれ目の当たりにすることになるであろうひとつのアポリアが用意されていたのである。

神話という語は知られる通りMythosの翻訳語である。しかも日本製の熟字であって本来の漢語ではない。いまでは本家の中国もこれを採用しているが、わが国において一般に広まったのは明治三十年代初頭、高山樗牛や高木敏雄・姉崎嘲風らが記紀の古典をめぐって活発な論戦を交わしてからとされている。その点で、おなじ和製であっても柿本人麻呂が創案した物語というように熟字に比べると、その来歴はすこぶる浅い。おまけに物語のばあいはモノガタリという和語にあてた用字であるのに対し、神話の方はシンワなる言い方からしてそもそも日本語にはない語彙であった。漢語にも存在しなかったので、神話はただMythosの翻訳語としてしか意味をもちえないのである。この用語が定着するまでは「神伝」だとか「旧辞」といった訳語が工夫されていたらしいが、いずれも、神々の話を歴史の概念から区別するためであった。古伝の類いはMythologie（神話学）の基準で分類されようとしていた。神々の古伝承が文献に記載されてわが国に現に存するにもかかわらず、それに対する意味づけは西欧の概念を借りて行われるという図式である。あからさまに言えば、そのものの内側で実践されるべき弁証法をいっさい省略してそれを一般化するという、うつろな論理学である。日本的な抽象様式の雛型といってよいだろう。けれども、このばあい神話でくくられたものがたまたま古代の言語現象であったことは、もっと注意されてよい。

物的な対象を抽象するばあいと言語で表現されたものを抽象するばあいとでは、単純に考えただけでもかなりの違いがある。認識の一形態である抽象はもとよりことばの為すところであるから、物はことばによって抽象される。当然、ことばはことば以外の何ものによっても抽象することができない。古伝承をその現実の姿、つまり、ことばの表現であるというそれ自体の在り方に反して扱いつつ、それでいてなお外来のことばで抽象するのは、いってみればそれを物として取り扱うことに等しい。古代のことばがそれ自身の意味構造にもとづいて抽象されるのではなく、船載の鋳型に流し込まれてかたどられたとき、わたしたちは自らのことばが織り成す母語の地平を忘却するのだ。神々の話は、それをそれとして呼ぶそのことばの意味するところにおいて抽象されるべきであった。

フルコト・コトノモト・コト・モノガタリ・カタリといったことばを粘りづよく考えつづけた三谷栄一の『物語文学史論』や藤井貞和の『物語文学成立史』などは、その関心がどのあたりに置かれていたにせよ、右に述べたような理由からわたしにとってはこのうえなく貴重な先学であった。そこで、それらの仕事に促されながら、いくつか拙い思考を企ててきたのであるが、その方向が文献学の領域を逸脱しがちであったことはいなめない。にもかかわらず、わたしはことばをことば自身において抽象するのはPhilologieをおいてほかにないと考えている。もっとも、ここにいうフィロロギーはかつて言語学と書誌文献学がひとつに溶けあい、ときに哲学の土台にもなった〈ことばの学〉としてのフィロロギーのことである。これを書誌文献の学として輸入したところにも神話学と似かよった事情がある。本来のフィロロギーは、わが国においても宣長の古典学などに独自に発生して、その可能性を後代に託したのであるが、今もしこれを言うなら、グローバルな地勢から依然として知の辺境性が避けがたいものである以上、ことばについて西欧が追い求める思考の前線に、いちど、この極東の言語《ラング》を連れだしてみるしかない。

Mythosの原義はアリストテレスの『詩学』にみるように「筋の組み立て／出来事を語ることば」である。日本語では、これに該当するのがおそらくコト（事＝内容《シニフィエ》／言＝音声《シニフィアン》）ということばなのである。そこには期せずして興味ぶかい符合がある。Mythologieという概念にしても、しょせんは近代人の頭脳があみだしたものである。それが扱う言語資料はわが国ではかつてコトと呼ばれていた。神話というバタくさい概念は、母語のコトにさかのぼって再発見することができる。神々の話だから神話なのではない。それが、およそ文化のおおもとを為しているからこそ〈言語〉の名で呼ばれるべきいわれがあったのだ。

そのように言ってみてもなお神話という用語が捨てきれないのは、わたし自身、日本語が成り立つ地平の彼方にこの国の〈失われた時〉を見出そうとしているからなのであろうか。

# 注

## 隠されたもう一つの物語――古事記の正体を探る　p.3〜18

（1）吉井巌「スクナヒコナの神」（『天皇の系譜と神話二』一九七六年六月）参照。

（2）土居光知『古代伝説と文学』一九六〇年七月、松前健『日本神話と古代生活』一九七〇年十二月。松前はアメノワカヒコが復活再生してアヂスキタカヒコネになるとして、二神を同一の神格とする。しかし、二神を同じ水準で扱うのは疑問であり、アヂスキカヒコネはワメノワカヒコという架空のキャラクターを作り出すときのモデルになったとみるのがよいだろう。

（3）西條勉「ホムチワケの不幸と反神話―テクストから消去される皇子の物語―」一九九五年三月、『国文学論輯』第16号。

（4）三浦佑之「話型と話型を超える表現」（『古代叙事伝承の研究』一九八六年五月）参照。三浦は系譜記事によってホムチワケは垂仁の子であるとみるが、系譜記事にはホムツワケとあり、説話部のホムチワケと異同がみられる。とりあえず説話は説話として読んだ方がよさそうだ。

（5）倉塚曉子「兄と妹の物語」（『巫女の文化』一九七九年一月）参照。

## ヤマトタケルの暴力――反秩序的なものの意味　p.35〜54

（1）幸田露伴「日本武尊」一九二八年、『露伴全集』第十七巻に所収。

（2）吉井巌「ヤマトタケル物語形成に関する一試案」、『天皇の系譜と神話一』一九六七年十一月。

（3）守屋俊彦「厠の中にて」（『ヤマトタケル伝承序説』一九八八年六月）は厠の祭儀性に注目し、厠でネギ行為のなされる意味を考察している。

（4）西郷信綱「ヤマトタケルの物語」、『古事記研究』一九七四年三月。
（5）吉井巌『ヤマトタケル』一九七七年九月。

**天皇号の成立と王権神話――秩序の構造とその表現**　p.55〜66

（1）津田左右吉『日本古典の研究上』一九四八年。
（2）吉井巌『ヤマトタケル』一九七七年九月。
（3）松村武雄『日本神話の研究』第四巻、一九五八年六月。
（4）上田正昭『日本神話』一九七〇年。
（5）福永光司『道教と古代日本』一九八七年二月。
（6）西條勉「ヤマトタケル系譜とタラシ系皇統の王権思想――大王制から天皇制へ――」一九九四年八月、古事記研究大系6『古事記の天皇』所収。

**幻想としての〈日本〉――日本書紀のイデオロギー**　p.67〜83

（1）山尾幸久『古代の日朝関係』一九八九年四月、金廷鶴『任那と日本』一九七七年十月。
（2）山尾前掲書
（3）栗原朋信『上代日本対外関係の研究』一九七八年九月、増村宏「日出処天子と日没処天子」『史林』一九六八年三月。
（4）西嶋定生『中国古代国家と東アジア世界』一九八三年八月。
（5）石母田正『日本の古代国家』一九七一年一月。
（6）山尾前掲書
（7）岩橋小弥太『日本の国号』一九七〇年九月。
（8）福永光司『道教思想史研究』一九八八年一月。

(9) 津田左右吉「天皇考」『日本上代史の研究』一九四七年九月。
(10) 森三樹三郎『支那古代神話』一九四四年。
(11) 飯島忠夫『日本上古史論』一九四七年十二月。
(12) 福永前掲書。

**テクストとしての《集》——万葉集をどう読むか** p.120〜130

(1) 武田祐吉『国文学研究－歌道篇－』一九三七年、太田善麿『日本古代文学思潮論Ⅳ』一九六六年五月。
(2) 稲岡耕二『万葉表記論』一九七六年十一月。
(3) 久松潜一『和歌史 編論古代篇』一九四八年二月。この説の元になったのは一九三五年二月刊行の『万葉集考説』であるが、そこでもすでに同趣の見解が示されている。
(4) 西條勉「声／文字、および〈ナ〉と〈ナを－ヨム〉こと」二〇〇一年三月『国文学研究』、同「定型と文字の間」二〇〇一年六月、『書くことの文学』所収。
(5) 橋本達雄『万葉宮廷歌人の研究』一九七五年二月。
(6) 西條勉「人麻呂歌集略体歌の固有訓字」二〇〇〇年十月『上代語と表記』所収。
(7) 西條勉「文字出土資料とことば」二〇〇〇年八月、学燈社『国文学』所収。
(8) 西條勉「天武朝の人麻呂歌集歌——略体／非略体の概念を超えて——」一九九九年十月『文学』。
(9) 曽倉岑「万葉集における歌詞の異伝」一九六一年九月『国学と国文学』、同「人麻呂の異伝をめぐって——巻一・巻二の場合——」一九六四年『美夫君志』七号。
(10) 西條勉「人麻呂歌集の異文系と本文系——歌稿から歌集へ——」二〇〇二年一月『専修国文』第七十号。
(11) 三浦佑之「額田王と蒲生野」一九九二年一月『万葉の風土と歌人』、梶川信行『創られた万葉の歌人額田王』二〇〇〇年六月。

〈ナ〉と〈ナをーヨム〉こと――声と文字の干渉　p.133〜149

(1) 小林芳規『図説 日本の漢字』一九九八年十一月。
(2) W－J・オング／桜井直文他訳『声の文化と文字の文化』一九九一年十月。
(3) 井手至「万葉集の文字意識」『万葉集講座 第三巻』一九七三年七月。
(4) 中田祝夫『日本の漢字』一九八二年五月。
(5) 亀井孝「古事記はよめるか――散文の部分における字訓およびいはゆる訓読の問題――」『古事記大成 言語文字篇』一九五七年十二月、後に『日本語のすがたとこころ 亀井孝論文集4』所収。
(6) 土橋寛『古代歌謡と儀礼の研究』一九六五年十二月。
(7) 吉田金彦『日本語 語源学の方法』一九七六年十二月。なお、吉田はヨムのヨを「広義の感動詞であって、声をあげることをヨムという擬声語によって示した」とし、ヨムの原義を「声をあげてある行為をすること」とみている。

韻律と文字――ウタをヨムことの起源　p.150〜175

(1) 武田祐吉『上代国文学の研究』一九二一年三月・久松潜一『万葉集の新研究』一九二五年九月。
(2) 西條勉「定型と文字の間」二〇〇一年六月、『書くことの文学』所収。
(3) 時枝誠記『国語学原論』一九四一年十二月。
(4) 西郷信綱『増補 詩の発生』一九六四年三月。
(5) C・ザックス／岸辺成雄訳『リズムとテンポ』一九七九年十二月。
(6) 太田善麿『古代日本文学思潮論（Ⅳ）――発祥史の考察――』一九六一年一月。
(7) 西條勉「〈ウタマヒ〉構造と劇的変容――歌舞劇の「われ」――」一九八九年五月『日本文学』。
(8) 西條勉「ウタのあらわれ――和歌起源の詩学（一）――」一九九九年一月『人文自然科学論集』一〇七。
(9) R・G・モウルトン／本多顕彰訳『文学の近代的研究』一九五一年四月。

(10) 田辺尚雄『日本音楽史』一九三二年一月。
(11) 久松潜一『和歌史 総論古代篇』一九四八年二月。
(12) 西條勉前掲注2論、
(13) 土橋寛『古代歌謡全注釈 古事記編』一九七二年一月。
(14) 稲岡耕二『万葉表記論』一九七六年十一月。
(15) 工藤力男「人麻呂の表記の陽と陰」一九九六年六月、『万葉集研究』二十。
(16) 西條勉「文字出土資料とことば」二〇〇〇年八月、学燈社『国文字』

## 土地の名と文字／ことば——播磨国風土記のトポノミー　p.176〜204

(1) 柳田国男『地名の研究』一九三六年一月。引用は角川文庫本による。
(2) 吉野裕「風土記の世界」一九五九年六月、岩波講座『日本文学史』第三巻。
(3) 青山定雄「六朝時代に於ける地方誌編纂の沿革」一九四〇年二月、池内博士還暦記念『東洋史論叢』所収、および「六朝時代の地方誌について」一九四一年十二月・同一九四四年五月、『東方学報』第十二冊之三・第十三冊之一。
(4) 秋本吉郎『風土記の研究』一九六三年十月。
(5) 秋本吉徳「地名起源説話の特質」一九七六年四月、『国語と国文学』。
(6) 柳田国男前掲書。
(7) 高木敏雄『比較神話学』一九〇四年。
(8) 秋本吉郎前掲書。
(9) 柳田国男前掲書。
(10) 楠原佑介他『古代地名語源辞典』一九八一年九月。

## モノとコトの間――モノガタリの胚胎　p. 205～240

(1) 三谷栄一『物語文学史論』一九五二年四月。
(2) 三谷邦明「物語とは何か」一九七二年六月、鑑賞日本古典文学『竹取物語・宇津保物語』所収。
(3) 藤井貞和『物語文学成立史』一九八七年十二月。
(4) 大野晋『日本語をさかのぼる』一九七四年十一月。
(5) 高橋亨『物語文芸の表現史』一九八七年十一月。
(6) 和辻哲郎「『もののあはれ』について」一九二六年十月。
(7) 三谷邦明「物語文学の語り」一九八七年二月、『体系物語文学史』（第二巻）所収。
(8) 太田善麿「言霊の思想」一九七三年三月『論考記紀』所収。コトダマの用例は、5・八九四（山上憶良「好去好来歌」）、11・二五〇六（人麻呂歌集）、3・三二五四（同）の三例しかない。コト（言・事）と言霊の関係については、内田賢徳「萬葉の言」（萬葉一二三合・一九八六年十二月）に詳論がある。
(9) 大野晋『岩波古典辞典』の「こと」条の語源説明による。詳細は前掲注4書を参照されたい。
(10) 大野晋「古事記講義」一九六六年九月『仮名遣と上代語』所収。神野志隆光「『ことむけ』攷」一九七五年一月『古事記の達成』所収。
(11) 土橋寛『古代歌謡全注釈（古事記編）』一九七二年一月。
(12) 大野晋『上代仮名遣の研究』一九五三年六月。
(13) 西郷信綱『古事記注釈』第二巻、一九七六年四月。
(14) 武田祐吉『言葉の樹』一九四二年四月（武田祐吉著作集第二巻所収）。カミの語源については、阪倉篤義「語源」一九八二年七月（『講座日本語の語彙（1）語彙原論』所収）、大野晋注4書に詳しい分析がある。
(15) 三谷邦明前掲注7論文。
(16) 丸山圭三郎『ソシュールの思想』一九八一年七月。なお、丸山氏は、モノとコトの意味については、「人間が作る関係にあってはじめて生まれる事物はコトであり、人間的事象であるのに対し、人間の参加以前から存在する連続体はモノであって自然的現実であると言えよう」（同書）と述べている。

(17) 藤井貞和前掲書。西條勉「フルコトの予備的考察」一九八七年三月『国文学論輯』八。

(18) 大野晋注9書。三谷邦明「物語文学の成立」（一九八二年九月『体系物語文学史』第一巻所収）は、大野説を承けて〈モノ＝ガタリ〉の本質を多面的に論じているが、モノを対自性・対象化の意に固定しているため、カタリの物化（〈書かれた〉書物としての物語文学）という視点が強調されている。本稿で述べた〈モノ＝ガタリ〉の自己矛盾は、それよりも注7論文の立場に近い。

### カミの名／不在の喩——記号の地平を超えて　p. 241〜265

(1) 溝口睦子「記紀神話解釈の一つのこころみ」『文学』一九七三年十月・十二月、同一九七四年二月・四月。

(2) 岩田慶治『カミと神』一九八四年九月。

(3) 阪倉篤義「語源」一九八二年七月『講座日本語の語彙（1）語彙原論』所収。

(4) 大野晋『日本語をさかのぼる』一九七四年十一月。

(5) 武田祐吉『言葉の樹』一九四二年四月『武田祐吉著作集第二巻所収』。

(6) T・トドロフ『言語理論小事典』（O・デュクロ共著／滝田文彦他訳）。記号の意味作用を〈不在性〉でとらえるのは、トドロフのこの著書から始まると言われている。J・クリステヴァ『ことば、この未知なるもの』（谷口勇・枝川昌雄訳）もこの見地に立つ。

(7) 松岡静雄『日本古語大辞典』一九二九年。

(8) 松村武雄『日本神話の研究』（第四巻）一九五八年六月。チに類するヒ・ミについては取り上げなかったが、いずれもチにほぼ同質と考えられる。

(9) 中村雄二郎『共通感覚論』一九七九年五月。

(10) E・エヴァンズ＝プリチャード『ヌアー族の宗教』（向井元子訳）。

(11) G・ヴィーコ『新しい学』（清水純一他訳）。

(12) M・メルロ＝ポンティ『知覚の現象学』(中島盛夫訳)、E・ミンコフスキー『生きられる時間』(中江育生他訳)。
(13) 中村前掲書を参照されたい。
(14) 佐竹昭広「『見ゆ』の世界」『万葉集抜書』一九六四年九月。
(15) J・M・エディ『ことばと意味』(滝浦静雄訳)。
(16) F・ド・ソシュール『一般言語学講義』(小林英夫訳)。
(17) 大林太良他編『文化人類学事典』、また、N・ゼェデルブローム『神信仰の生成』(三枝義夫訳)等を参照されたい。

# 初出一覧（いずれも字句にいくらか修正をほどこした）

**隠されたもう一つの物語――古事記をどう読むか**　原題「古事記の意図――隠されたもう一つの物語――」二〇〇二年三月、『菅野雅雄博士古稀記念　古事記・日本書紀論究』所収。

**アマテラスとスサノヲ――対立の裏にあるもの**　原題「アマテラスとスサノヲの物語――異化する読みの試み――」一九八八年六月、学燈社『国文学』第33巻第8号

**ヤマトタケルの暴力――反秩序的なものの意味**　原題「ヤマトタケルの暴力――構造化するテクスト――」一九九二年八月、『日本文学』第41巻第8号

**天皇号の成立と王権神話――秩序の構造とその表現**　原題「天皇号の成立と王権神話」一九九九年二月、『東アジアの古代文化』第91号

**幻想としての〈日本〉――日本書紀のイデオロギー**　原題「日本書紀の思想――《日本》という幻想――」一九九五年四月、勉誠社『古代文学講座10』

**本文と注釈／翻訳――外部の〈読み〉を求めて**　原題「本文と注釈」一九九八年五月、『日本文学』第47巻第5号

**摩耗するパラダイム――作品論とは何であったか**　原題「摩耗するパラダイム――作品論とは何であったか？――」二〇〇二年三月、『古代文学』第41号

**テキストとしての《集》――万葉集をどう読むか**　原題「テクストとしての《集》――書く歌の自立について――」二〇〇二年三月、学燈社『国文学』第47巻第4号

**〈ナ〉と〈ナを―ヨム〉こと――声と文字の干渉**　原題「声／文字、および《ナ》と《ナを―ヨム》こと」二〇〇一年三月、『国文学研究』第百三十三集

**韻律と文字――ウタをヨムことの起源**　原題「韻律と文字――定型論のために――」二〇〇一年三月、『国文学論輯』第

二十二号

**土地の名と文字／ことば——播磨国風土記のトポノミー**　原題「播磨国風土記のトポノミー（附資料）——文字とことばと土地の名——」一九九〇年十月、国士館大学文学部『人文学会紀要』第二三号

**モノとコトの間——モノガタリの胚胎**　原題「モノとコトの間——モノガタリの胚胎——」一九八九年五月、有精堂『日本の文学』第五集

**カミの名／不在の喩——記号の地平を超えて**　原題「カミの名・不在の喩——記号の地平を超えて——」一九九〇年二月、『日本文学』第39巻第2号

**用語の病——アポリアは克服できるか**　原題「用語の病」一九九一年二月、『日本文学』第40巻第2号

# あとがき

本書はこれまで書いてきた文章の中からいくつか集めて一冊にしたものである。テーマ的なまとまりよりも、発想や視点・方法などが表側に出ているものを選んだ。執筆時期や発表媒体の違いによる文体の凸凹などはあまり気にしなかったので、一部に内容の重複があったりして、細かく見ていけばあちこちで辻褄の合わないことも多いかと思う。

全体をふたつのパートに分けているのは始めからの計画ではなく、これは編集上の体裁である。とっかえひっかえ組み替えているうちにこのような形に落ち着いたのであるが、結果的には、これまでわたしがやってきた道筋を示すものになっていると思う。はじめから、テクストをどう読むかというのがわたしの主要な関心事だった。これを、作品論的な読みに対するアンチテーゼとして出したのは、出来上がったものを享受する消費主義的な読み方を嫌ったからである。読めばすぐ分かるように、いわゆるテクスト論の類いとは無縁であり、もっとずっと素朴なところから出発している。

とはいえ「作品」を捨ててあえて「テクスト」を採用するのであるから、用語の概念規定はどうしても必要である。Ⅰの「アマテラスとスサノヲ」「ヤマトタケルの暴力」では用語の規定を行いつつ、それを読みの上に活用することを試みた。そうした読み方を古事記の全巻に及ぼしたのが「隠されたもう一つの物語」である。「摩耗するパラダイム」と「テクストとしての《集》」は、同じ観点から万葉集の読み方を考えたもの。古事記にしろ万葉集にしろ、消費主義的な読み方を避けるのは、どうもわたしの体質のようで、これを生成論的な読み方と称している。そういった方法にもっとも手応えを感じたのは古事記の系譜分析と人麻呂歌集の用字分析であるが、これらに関する論文は本書に収めなかった。「幻想としての〈日本〉」はわたしの研究テーマのひとつである日韓交流論のもっとも基本的な認識を示したものである。場違いの感じがしないわけではないが、ここに収めた。

　後編のIIに集めたのは言語論である。ただし、そのばあいの言語というのは、声に出され、文字に書かれる言語である。Iに比べるとかなり理がまさる文章になっていて、なかでも「モノとコトの間」「カミの名／不在の喩」にそれが甚だしいが、これにはそれなりの事情がある。このふたつのエッセイ、じつは「出し遅れのレポート」として書いたものだった。もともとわたしは人文科学系列で大学に入り、途中から日本文学に鞍替えした口である。とりあえず哲学などをざっと勉強して、ゆくゆくは言語学を専門にするつもりだった。そのへんの方針がはっきり定まっていたわけではないが、ともかく、メルロ＝ポンティの『知覚の現象学』とソシュールの『一般言語学講義』の翻訳書をバイブルのようにありがたがる学生ではあった。ところが、幸か不幸か落第に落第が重なって、結果、日本文学で出直しということになった。きっかけは本書に収めた「用語の病」で述べたように、レヴィ＝ストロースの神話論に関する講義を聴いたことである。そういえば聞こえはよいが、じっさいは「神話なら日本にもあるではないか」という粗忽な思いつきが転向を促した決め手であった。くだんの二編は、おおげさに言えば「哲学的思弁との別れ」のために書いたものである。それまで引きずってきたもやもやを卒業し、古い自分にケリをつけたかったわけである。そうしなければ前に進めないように思われた。だから、碁でいえば捨て石である。その体でいえば、本書に収めたものは、みな地囲いにならない、あるいは地囲いのための捨て石のようなものである。
ともあれ、しぜんに馬齢がかさなって、いわゆる知命を過ぎてしまった。もっとも天命を知るのは聖人さまだけのことで、わたしのような凡人はせいぜい身の程を知るのが関の山である。本書を編んだいちばんの動機はそこにある。このあたりで拙い過去にケリをつけておかないと……そんな思いを抱いて、ある日、池田つや子社長と橋本孝編集長に「捨て石ばかり集めた本を作ってみたいのですが」と申し入れたところ、ナント、ご理解がえられてしまった。材料が材料だけに、まことに有り難いことである。製作上の実務は若い大久保勇作さんが担当された。体裁・内容とも、前著『古事記の文字法』とは似ても似つかないが、産みの親は同じである。よって、これはこれで、わたしの思考の軌跡としたい。

二〇〇三年四月六日

西條　勉

西條　勉（さいじょう　つとむ）
1950年　北海道生まれ
1985年　早稲田大学大学院修了
専　攻　日本上代文学・神話学
現　職　専修大学教授

主要編著
1997年『日本神話事典』（共編　大和書房）
1998年『古事記の文字法』（単著　笠間書院）
2001年『書くことの文学』（共著　笠間書院）
2001年『万葉ことば事典』（共編　大和書房）

古代《こだい》の読《よ》み方《かた》—神話《しんわ》と声《こえ》／文字《もじ》　古典ライブラリー10

2003年5月31日　初版第1刷発行

著　者　西條　勉
装　幀　右澤康之
発行者　池田つや子
発行所　有限会社　笠間書院
東京都千代田区猿楽町2-2-5［〒101-0064］
電話 03-3295-1331　Fax 03-3294-0996

ISBN4-305-60040-4

印刷・製本　藤原印刷
（本文用紙・中性紙使用）
乱丁・落丁本はお取り替えいたします。
出版目録は上記住所または下記まで。
kasama@shohyo.co.jp